Bademeister
Schaluppke

CHLORREICHE TAGE

Mein Leben am
Beckenrand

KNAUR TASCHENBUCH VERLAG

Besuchen Sie uns im Internet:
www.knaur.de

FSC
www.fsc.org
MIX
Papier aus verantwortungsvollen Quellen
FSC® C083411

Originalausgabe Oktober 2012
Knaur Taschenbuch

Redaktion: Johannes Engelke
Covergestaltung: ZERO Werbeagentur, München
Coverabbildung: Danny Frede; FinePic®, München
Abbildungen: Robbi Pawlik
Satz: Adobe InDesign im Verlag
Druck und Bindung: CPI books GmbH, Leck
ISBN 978-3-426-78536-2

5 4 3 2

EINLEITUNG

So Sportsfreunde,

Rudi Schaluppke mein Name. Ich bin achtundvierzig Jahre alt und stehe als Bademeister am Beckenrand eines Schwimmbads im Süden von Köln. Mein Arbeitsplatz befindet sich in Köln-Zollstock, einem Stadtteil, den man als sozialen Brennpunkt bezeichnen kann. Seit fast zwanzig Jahren wache ich dort über eine bunte Badeklientel: pöbelnde Pubertiere, krakeelende Kinder und meckernde Muttis. Es sind Menschen mit oder ohne Migrationshintergrund. Und täglich versuche ich, diese Menschen unter einen Hut zu bringen, sprich: unter eine Badekappe.
In all den Jahren habe ich gelernt, dass der Bademeisterberuf weit über das hinausgeht, was die meisten Leute von uns denken. Wir sind nicht nur Lebensretter, Wasserqualitätsüberwacher und Am-Beckenrand-einen-auf-dicke-Hose-Macher. Nein, es ist mehr: Wir sind Trainer, Kindertröster, Stilberater, Animateure und vor allem Sozialarbeiter.
Ob jung, ob alt, dick oder dünn, arm oder reich – ins Schwimmbad kommen alle. Meine Devise lautet: Wer sich danebenbenimmt oder nicht an meine Regeln hält, geht duschen! Da wird auch keiner bevorzugt oder benachteiligt. Wer Ärger macht, fliegt raus – oder er kriegt von mir zumindest eine Ansage, die sich gewaschen hat.
Am Beckenrand des Südbads habe ich viel erlebt. Und ich fing irgendwann an, meine Erlebnisse in einem Tagebuch festzuhalten. Vor allem im vergangenen Jahr ging es in meinem Bademeisterleben drunter und drüber. Und davon möchte ich Euch nun erzählen.

Also packt die Badehosen ein – hier kommen »Chlorreiche Tage«.

VORBEMERKUNG

»Schwimmen wird zu den gesündesten Freizeitbetätigungen gezählt und gilt als Sportart mit geringem Verletzungsrisiko. Der Auftrieb im Wasser unterstützt den Körper und verringert die Belastung für die Gelenke und Knochen. Das Herz wird entlastet, da der Wasserdruck den venösen Rückstrom erleichtert. Darüber hinaus wirkt die Wassertemperatur anregend auf den Kreislauf.
Fazit: Schwimmen ist für Menschen in jedem Lebensalter geeignet und wirkt sich gleichsam auf Physis und Psyche aus.«

Wikipedia, die Online-Enzyklopädie

»Stimmt, aber ich hab ständig Stress damit.«

Bademeister Schaluppke

MAI

Sonntag, 1. Mai

Tag der Arbeit. Alle haben frei. Nur ich muss ran. Mach ich aber gerne, ohne mich bricht der Betrieb nämlich zusammen. Heute auf dem Plan: Außenbereich klarmachen zur Saisoneröffnung. Rasen mähen, Hecken trimmen, Liegen aufstellen, Abfallkörbe aufhängen. Hier ist demnächst mal wieder die Hölle los.
Das Außenbecken ist sauber. Sauber, aber nicht in Ordnung. Der Winterfrost hat die fast vierzig Jahre alten Kacheln der Außenduschen an manchen Stellen gesprengt. Die Wasserleitungen sind verstopft und die Duschköpfe verkalkt. Ein Song der Bläck Fööss besagt: »Dat Wasser vun Kölle es joot.«
Ich sage: »Das Kölner Wasser ist ganz schön hart.«
Ich arbeite nun seit fast zwanzig Jahren im Südbad, und die Reparaturliste wird immer länger. Morgen werde ich die Geschäftsleitung mit nackten Tatsachen konfrontieren.

Montag, 2. Mai

Frau Schneider-Kasper – Mutter des kleinen Malte-Anselm – beschwert sich, unser Wasser wäre ihr nicht weich genug. Es würde dem Hautbild ihres Sohnemanns schaden.
Ich frage: »Gute Frau, soll ich 'ne Ladung Calgon ins Becken schmeißen?« Dann kommt mir eine bessere Idee: »Frau Schneider-Kasper, ich habe in meinem Bademeisterkabuff noch ein paar Britta-Filter. Die können Sie sich um die Hüften schnallen und beim Schwimmen das Wasser weich machen.«
Sie nervt weiter und verlangt, dass ich den Härtegrad unseres Wassers untersuchen lasse.
Ich antworte: »Da braucht es keine Untersuchung. Das können Sie selber testen: Machen Sie einfach mal 'ne Arschbombe vom Zehner.«
Ich komme mit diesen Waldorf-Tanten nicht klar. Sie erinnern mich an meine Ex-Frau. Bin mal gespannt, wie lange es dauert, bis ich ins Chefbüro zitiert werde.

Dienstag, 3. Mai

Ich werde ins Chefbüro zitiert. Gerd Vogel empfängt mich mit den Worten: »Rudi! Was war da los? Das kann man so nicht machen!« Das ist seine Standardphrase, wenn sich irgendein Badegast mal wieder über mich beschwert hat. Oder: »Das kannst du nicht bringen!«
Ich lege ihm die Reparaturliste auf den Tisch.
Er legt sie beiseite mit den üblichen Worten: »Das können wir angehen, sobald ich die etatbedingten Konsolidierungsmaßnahmen in den Griff bekommen habe.«
Ich antworte: »Gerd, lass einfach die geschwollene Politikerphrasen. Hast du die Kohle, oder muss ich jetzt anfangen, Lotto zu spielen?«

Der Mann ist neununddreißig und kann auf eine unfassbare Berufskarriere zurückblicken: Achtzehn Semester BWL-Studium – ich sag nur: Studienplatzblockierer –, fünf Jahre Praktikum bei den Stadtwerken, ein Jahr Assistenz der Geschäftsleitung. Und vor vier Jahren hat er bei uns die Geschäftsführung übernommen. Gerd Vogel. Er heißt nicht nur so – er hat auch einen. Immer doofe Ideen. Der Typ ist Liberalen-Sympathisant. Nach der letzten Bundestagswahl wollte er unsere Badeanstalt in ›Westerwelle‹ umbenennen.
Ich sagte: »Gerd, ich glaub, es hackt! Wenn es so weit kommt, kannst du dir einen neuen Bademeister suchen.«

Mittwoch, 4. Mai

Die Badegäste meckern nicht nur über kalkhaltiges Wasser. Die meisten beschweren sich wegen des Chlors. Sie würden davon immer rote und brennende Augen kriegen. Wenn ich nicht regelmäßig eine Ladung Chlor im Pool verklappe, findet dort Bazillen-Party statt. Die ganze Keimpalette: Streptokokken, Leptokokken, Schlepptokokken, Peptostreptokokken, Streptopeptokokken und was weiß ich noch für -kokken. Doppelkokken, Kettenkokken, Haufenkokken, Hansekokken, Einfachkokken. Diese kleinen Dinger. Man kann sie mit bloßem Auge nicht sehen. Aber ein Blick durchs Mikroskop, und man merkt: Die sind böse. Das Chlor bindet diese kleinen, bösen Dinger und verhindert, dass sie im Körper der Badegäste Party machen. Immer wenn sich jemand beschwert, sage ich ihm, er möge eine Chlorbrille aufsetzen. Diese Brille ist nicht zum Spannen unter Wasser gedacht, sonst hieße sie ja Spanner-Brille.
Sobald die Keimkonzentration im Wasser einen gewissen Grenzwert übersteigt, ist das Gesundheitsamt da. In meinem Fall: Spezialfreundin und Hygienezicke Frau Dr. Dr. Gindele, unsere

städtische Ungezieferbeauftragte. Die Dame steht jeden Montagmorgen bei mir auf der Matte. Sie ist eine waschechte Schwäbin, würde in unserer Badeanstalt am liebsten die Kehrwoche einführen und spricht in der typisch schwäbischen Verniedlichungsform: An jedes zweite Wort wird ein ›-le‹ drangesetzt. Dafür kann der Schwabe nichts. Aber wenn ich vorsätzlich und zum wiederholten Male »SchaluppLE« genannt werde, werde ich frech.
Letzte Woche stand sie mal wieder mit erhobenem Zeigefinger in meinem Kabuff: »Schalupple! Was meinet Sie, was für en Saich ich wieder mal im Schwimmbeckenwasser gefonde hab?«
Ich sag: »Badegäschtle? Oder 'ne Poolnudel? Für Sie übersetzt: Schwimmspätzle?«
Sagt sie: »Schalupple, Ihre Ironie perlt an mir ab wie Wasser von einem großen hässlichen Schwimmvogel, an den Sie mich grad erinnern!«
Da hab ich reflexartig noch einen hinterhergeschoben: »Frau Dr. Dr. Gindele, bevor ich noch 'ne Ladung Chlor in die Runde schmeiße, wie sagt denn der Schwabe zu Schwimmflügelchen? Kraultäschle.«

Donnerstag, 5. Mai

Es gibt eine Unsitte unter Badegästen, da hört bei mir Spaßbad auf. Und zwar: Döppen – unter Wasser tunken.
Im Rheinland sagt man auch ›Zoppen‹ oder ›Stippen‹, der Berliner sagt dazu ›Stuken‹, der Hamburger ›Unterduckern‹, der Schwabe sagt ›Nunnerdunke‹. Und je nachdem, ob man sich in Thüringen oder Sachsen befindet: ›Ditschen‹, ›Döttschen‹ oder ›Düttschen‹. Es ist mir scheißegal, wie es heißt. Klare Ansage: »Wer döppt, geht duschen!«
Wer als junger Mensch schon einmal gedöppt wurde und dabei

Panikattacken bekam, verliert schnell den Spaß am Schwimmen. Eben habe ich einen kleinen Rotzbengel dabei erwischt, wie er ein noch kleineres Mädchen unter Wasser gedöppt hat.
Den habe ich an beiden Ohren aus dem Becken gezogen: »So Freundchen, du entschuldigst dich jetzt erst mal bei der Kleinen!«
In dem Moment vernehme ich von der linken Seite die aufgebrachte Stimme seiner Mutter: »Finger weg von meinem Sören!«
Ich sage: »Gute Frau, wo waren Sie gerade? Haben Sie nicht mitbekommen, was Ihr Bengel mit dem Mädchen veranstaltet hat?«
Sie antwortet: »Das sind kleine Streitereien unter Kindern, die kann man aber auch ohne Gewalt lösen! Mit Kindern muss man darüber sprechen!«
Ich sage: »Gut. Dann sprechen Sie mit Ihrem Sören. Und dieses Pädagogengequatsche ... wo haben Sie das denn her?«
Sie antwortet: »Ich bin Pädagogin! Ich heiße Annerose Dinse-Holtmann, ich bin Diplom-Sportlehrerin. Und ich werde in Kürze in Ihrer Badeanstalt den Schwimmunterricht leiten. Da können Sie mal hospitieren kommen und ein paar essentielle Dinge über den Umgang mit Kindern lernen!«
Ich strecke ihr meine Hand entgegen: »Guten Tag, Schaluppke mein Name. Ich bin hier der Magister-Innen-und-Außenbeckenminister. Und den Schwimmunterricht will ich sehen.«

Freitag, 6. Mai

Rentnerschwimmen, 7.30 Uhr. Wie manche Omis ihre Bahnen ziehen, ist phänomenal. Der Kopf festgeschraubt über Wasser, damit die Blümchenbadekappe nicht nass wird. Frau Becker ist morgens eine der Ersten im Wasser. Die Dame schafft es beim Schwimmen

tatsächlich, dass die Wasseroberfläche völlig glatt bleibt. Das erinnert mich an Treibholz.
Ich hab zu ihr eben gesagt: »Frau Becker, halten Sie durch. Noch eine Bahn! Dann schließt die Badeanstalt.«
Ich glaube ja, dass die Damen ab einem gewissen Alter heimlich eine Kampfschwimmerausbildung absolvieren. Um die Wasseroberfläche kontrollieren zu können.

Samstag, 7. Mai

Habe heute meinen freien Tag und erledige den Wochenendeinkauf. Im Supermarkt steht ein junger Mann vor mir an der Kasse. Er trägt diese modernen 3-cm-Durchmesser-Ohrringe und seine Baggy-Pants-Hose auf halb acht. Von hinten gucke ich auf ein amtliches Maurer-Dekolleté.
Ich frage die Kassiererin: »Wenn ich da 'nen Euro reinstecke, klingelt dann die Kasse?«
Da er mit der rechten Hand den Hosenbund festhalten muss, hat er zum Verpacken des Einkaufs nur die linke frei. Als er mich fragt: »Können Sie mal eben meinen Geldbeutel aus der Seitentasche rausholen?«, antworte ich: »Hömma, wenn du mal eben beide Hände frei haben willst: Knote die Hose einfach mit zwei Kordeln an deinen Fleischtunneln fest.«

Sonntag, 8. Mai

(Muttertag)

Meine Tochter Bärbel ruft an: »Paps, heute ist Muttertag. Ich ruf Mama gleich an. Soll ich ihr was von dir ausrichten, oder magst du sie selbst anrufen?«

Ich antworte: »Nö.«

Ich bin jetzt seit sieben Jahren, acht Monaten, drei Wochen, fünf Tagen, neun Stunden, fünfundvierzig Minuten und neunzehn Sekunden – nein, jetzt genau zwanzig Sekunden geschieden. Meine Ex-Frau Gesine hatte sich jahrelang beschwert, dass es in unserer Wohnung ständig nach Chlor riecht. Dann kam der Wunsch, ich möge mir einen anderen Beruf suchen. Irgendwann fing sie damit an, den Chlorgeruch mit Räucherstäbchen zu überlagern. Und als die Räucherstäbchen abgebrannt waren, ist sie mit ihrem Reiki-Therapeuten durchgebrannt. Jetzt lebt sie in Goa in einem Aschram. Mit diesem Handaufleger. Ich sag nur: Ringelpiez mit Anfassen.

Dienstag, 10. Mai

Wir haben in unserem Schwimmbad zwei Topattraktionen: unseren Zehner, genannt ›Acapulco-Tower‹, und unser Wellnesspool, genannt ›Totes-Meer-Chillout-Becken‹. Mit sieben Prozent Salzgehalt. Man schwebt auf der Wasseroberfläche. Leptosomatikern – dünnen Menschen – verpasse ich Poolnudeln, damit sie nicht absaufen. Das Becken hat eine Engstelle, die schlecht einsehbar ist, weil eine Brücke darüberführt. Und an diesem Ort treffen sich gerne Pärchen – zum Austausch von Körperflüssigkeiten. Habe gerade wieder zwei erwischt.

Ich habe mich bäuchlings auf die Brücke gelegt und mit dem

Megaphon runtergebrüllt: »Passt mal auf, Sportsfreunde! Wenn euch noch nicht heiß genug ist, dann halte ich gleich einen Tauchsieder ins Wasser. Und dann gibt's hartgekochte Eier! Raus jetzt!«

Mittwoch, 11. Mai

Mein Chef hat mal wieder eine doofe Idee: Er möchte am Chillout-Becken dieses Schild aufhängen:
Er hat dieses Schild selbst gestaltet.

Ich sage: »Gerd, Verbotsschilder erreichen bei Jugendlichen genau das Gegenteil. Wenn ich Pärchen beim Austausch von Körperflüssigkeiten erwische, dann gibt's 'ne persönliche Ansage: ›Sportsfreunde, ich geb euch direkt mal 'ne Adresse von einer Hebamme, die nach neun Monaten Wassergeburten durchführt!‹«

Donnerstag, 12. Mai

Ein Badegast kommt in mein Kabuff. Er sagt, er habe beim Schwimmen seine Kontaktlinsen verloren, ob ich da was machen könne.
Ich verneine und beruhige ihn mit den Worten: »Tritt sich bei der nächsten Wassergymnastik fest.«
Er meint: »Sie sind ja ein ganz lustiger Vogel! Macht bestimmt Langeweile, den ganzen Tag um den Swimmingpool zu laufen!«
Ich antworte: »Ja, sicher. Aber in meinem Horoskop steht, dass ausgedehnte Spaziergänge am Wasser meiner Gesundheit guttäten.«
Nach zwei Minuten klingelt das Telefon im Bademeisterkabuff: »Rudi, hier ist Gerd. Komm sofort ins Büro!«
Ich sage: »Nur wenn du Adiletten anziehst und dich hier ans Becken stellst.«

Freitag, 13. Mai

Ha, Freitag, der 13.! Mich schreckt nichts mehr. Hab schon alles erlebt an solchen Tagen. Bruchverletzungen im Springerbecken, Prellungen auf der Wasserrutsche, Salmonellen-Alarm in unserem Schwimmbadkiosk und das Schlimmste: Hose geplatzt bei Anleitung der Wassergymnastik. Und zwar meine eigene.

Samstag, 14. Mai

Viele Jugendliche bei mir im Schwimmbad sprechen eine harte Sprache: Kiezdeutsch. Diese Sprache hat einen ähnlichen Härtegrad wie unser Wasser. Und wer denkt, nur türkische Jugendliche

reden so, der fehlt. Deutsche Jugendliche reden auch so. Und sie heißen auch so, wie sie reden: Chantalle, Chaqueline oder Kevin-Justin. Vorhin hat mich eine bewölkte 15-Jährige angequatscht. So 'ne Hirnblonde. Fragt die mich, ob ich ihr den Zehner aufmache.
»Daaf'sch Acapulco-Towaaa?«
Ich sag: »Wat? Mädchen, beweg einfach mal die Lippen, wenn du mit mir sprichst.«
Sie: »Daaf'sch Acapulco-Towaaa?«
Ich: »Wie heißt das?«
Sie: »Daaf'sch Acapulco-Towaaa?!! Ey, bis' du schwerhörisch, du Doof?!«
Ich sag: »So Mädel, zum Mitschreiben für grenzdebile Gammeldeutsch-Gören: Ich bin hier nicht die Supernanny für euch Pisa-Opfer. Aber bevor hier gleich der Dumpfbacken-Alarm ausgelöst wird: Erstens, nicht in dem Ton! Zweitens, mit Anrede! Und drittens, mit vollständigem Satzbau! Also, Frollein: Hau rein, dann kommst du bei mir auch in den Recall.«
Sie sagt: »Herr Schaluppke, darf isch bitte Acapulco-Towaa?«
Ich sag: »Nee, das reicht gerade mal für'n Einer.«

Sonntag, 15. Mai

Meine Tochter ist zwanzig, hat Abitur und studiert seit kurzem in Köln an der Sporthochschule auf Diplom. Bin sehr stolz auf mein Mädel!
Ich habe ihr von meiner gestrigen Begegnung mit der Acapulco-Göre erzählt und sie gefragt: »Bärbel, erklär's mir bitte! Deine Generation, warum reden die Jugendlichen nicht mehr in ganzen Sätzen?«
Sie sagt: »Paps, ich schick dir mal 'ne SMS, dann weißt du, warum.

Simsen, kennste? LOL, ROFL? … Okay, Paps, anderes Beispiel: Jugendliche reden genau so, wie sie im Internet chatten.«
Ich sage: »Da hab ich kein Verständnis für.«
Bärbel wirft mir daraufhin an den Kopf, ich sei altmodisch und *old school*.
Ich sag: »Aufpassen, Frollein! Ich bin weder altmodisch noch das andere!«
Sie sagt: »Dann hör doch erst mal auf, mich Bärbel zu nennen.«

Montag, 16. Mai

Wir haben seit einigen Tagen einen hormonell Übermotivierten im Bad, der gerne seinen eigenen Körper zur Schau stellt. Minipli, ledrig gegerbte Haut, um die fünfundfünfzig. Also im besten Luden-Alter. Kommt aus der Dusche rausmarschiert und tut so, als hätte er seine Badehose im Duschraum vergessen.
Ich sag: »Hömma, Flitzer-Fritze, hamma nich' was vergessen?!«
»Wieso? Haare sind gewaschen«, sagt der keck.
Ich schau ihm bewusst unter den Bauch und sage: »Das seh ich. Trotzdem marsch zurück in die Dusche! Und komm wieder mit Textilie! In Größe XL. Nicht, dass du's brauchen würdest, aber ich kann einfach kein Elend sehen.«

Dienstag, 17. Mai

Bei uns an der Kasse arbeitet Frau Schmitz. Junge Dame, gebürtige Kölnerin und rheinische Frohnatur. Sie möchte unbedingt Theaterschauspielerin werden. Das Problem dabei ist: Sie hat eine gene-

tisch eingebaute ›Sch‹-Schwäche, sie bringt ›ch‹ und ›sch‹ durcheinander. Ihr wisst schon: »Vatter, wat gibbet zu Tich?« – »Fich.« – »Wat för ne Fich?« – »Hescht.«
Vor kurzem kam sie an und sagte: »Herr Chaluppke, kann isch näschsten Dienstach freibekommen? Da hann isch Aufnahmeprüfung an 'ner Chauspielchule.«
Es ist ihr zehnter Versuch. Ich habe ihr nun den ›Kleinen Hey‹ geschenkt, die Sprecherbibel, und daraus eine passende Übung ausgesucht: ›Tschechische Speerspitzenschnitzer schnitzen tschechische Speerspitzen‹.
»Und – bitte!«
Da ergoss sich ein S-C-H-Gewitter, wie ich es schon unterm Zehner bei der Acapulco-Göre erlebt hatte.
Ich sag: »Frau ... Chmitz. Was Einfaches zum Aufwärmen: ›Die Katze tritt die Treppe krumm‹.«
Sagt die: »Dat muss aber 'ne fette Katze sein!«

Mittwoch, 18. Mai

Mittagspause am Schwimmbadkiosk. Er heißt bei uns ›Schwimmbiss‹. Es gibt hier alles zu kaufen: Currywurst, Pommes, Bockwurst, Mettpeitsche, heiße und kühle Getränke, Kaffee und Kuchen, Gemischte Tüte, Eis, Tageszeitungen, Illustrierte, Rätselhefte, Shampoo, Duschgel, Sunblocker, Badetücher, Badekappen, Bikinis, Chlorbrillen und Poolnudeln.
Hinter der Schwimmbiss-Theke steht Malgorzata Budnikowski. Sie ist Polin, neunundvierzig Jahre alt, eine ganz reizende Dame und die gute Seele unserer Badeanstalt. Unter ihrem beachtlichen Busen schlägt ein noch größeres Herz, und sie hat eine entwaffnende Lache. Ich schaue gern bei ihr vorbei.

Jedes Mal empfängt sie mich mit den Worten: »Ruudiii! No kurwa Schaluppczyk, einen Slibowitz?«
Und jedes Mal antworte ich: »Ich bin doch im Dienst, Mascha.«
Dann genehmigt sie sich selbst einen, macht mir einen Kaffee und stellt mir selbstgebackenen Kuchen dazu. Der Kaffee schmeckt heute seltsam. Er schmeckt nach Bockwurstwasser.
Sie sagt: »Pierdole Schaluppczyk, Kaffeemaschine is' kaputt! Muss ich heute heißes Wasser aus Kochtopf von Wienerle nehmen.«
Ich bestelle zum Kuchen eine Cola und zum Mundspülen einen Slibowitz.

Donnerstag, 19. Mai

Unter den Frühschwimmern gibt es solche, die nach Eintritt ins Rentenalter schon frühmorgens dem Sinn ihres Lebens nachkommen: Meckern.
Opa Heinrich gehört zu den Rentnern, die schon eine halbe Stunde vor Eintreffen des Personals ungeachtet jeder Wetterlage auf der Matte stehen.
Wenn ich ankomme, begrüßt er mich mit folgendem Spruch: »Herr Bademeister! Da sind wir heute aber spät dran, was?«

Das Leben dieses Rentners ist von Termindruck geplagt, da hilft nur ein gut getimter Tagesplan. Wichtigster Programmpunkt: ›Bahn eins gehört mir!‹
So rüstet Opa Heinrich sich mit Zehnerkarten aus, um als Erster am Drehkreuz zu stehen, damit ja kein anderer Badegast vorbeikommt. Zur Warteschlange hinter ihm tönt er: »So, 7.02 Uhr! Ist immer dasselbe hier! Pünktlichkeit scheint in diesem Saftladen ein Fremdwort zu sein!«
Dann hechtet er zu *seinem* Spind und von dort – meistens ungeduscht – zu *seiner* Bahn. Leute, die sich dahin verirren, werden gerammt. Den Rest der Zeit verbringt er damit, Badegäste mit seinen abgestandenen Geschichten zu nerven: »Früher war alles besser!«
Ich habe mir gestern den Spaß erlaubt und seine Zehnerkarte am Computer manipuliert. Sprich: Ich habe sie gesperrt. Heute Morgen stand der alte Sack am Drehkreuz und versuchte die Karte – mittlerweile von schweißnasser und zittriger Hand gammelig geworden – vergeblich in den Kartenleser zu stecken. Frau Schmitz hat ihm dann eine neue ausgestellt. Um 7.15 Uhr kam er in die Halle und musste feststellen, dass seine Bahn eins bereits belegt war.
Ich begrüßte ihn mit folgendem Spruch: »Opa Heinrich! Da sind wir heute aber spät dran, was?!«

Freitag, 20. Mai

Was im Schwimmbecken auch nichts verloren hat, sind Gel- und Pomadefrisuren. Immer noch in Mode bei den Jungs. Ständig verteilt sich dieses klebrige Zeug bei mir im Becken, gehört da nicht rein! Da kommt dann so ein Bube – Marke Kevin-Justin – an mit einer kompletten Tube Gel in den Haaren. Wenn's antrocknet, kann man sie abbrechen.

Ich sag: »Sportsfreund, Haare waschen oder Kappe auf!«, und zu meinen türkischen Jungs sag ich: »AbdoulLeventMurat: Hallebaddkapp!«
Da wird dann immer rumdiskutiert: »Ey Chef, ey Cheeef! Isch hab kein' Hallebaddkapp!«
Ich sag: »Jungs, mitkommen in mein Kabuff!«, und hole diese blauen Plastiktüten, die eigentlich an die Füße gehören: »Abdoul, Levent und Murat: Hallebaddkapp!«
Dann kommt der typische Spruch: »Ey Schalupp, bin ich schwul, oder was?«
Meine typische Antwort darauf: »Schwul oder duschen!«

Samstag, 21. Mai

Flitzer-Fritze hat ein neues Hobby: Schnorcheln. Ich beobachte vom Beckenrand aus, wie das Atemrohr seine Bahnen zieht. Und zwar direkt hinter einer brustschwimmenden Badegästin! Ich habe den Schnorchel eben mit Duschgel aufgefüllt.

Sonntag, 22. Mai

Körperflüssigkeiten haben im Wasser auch nichts verloren. Ich beobachte Opa Heinrich beim Schwimmen. Und bemerke auf einmal: Der zieht 'ne gelbe Spur hinter sich her!
Ich rufe ihm zu: »Hey Sie, haben Sie PP? Nicht Pipi, sondern PP-Prostata-Probleme?«
Da antwortet der: »Nöö, wieso?«
Ich sag: »Dann schwimmen Sie mal ein Stück zurück!«

Ich glaube, er macht das absichtlich, seitdem ich seine Zehnerkarte manipuliert habe. Ausgerechnet der beschwert sich, wieso ich immer so viel Chlor ins Becken mache.
»Was soll ich sonst da reinmachen? Kukident?«
Er bellt mich an: »Wie reden Sie eigentlich mit mir? Ich bin Träger vom Eisernen Kreuz!«
Ich sage: »Na und? Oma Krause trägt 'ne Hüfte aus Titan.«

Montag, 23. Mai

Das Telefon klingelt. Ich melde mich mit den Worten: »Schaluppke, Badeaufsicht Südbad, guten Tag.«
Eine weibliche Stimme mit türkischem Akzent fragt: »Heute Badefrau?«
»Äh, meinen Sie Bademeisterin?«
»Evet, Badefrau.«
»Nein, hier arbeitet nur männliches Badepersonal.«
»Ach so, Bademann. Is' möglich schwimmen mit Burka?«
Ich sage: »Tut mir leid, das ist gegen unsere Hygienevorschriften.«
»Dann ich nix schwimmen.«
Sie legt auf.
Burka-Baden ist ein schwieriges und unter Bademeistern heiß diskutiertes Thema. Es ist natürlich klar, dass eine religiöse Muslimin nicht im Bikini schwimmen geht. Aber mit Burka ins Becken – läuft bei mir nicht! Das ist unhygienisch. Frei nach dem Motto:
Die Aishe schwimmt so lang verschleiert,
bis die Bazille Party feiert.
Und schwimmt sie auch noch im Tschador,
kommt der Schaluppke mit dem Chlor.
Deswegen haben wir in unserer Badeanstalt den sogenannten ›Bur-

kini‹ eingeführt. Eine Burka aus Bikinistoff, aus Elasthan. Ich halte das für eine tolle Erfindung der Badebekleidungsindustrie. Mein Werbeslogan dazu lautet:

Wenn der Burkini Aishe ziert,
ist sie beim Schwimmen integriert.

So läuft das bei uns.

Dienstag, 24. Mai

Nun ist es so weit, ich hab sie an der Backe: Diplom-Sportlehrerin Dinse-Holtmann. Heute hat sie ihre erste Schwimmstunde mit der Klasse 10b. Kurz davor kommt sie im schnittigen Badeanzug in mein Kabuff gerauscht und tönt: »So, Schaluppke! Sie dürfen sich gleich mal ein Bild davon machen, was energetisch-motivierender, antiautoritär-verständnisvoller und erlebnisgestützter Unterricht ist!«

Was ich dann sehe, erinnert mich eher an Feng-Shui-Schwimmen. Zum Stundenbeginn macht sie mit der Klasse eine Entspannungs-

übung: »Stellt euch vor, ihr liegt auf einer grünen Wiese und umarmt die vorbeiziehenden Wolken.«
Die Klasse liegt aber nicht auf einer Wiese, sondern auf dem feuchten Kachelboden. Und blockiert mir den ganzen Beckenrand!
Ich hab im Vorbeigehen gesagt: »Sechs Chakren für ein Halleluja.«
Frau Dinse-Holtmann antwortet aufgebracht: »DAS hab ich gehört, Schaluppke! Außerdem sind es nicht sechs, sondern sieben Chakren: Wurzel, Sakral, Nabel, Herz, Hals, Stirn und Scheitel!«
Ich sage: »Im Moment hab ich nur zwei Chakren aufm Schirm: dicker Hals und Dusche.«

Freitag, 27. Mai

Gestern stand wieder mal ein jugendlicher Intelligenzallergiker aufm Zehner. Hat den ganzen Sprungbetrieb blockiert, weil er da oben am Rumposen war. Packte sich an den Schritt und brüllte: »Ey Leute, isch soo – ey Keule, kuck misch!«
Und dann machte der seinem Mädel, das unterm Zehner stand, eine Art ›romantischen Heiratsantrag‹: »Ey Nickolle! Nickolle, isch schwöre dir: Isch liebe disch! Und die Arschbombe, die isch jetz' mach, die widme isch nur disch!«
Ich stand fassungslos neben dem Mädel und fragte: »Hömma, Nickolle. Schreibt man das eigentlich mit ›ck‹ und Doppel-l? Was ist das denn für ein Eimer da oben?«
»Is' mein Freund.«
»Seit wann?«
»Seit gestern. Und isch schwöre, der liebt misch voll so!« Dann packte sie sich an die Hupen und brüllte: »Rallöf, doppelschwör! Isch doppelschwöre: 'sch will ein Kind von disch!«
Ich hab eine Durchsage gemacht: »Da wollen wir mal alle ganz

schwer hoffen, dass der Rallöf beim Sprung vom Zehner auch die Beine zusammennimmt!«
Dann habe ich die Pfeife betätigt und hochgerufen: »Rallööóf, du blockierst den Acapulco-Tower. Spring endlich!«
Er von oben: »Alter, was geht?«
Ich: »Ich sag dir, was geht: Du gehst duschen! Und zwar« – habe mir dabei demonstrativ zuerst in den Schritt und dann an die Hupen gepackt – »*Doppelhochzweischwör!*«
Er: »Alter, wer bist du eigentlisch?«
Ich sag: »Ich bin hier der Fußpilz-Flüsterer.«

Sonntag, 29. Mai

Opa Heinrich mit seinen Altnazi-Parolen wird langsam unerträglich. Vorhin stand ich mit meinen türkischen Jungs unterm Zehner. Abdoul, Levent und Murat haben mir die neuesten Chuck-Norris-Witze erzählt. Und zwar auf Schaluppke gemünzt.
»Ey der Schalupp, der is' so'n harter Typ! Der liest keine Bücher. Der starrt die so lange an, bis sie ihm freiwillig erzählen, was er wissen will!«
Da kommt der alte Sack an und raunt mir von der Seite zu: »Wieso geben Sie sich eigentlich immer mit diesen Türken ab? Die können sich bei uns nicht benehmen. Die sollen dahin gehen, wo sie hergekommen sind.«
Ich frage: »Wohin denn? Nach Köln-Chorweiler? Vielleicht haben Sie mitbekommen, dass die bereits in dritter Generation hier leben. Die Familien sind doch eben erst von Chorweiler nach Zollstock gezogen.«
Opa Heinrich erwidert: »Wenn's nach mir ginge, die können zurück nach Chorweiler – und zwar alle!«

Da habe ich mir mein Megaphon geschnappt und ihm mit Adi-Stimme zugeraunt: »Baden heute nur mit brrrauner Badekappe! Und ab 7.45 Uhr wird zorrröckgeschwommen. Und zwar: im Becken auf der rrrechten Seite!«

Dienstag, 31. Mai

Dienstag – Dinsetag. Heute steht auf dem Lehrplan: Delphinschwimmen. Zumindest der Versuch, es der 10b beizubringen. Sehr schwieriger Schwimmstil.
Frau Dinse-Holtmann kaut das erst einmal theoretisch durch: »Aufgepasst! Bei dieser komplexen Schwimmtechnik müsst ihr eure volle Konzentration auf euer Nabel-Chakra lenken!«
Ich frage sie, ob sie es nicht erst mal mit Schwimmbrett und Beinschlag versuchen möchte.
Sie antwortet barsch, ich solle meine Klappe halten, und schickt die Klasse ins Wasser. Nach fünf Minuten muss ich ein paar ihrer Schüler vor dem Ertrinken retten und spreche sie genervt an: »Frau Dinse-Bindestrich, das ist kein komplexer Schwimmstil, sondern kollektives Absaufen! Außerdem verkloppen sich da hinten gerade zwei von Ihren Jungs!«
Sie unterstellt mir, ich würde ihre Lehrmethoden anzweifeln, und wiegelt ab: »Schaluppke, Sie wissen sehr gut, die 10b ist eine äußerst problematische Klasse! Manchmal habe ich das Gefühl, die sind alle hyperaktiv!«
Ich sage: »Und? Was machen wir jetzt? Soll ich das Chlor gegen Ritalin austauschen?«

JUNI

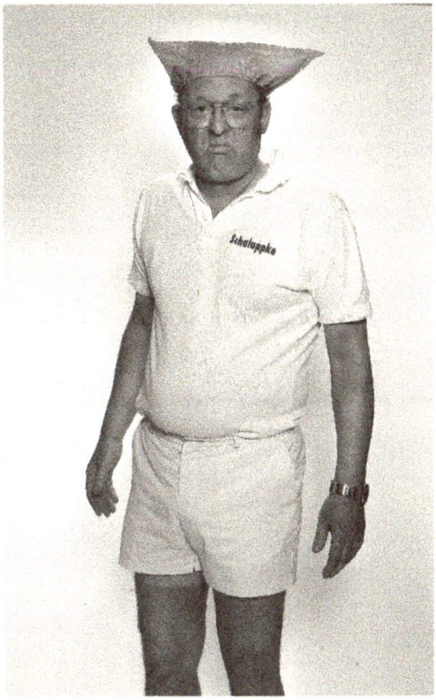

Mittwoch, 1. Juni

Eben hat mich eine Saunagästin angequatscht: »Herr Schaluppke, Ihr Aufgussangebot finde ich äußerst langweilig. Wer macht denn heutzutage noch Birkenaufguss? Sie müssen unbedingt die Palette an Ingredienzen erweitern! Ich habe vor kurzem einen wohltuenden Brottrunkaufguss erlebt. Und der neueste Schrei in unserer Sauna-Community ist eine Aufgussessenz aus den Hormondrüsen des tibetanischen Hängebauchschweines.«

Ich antworte: »Hab ich nicht. Aber ich geh gleich mal zum Kiosk. Und dann treffen wir uns in zehn Minuten in der Schwitzbude zum Mettbrötchenaufguss. Mit Zwiebeln.«

Und überhaupt: Ich muss mich bei dem Thema mal wieder aufregen. Die Erlebnis-Saunalandschaft, die letztes Jahr bei uns gebaut wurde, halte ich für einen gewaltigen Schuss in den Ofen. Anstatt die zur Verfügung stehenden Gelder für eine Generalsanierung un-

serer Badeanstalt zu nutzen, hat Gerd Vogel in einen schicken – wie er es nannte – ›Body and Health Spa-Park‹ investiert. Mit Biosauna, Bergischer Stollensauna, Salzkristallsauna usw. Zur ›Neugenerierung eines einkommensstarken Kundenstamms‹, wie er sich immer geschwollen ausdrückt. Was er dabei nicht bedacht hat, ist, dass sich unsere Badeanstalt in einem Stadtviertel befindet, in dem der soziale Punkt brennt. Hier leben einkommensschwache Menschen, die sich die horrenden Eintrittspreise nicht leisten können. Die sparen sich den Spa.
So, ich gehe jetzt ins Chefbüro und lege dem Vogel noch mal die Reparaturliste vor.

Donnerstag, 2. Juni

(Vatertag)

Es ist Christi Himmelfahrt und damit auch Vatertag, hurra! Ich weiß, wieso sich der Heiland vom irdischen Acker gemacht hat: damit er nicht mit ansehen muss, wie besoffene Junggesellenabschiede auf Bier-Bikes Jagd auf Fußgänger machen.
Auch bei uns herrscht heute Ausnahmezustand. Es ist der Tag im Jahr mit dem höchsten Grillaufkommen. Auf der Liegewiese zähle ich etwa einhundert dieser rauchenden Schlote. Letztes Jahr hat ein Nachbar die Feuerwehr alarmiert, weil er dachte, das Schwimmbad würde brennen. Die kamen mit fünf Einsatzwagen an.
Schwimmbäder brennen nicht. Und falls doch: Es ist genug Wasser zum Löschen da.

Freitag, 3. Juni

Frau Budnikowski verkauft im Schwimmbiss nicht nur die ganzen Käseblättchen, sie glaubt auch alles, was da drinsteht. Und jeden Tag liest sie mir das Liebeshoroskop vor: »Ruuudiii, schaustu hier, steht weiß auf schwarz: Sie haben starke Gefühlle für Ihre Mitmenschän. Lassen Sie Ihrem Umfeld Zeit, sich darauf einzustellän.«
Ich sag: »Frau Budnikowski, das tu ich schon seit zwei Jahren.«
Sie liest weiter: »Für Skorpion is' heute gute Zeitpunkt für Liebe, Lust und Leidänschaft!«
Ich sag: »Frau Budnikowski, ich bin kein Skorpion.«
Sie stemmt ihre Hände in die Seiten und sagt: »Aber ich!«
Dabei schaut sie mich herausfordernd an.
Wie komme ich aus dieser heiklen Situation raus? Am besten mit meiner Standardausrede: »Ich geh mal Saunaaufguss machen.«

Samstag, 4. Juni

Knut-Pätrick, der pubertierende Sohn meines Chefs, ist wie sein Vater: Er hat immer doofe Ideen. Und er ist verzogen bis zum Dorthinaus. Wie soll ich ihn beschreiben? Triple-Whopper-gemästeter Bengel.
Und weil Knut-Pätrick vom äußeren Erscheinungsbild her einem Pfannkuchen mit Haaren gleicht, soll er regelmäßig schwimmen gehen, damit er auch in zwei Jahren noch durchs Drehkreuz am Eingang passt. Ich fänd's ja nicht schlecht, wenn sein Vater ihm mal ab und zu klarmacht, wo's langgeht. Aber nein, der Herr Vogel hat sich überlegt, diese Aufgabe mir zu übertragen. Ich denk: *Seh ich aus wie der Personaltrainer eines Buben, dessen Vater es nach vier Jahren Geschäftsführung einer Badeanstalt nicht einmal geschafft hat, selber ins Wasser zu springen?*

Meistens lümmelt Knut-Pätrick auf einer Liege am Beckenrand, vernichtet Schokoriegel und Speckmäuse und hält Ausschau nach seinem Alten. Wenn der mal ins Bad spaziert, rutscht sein Junior mit erstaunlicher Eleganz von der Liege ins Schwimmbecken, taucht bis zur Nase ab und verharrt dort reglos, bis die Gefahr vorüber ist. Wenn ich nicht wüsste, dass der Mensch vom Affen abstammt, würde ich sagen, bei Knut-Pätrick ist auf jeden Fall ein Schuss Alligator drin.

Und der Bengel hat doofe Ideen. Vorhin hat er sich mit seinem Kumpel Jens vom Einerbrett ein Arschbombe-Duell geliefert. Ich denke, ich mache den beiden einen pädagogisch wertvollen Vorschlag und sage: »Jungs, und jetzt Arschbombe vom Dreier.«

Als Jens oben steht, brüllt Knut-Pätrick ihm zu: »Arschbombe ist out – ICH WILL TSUNAMI SEHEN!«

Ich reagiere instinktiv und rufe: »Jungs, so war das nicht gemeint. Dreier ist jetzt zu!«

Sonntag, 5. Juni

Ich genieße meinen freien Sonntag auf der Couch. Habe mir für heute Abend die komplette zweite DVD-Staffel der Muppetshow vorgenommen. Gegen 19.00 Uhr ruft Bärbel an. Nach kurzem Wortwechsel beginnt sie zu heulen. Sie hat morgen an der Spoho Technikprüfung im Schwimmen-Grundkurs und große Angst, den Schein nicht zu bestehen. Ich schlage vor, dass wir uns im Schwimmbad treffen. Den Rest des Abends verbringe ich damit, meiner Tochter eine prüfungskompatible Rollwende beizubringen und ihr die Schere beim Brustschwimmbeinschlag abzutrainieren.

Dienstag, 7. Juni

Frau Budnikowski kann einem echt leidtun. Sie hat schlimmen Heuschnupfen. Seit Tagen steht sie niesend und mit geschwollenen Augen hinter ihrer Schwimmbiss-Theke. Manchmal niest sie so laut, dass man denkt, der Boiler in ihrer Küche explodiert. Heute hat sie sogar vergessen, mir mein Tageshorrorskop vorzulesen. Ich empfehle ihr, einen Allergietest zu machen.

Sie niest und sagt in ihrem polnischen Akzent: »No ja, da hab ich gemacht! Kurwa, war ich letzte Woche bei Allregologin, hat sie gemacht mit mir Brück-Test.«

Es heißt Allergologin und Prick-Test, aber ich weiß schon, was sie meint. Sehr charmant finde ich auch, dass sie fast jeden Satz mit einem Schwimpfwort beginnt: »Kurwa Schaluppczyk!«, was mich auch irgendwie an Niesen erinnert.

»Pierdole, hat Frau Doktor zu mir gesagt, bin ich positiv. Auf Achorn, Löwezahn und alle Gräser. No, da hab ich Polen-Allergie.«

Da musste ich schallend lachen. Der Tag ist gerettet!

»Kulik na molik, das is' überhaupt nich' zum Lachen! Da muss ich jetz' machen Hippo-Sensimilisierung.«

»Mascha, gib mir mal Saure Zungen, Weingummis und Saure Gurken.«

»No, sauer macht luschtig. Soll ich einpacken? In Gemischte Titte?«

Ich sag: »No ja ... da packst du ein in Gemischte Titte.«

Sie niest, und ich ertappe mich dabei, wie ich auf ihren bebenden Busen starre.

Mittwoch, 8. Juni

Krisengespräch im Chefbüro. Gerd Vogel drückt mir besorgt die Reparaturliste in die Hand: »Rudi, Reparaturarbeiten sind momentan etatbedingt nicht umsetzbar. Ich habe schlechte Nachrichten. Die Stadt ist pleite.«
Ich antworte: »Das war mir vorher schon klar. Und? Was passiert jetzt? Wird der U-Bahn-Bau gestoppt?«
Lange schon habe ich in den Nachrichten die städtischen Hiobsbotschaften mitbekommen. Nun kommen die Einschläge näher.
»Rudi, man hat uns die Geldmittel gekürzt.« Er legt mir ein Schreiben der Stadtverwaltung vor mit der Überschrift: ›Wir müssen alle den Gürtel enger schnallen!‹
Ich klatsche mit der Hand gegen meine Plauze und antworte: »Gerd, wenn ich anfange, den Gürtel enger zu schnallen, kannst du mich direkt in Mutterschutz schicken.«

Samstag, 11. Juni

Knut-Pätrick ist genau wie sein Vater: Er meint, er könnte sich bei mir alles erlauben! Eben kam er mit seinem Kumpel Jens in die Schwimmhalle reinstolziert. Mit Schuhen. Ich sag: »Jungs, Schuhe aus!«
Jens sagt: »Sind keine Schuhe, das sind Sneakers!«
Ich sag: »Und Raider heißt jetzt Twix. Zieht die Dinger aus!«
Jens fragt: »Wieso? Die sind neu!« und Knut-Pätrick fügt hinzu: »Und außerdem sind die neuen Sneakers von Jens voll die Respektlatschen!«
Ich zeige auf meine Holzpantoletten und sage: »Wenn einer Respektlatschen anhat, dann bin ich das! Ihr beiden habt zwei Mög-

lichkeiten: Entweder ihr macht euch barfüßig oder zieht Hallebaddkapp über die Turnschuhe!«
Knut-Pätrick entscheidet sich für die dritte Möglichkeit: Er rennt zu seinem Vater, um sich über mich zu beschweren. Der drückt seinem Sohnemann zwanzig Euro in die Hand und sagt: »Ich hab jetzt keine Zeit, geht zum Kiosk und kauft euch was Schönes.«

Dienstag, 14. Juni

Kurz vor Dienstschluss. Ich stehe am Beckenrand und beobachte den Kajakklub beim Training der Eskimo-Rolle.
Mein neuer Bademeisterkollege Nils Notnagel kommt an: »Herr Schaluppke, HWP ist WF, IB und AUB ist OBG.«
Ich frage: »Notnagel! Hammse heute zu viel Chlor eingeatmet, oder wat?«
Er klärt mich auf: »Hot-Whirlpool ist wasserfrei, Innen- und Außenbecken ist ohne Badegäste. Das sind Abkürzungen. Neueste Terminologie für FABs, Fachangestellte für Bäderbetriebe. Bademeister sagt man heutzutage nicht mehr! Haben Sie BB schon überprüft?«
»Wat hab ich? Brigitte Bardot? Boris Becker? Bunga Bunga?«
»Nein, Babybecken natürlich.«
»Hab ich noch nicht, mach ich aber, wenn der Kajakklub mit Eskimo-Rolle fertig ist.«
Er berichtigt mich: »Inuit-Rolle! Es heißt Inuit-Rolle. Neueste Fachterminologie. Leben sie hinterm Mond, oder was?«
Ich sag: »SF KS.«
Er glotzt mich an: »Aaahhh … Das heißt doch Sonderfach Kajaksport.«
»Nein. Es heißt Schönen Feierabend, Klugscheißer.«

Mittwoch, 15. Juni

Gerd Vogels betriebsinterne Sparmaßnahmen haben begonnen. Er präsentiert mir erste Ideen, mit der Bitte, diese sofort umzusetzen: »Rüdiger, wir takten ab sofort die Laufzeit der Brausen in den Duschräumen runter.«
Ich reagiere professionell: »Wat?«
»Na, ganz simpel«, erklärt er mir großzügig, »beim Duschen läuft die Dusche automatisch eine Minute lang, ich hab's persönlich gestoppt.«
Ich frage: »Du persönlich? Unter der Dusche? Im Anzug?«
Er wird ungehalten: »Rudi! Eine Minute Wasserlaufzeit ist Verschwendung und lädt die Badegäste zum unnötigen Verweilen im Duschraum ein.«
»Wer bummelt schon gerne unter Brausen?«, werfe ich ein.
Doch Vogel ist in Fahrt: »Die Duschentaktung wird ab sofort von einer Minute auf zehn Sekunden abgesenkt.«
Ich frage: »Gerd, wieso lassen wir nicht einfach das warme Wasser weg? Und machen aus den Duschknöpfen gleich 'ne Bewegungsmelderschaltung? Dann kommt nur noch Wasser raus, wenn man unterm Brausekopf ein kleines Tänzchen aufführt. Das macht auch warm.«
Vogel sagt: »Schluss jetzt! Ab zu den Duschen, Wassertaktung absenken.«
Ich sage: »Kann ich dann auch das Eingangsschild austauschen? Von Spaßbad in Sparbad?«

Donnerstag, 16. Juni

Habe gestern Abend die Wassertaktung erst mal nur in der Herrendusche abgesenkt. Prompt hatten die Männer keinen Bock mehr auf Duschen und sind ungeduscht ins Wasser gesprungen. Schmutzfinken! Heute Nachmittag dasselbe Prozedere in den Damenduschen. Auch die weiblichen Badegäste verzichten und springen ungeduscht ins Becken. Nur Oma Krause spricht mich an: »Hörense mal, Herr Schaluppke, isch hann dat Jeföhl, die Brausen sind kapott.«
Gegen Abend ist die Keimkonzentration im Schwimmbecken auf das Doppelte angestiegen.

Freitag, 17. Juni

Hoher Besuch unserer städtischen Bazillenbeauftragten Frau Dr. Dr. Gindele. Sie schäumt: »Schalupple! Was isch da los?! Die Wasseranalyse ischt erschreckend! Ihre Badeanstalt isch innerhalb eines Tages zum Dreckloch geworden! Isch werde dieses verkeimte Etablissement per gesundheitsamtlicher Verfügung schließen lassen!«
Ich mache der Gindele den Vorschlag, dies doch in Vogels Büro zu klären. Dort angekommen, sage ich zu ihm: »Du, Vögele, die Gindele isch grad ein bissle angespannt. Ich bin mal eben im Technikkeller bei der Umwälzanlage und verdopple die Chlorkonzentration, kostenmaximierend, versteht sich.«
Dann begebe ich mich in die Duschen und stelle die Wassertaktung zurück auf eine Minute.

Samstag, 18. Juni

Ein warmer, sonniger Tag. Das Freibad ist proppenvoll, vor allem Familien mit Kindern.
Ich werde ausgerufen: »Herr Chaluppke, bitte chnell zur Kasse!«
Frau Schmitz empfängt mich im Eingangsbereich: »Sie müssen mir helfen, da ist ein junger Mann, der mit seinem Hund reinmöchte. Er macht hier einen Riesenaufstand und hat mich gerade vor allen Leuten übelst bechimpft!«
Ich knöpfe mir den Kollegen vor. Mitte zwanzig, Glatzkopf, Springerstiefel, T-Shirt mit Schriftzug ›Troublemaker‹. Er sieht an sich ganz harmlos aus, schmächtig und klein. Aber seine aufgepumpte Körperhaltung und Gestik sprechen Bände. Und er hat einen Kampfhund an der Leine. Einen ausgewachsenen Staffordshire-Terrier.
Ich sage: »Sportsfreund, die Töle bleibt draußen.«
Er baut sich vor mir auf: »Der heißt nicht Töle. Der heißt Tyson! Wieso bleibt Tyson draußen?«
Ich sage: »Weil dein Hund schon trocken scheiße aussieht. Jetzt stell dir vor, der Köter fällt ins Wasser. Bei der Fresse mach ich keine Mund-zu-Hund-Beatmung.«
Er brüllt mich an: »Willste meinen Hund beleidigen? Der sieht besser aus als mancher Mensch!«
Ich sage: »Stimmt, ihr bleibt beide draußen.«

Montag, 20. Juni

Aus der Eingangshalle höre ich ein seltsames Zischen. Ich folge dem Geräusch und lande bei Frau Schmitz an der Kasse. Sitzt die da vor dem ›Kleinen Hey‹ und macht wie gestört immer nur: »Tsch-

Tsch-Tsch-Tsch-Tsch.« Minutenlang am Stück. Die umstehenden Badegäste schauen ihr dabei ungläubig zu.
»Frau Schmitz, machense mal Pause mit Stimmübungen. Ist ja schön, dass Sie immer dranbleiben, aber geht das auch ein bisschen leiser?«
Strahlt mich die Schmitz an und sagt: »Ha! Herr Tschaluppke. Ich arbeite mich langsam ran! Aufgepasst: Tsch-Tsch-Tsch-Tschechischer Speerchpitzenchnitzer ... oh, nein! Eben hatte ich es doch!«
Ich sage: »Vergessen Sie den tschechischen Speerschnitzenschnitzer. Sagen Sie lieber: Prager Kunsthandwerker.«

Dienstag, 21. Juni

Dienstag – Dinsetag. Frau Bindestrich lässt ihre Schüler am Ende der Stunde vom Zehner springen. Ich ahne Schlimmes und gebe eine gutgemeinte Warnung ab: »Lassen Sie bitte den Zehner ausm Spiel!«
Oben auf dem Acapulco-Tower steht der kleine dicke unsportliche Ulf, den seine Mitschüler gegen seinen Willen da oben raufgezerrt haben.
Ich sage: »Frau Dinse, Schüler-Mobbing! Merken Sie das nicht?«
Da kommt als Antwort: »Ich heiße Dinse-Holtmann, und Sie halten sich da raus, der Junge muss da oben seine sozialen Erfahrungen machen! Außerdem muss man mit Kindern darüber SPRECHEN!«, und dann ruft sie nach oben: »Ulf, lockere Körperspannung und in den Beckenboden reinatmen!«
Ich glaub, es hackt.
»Frau Bindestrich, der Beckenboden ist – wenn überhaupt – da unten. Und da muss Ulf auch erst mal hin!«
In dem Moment kriegt Ulf von Klassenkamerad Holger einen Tritt. *Zack!*, Bauchklatscher! Holger hinterher, macht Zielspringen per Arschbombe. Ich springe sofort rein, hole Ulf heraus und leiste Ers-

te Hilfe. Panik am Beckenrand! Was macht die Dinse? Sie zieht Holger an beiden Ohren aus dem Becken und scheuert ihm eine.
Ich frage: »Wo haben Sie das denn gelernt?«
Da kommt als Gegenfrage: »Was hätten Sie denn gemacht, Sie Klugscheißer?«
»Das kann ich Ihnen genau sagen: Ich hätte mit dem Jungen darüber gesprochen.«
Sie ist außer sich: »Wie bitte?!«
»Ich hätte mit ihm darüber gesprochen, Frau Dinse-Bindestr-«
Patsch!, hatte ich einen an der Backe. Und ich höre mich noch sagen: »Soziale Kompetenz kann nur gewaltfrei einpädagogisiert werd-«
Buff!, da hat sie mir noch einen in die Magengrube verpasst.
Ich hab sie ins Schwimmbecken geschubst und anschließend gedöppt.
Und dann bin ich freiwillig duschen gegangen.

Mittwoch, 22. Juni

Der Vorfall gestern hat natürlich ein Nachspiel im Chefbüro. Anwesende: Frau Dinse, Oberstudienrat Groebner, Rektor der Gesamtschule, ich als Angeklagter und Gerd Vogel als Schlichter. Er stellt mich zur Rede: »Rudi, ich kann diese ständigen Eskalationen beim Schwimmunterricht nicht dulden!«
Der Schulleiter fügt hinzu: »Es kann nicht sein, dass Ihr Bademeister meiner Diplom-Sportlehrerin die Arbeit erschwert!«
Ich kann mich nicht zurückhalten: »Erstens heißt es in dem Fall nicht Bademeister, sondern Magister-Innen-und-Außenbeckenminister. Zweitens macht sie sich die Arbeit selber schwer. Und drittens wäre es mir auch lieber, ich müsste nicht ständig eingreifen.«

Frau Dinse ist wieder auf 180: »Schaluppke! Was soll das eigentlich mit Innen-und-Außenbeckenminister? Sie wollen mir doch nicht weismachen, Sie hätten damals im Unterricht aufgepasst. Und Sie glauben doch wohl nicht im Ernst, dass das, was Sie am Beckenrand veranstalten, alles politisch korrekt ist!«
Ich antworte ruhig: »Klar doch. Wir Bademeister sind sogar ein Abbild der Demokratie. Da gibt es die Gewaltenteilung in drei Bereiche. Wie im Karneval. Im Karneval gibt es Prinz, Bauer und Jungfrau. Und in der Demokratie gibt's die sogenannten drei ›-tiven‹: Legislative, Judikative und Exekutive.«
Die drei schauen mich mit heruntergeklappter Kinnlade an.
Ich schließe meinen Vortrag ab: »Und am Beckenrand bin ich alle drei ›-tiven‹ zusammen. Sie können auch sagen: die Kollektive.«
Frau Dinse schnaubt mich an: »In meinen Augen, Schaluppke, sind Sie die Primitive! Und wenn Sie hier schon mit Karneval kommen, dann sind Sie der Bauer!«
Sie setzt sich triumphierend.
Nach kurzer Pause sage ich: »Besser unter Niveau am Beckenrand rumstehen, als über Niveau in den Beckenboden reinatmen.«

Donnerstag, 23. Juni

Die Bahneneinteilung beim Frühschwimmen ist jeden Morgen ein wiederkehrendes Reizthema: Die Omi auf Bahn eins beschwert sich, weil die Wasserspritzer des vorbeirauschenden Triathleten auf Bahn zwei ihre Frisur zerstören.
»Herr Schaluppke, das macht der absichtlich!«
Ich sage zu ihr: »Wenn er vorbeikommt, abtauchen. Dann kriegen Sie den gar nicht mit.«

Freitag, 24. Juni

Die bewölkte 15-Jährige, nachdem sie halbwegs das System Anrede-Subjekt-Prädikat-Objekt verstanden hat: »Herr Schaluppke, darf'sch bitte von Acapulco-Tower runter?«
»Ja, aber dazu musst du erst mal rauf. Und im Moment ist der Zehner noch zu.«
»Wie lang noch?«
»Noch eine Stunde.«
»Ey Mann, wieso imma erst so inna Stunde und nisch mal früher?«
»Weil die Luft da oben sehr dünn ist und du noch etwas Zeit zum Akklimatisieren brauchst.«
Eben diese Stunde brauche ich nun etwa, um ihr den Begriff Akklimatisierung zu erklären.

Samstag, 25. Juni

So gerne ich Frau Budnikowski auch mag, musikalisch kommen wir beide nicht zusammen. Aus Malgorzatas Schwimmbiss-Radio dudelt andauernd Volksmusik. Ich dagegen steh auf Klassik – Klassik Rock, versteht sich. Und da prallen zwei Welten aufeinander. Ich verstehe diese Volksmusik nicht. Die Kapellen haben lustige Namen wie ›Südtiroler Alm-Abtreiber‹, ›Spastelruther Katzen‹ oder ›Schwarzwaldkrampen‹, und es klingt alles gleich. Dirndl-Inferno bleibt Dirndl-Inferno. Eine einzige Marschmusikschleife. Umfta-Umfta-Umfta.
Malgorzata ist ganz betroffen. Sie hat in der neuesten Ausgabe eines Volksmusik-Käseblättchens gelesen, dass Florian Silbereisen Alkoholprobleme habe. Ich gebe zu bedenken, dass er sich diese Musik zwischendurch wahrscheinlich schöntrinken muss.

Sonntag, 26. Juni

Meine Lieblingsseniorin ist Oma Krause. Sie ist fünfundachtzig und 'ne richtige Marke. Die alte Dame ist fast jeden Tag hier. Ich nehme mir gern Zeit, um mit ihr ein Schwätzchen zu halten. Sie hat wahrlich viel zu erzählen, und sie hat einen ausgefallenen Geschmack, was Badekleidung betrifft. Vorhin kam sie an und hatte sich in einen Bikini mit Leoparden-Tanga geschmissen. Bei dem Anblick hat's mir echt die Brille beschlagen.
Steht sie vor mir und fragt: »Und? Herr Schaluppke, wie finden Sie den?«
Ich sag: »Frau Krause ... huiiii. Hörense mal, bei dem scharfen Katzenteil geh ich direkt mal das Löwenrudel einsperren!«
Sagt sie: »Schaluppke, Schaluppke, Sie Schlingel! Wäre ich noch mal fünfundsiebzig, Sie wären vor mir nicht sicher.«
»Frau Krause, Frau Krause, wäre ich fünfundsiebzig, ich würde Ihr Angebot glatt annehmen.«

Montag, 27. Juni

Leider ist es so, dass man als Servicepersonal mit Fragen gelöchert wird. Ich hab nix gegen Fragen, nur was gegen dumme Fragen. Und dumme Fragen bekommen von mir auch dumme Antworten. Hier die zehn dümmsten Fragen der Badegäste an Bademeister:

1. Frage:
»Warum so viel Chlor?«
Antwort: »Großzügigkeit, pure Großzügigkeit.«

2. Frage:
»Herr Bademeister, können Sie eigentlich schwimmen?«
Antwort: »Ja. Nächste Frage.«

3. Frage:
»Kann ich eine Bahn für mich alleine haben?«
Antwort: »Prinzipiell immer. Im Moment sind aber noch andere Schwimmer im Becken.«

4. Frage:
»Wieso spritzen Sie jeden Abend mit einem Schlauch den Beckenrand ab?«
Antwort: »Ich gieße die Kacheln, damit die Badeanstalt ihre ursprünglich geplante Größe erhält.«

5. Frage:
»Warum öffnet das Schwimmbad erst um 7.00 Uhr?«
Antwort: »Weil ich jeden Tag um 5.00 Uhr selber schwimmen gehe und das Becken zwei Stunden für mich alleine haben möchte.«

6. Frage:
»Wo nehmen Sie eigentlich immer diese unverschämten Sprüche her?«
Antwort: »Die hab ich bei meiner Schwimmmeisterausbildung gelernt. – Für den Fall, dass ich es mit Leuten wie Ihnen zu tun kriege.«

7. Frage:
»Warum muss ich mich VOR dem Schwimmen abduschen?«
Antwort: »Weil's in der Badeordnung steht.«

8. Frage:
»Warum muss ich mich NACH dem Schwimmen abduschen?«
Antwort: »Weil man sich VOR dem Schwimmen schließlich auch abduscht. Ist doch egal, wo man eh schon nass ist.«

9. Frage:
»Warum darf ich im Becken nichts essen?«
Antwort: »Weil Teller und Besteck immer untergehen.«

10. Frage:
»Wieso darf mein Hund nicht in den Außenbereich?«
Antwort: »Weil er vorher durch den Innenbereich müsste, und da sind Tiere verboten.«

Noch Fragen?

Dienstag, 28. Juni

Ich habe heute Dinse-frei. Beziehungsweise: Sie hat Schaluppke-frei. Nächste Woche beginnen die Schulferien. Und heute findet deren obligatorischer Wanderausflug in die Eifel statt. An diesem Vormittag herrscht gespenstische Ruhe im Schwimmbad. Wir haben mal wieder ganz mieses Wetter. Sommerloch. Frau Budnikowski sitzt bei Volksmusik hinter ihrer Schwimmbiss-Theke und löst Kreuzworträtsel. Gerd Vogel sitzt in seinem Büro und brütet doofe Ideen aus. Frau Schmitz sitzt an der Kasse und macht Stimmübungen mit dem ›Kleinen Hey‹: »Nicht schlechte Wächter scheuchen Wichte, welche frech lächeln sichtlich gemächlich, recht heuchelnd sich fächeln ...« Sie hat schon wieder jedes ›ch‹ mit ›sch‹ verwechselt. Notnagel sitzt däumchendrehend im Kabuff.

Auf der Liegewiese hat sich ein seltsames Grüppchen Jugendlicher eingefunden, die eine Art Sitzstreik veranstalten. Sie sind allesamt schwarz gekleidet, sehen aus wie Gruftis, hocken in voller Klamotte unter den Schirmen draußen und gehen auch nicht schwimmen. Stattdessen rauchen sie, und es scheint ihnen zu gefallen, dass sonst niemand da ist. Dicker Kajal um die Augen, die Fingernägel schwarz lackiert, und alle tragen eine Haarsträhne über einem Auge. Mit dem Zweiten sieht man ja bekanntlich besser.
Eins dieser Geschöpfe hat den Kopf tief gesenkt und hebt ihn auch nicht, als ich es anspreche: »Was ist denn los?«
Es antwortet mit heller Stimme: »Menno, mein Kajal ist verschmiert!«
Ich frage: »Was ist denn daran so schlimm, Mädchen?«
Da faucht es mich an: »Halloo? Ich bin ein Junge!«
Ich entschuldige mich vielmals und trotte zurück in Richtung Schwimmhalle.

Mittwoch, 29. Juni

Ich habe Bärbel von meiner gestrigen Begegnung mit diesen seltsamen Jugendlichen erzählt.
Sie sagt: »Also, Paps, ich erklär's dir. Das sind Emos. Hat mit Emotion zu tun, die zeigen gern mal Emotionen, traurig sein und weinen und so, bisschen depri drauf. Klar?«
»Ich versteh's immer noch nicht. Zu meiner Zeit waren das Waver. Oder Gruftis.«
Bärbel klärt mich auf: »Bleiche Typen mit Scheißfrisuren sind Waver. Bleiche Typen mit Scheißfrisuren und Nagellack sind Emos. Bleiche Typen mit langen Mänteln sind Gruftis, bleiche Typen mit Sonnenbrille sind Albinos, und bleiche Typen mit langen Mänteln und Schwertern – das sind Rollenspieler.«

»Na, da bin ich aber froh, dass im ›Herrn der Ringe‹ keine Schwimmbäder vorkommen – sonst hätte ich auch noch Rollenspieler am Hals.«
»Und trotzdem machst du hier regelmäßig Ringe-Tauchen!«
Ich sage: »Ja, aber bestimmt nicht bei diesen Geschöpfen. Von denen taucht keiner. Sonst verschmiert der Kajal.«

Donnerstag, 30. Juni

Heute gab's ein tolles Wiedersehen. Ich patrouilliere wie üblich am Beckenrand, da höre ich ein Geschrei: »Schaluppke, alte Säule!«
Ich denk: *Die Stimme kenne ich doch?!*
Da sehe ich am Schwimmbiss in einem Liegestuhl einen alten Bekannten gestikulieren.
»Herr Bademeister, Hilfe! Ich kann mein Wasser nicht mehr halten, höhaha!«
Jetzt wird mir klar: Es ist Michel Benzke, mein alter Schulfreund. Wir hatten damals zusammen die Schulbank gedrückt und sämtliche Lehrer zur Weißglut gebracht.
»Mensch, Michel! Gibt's ja gar nicht! Wie lange ist es her? Zehn Jahre? Ich dachte, du bist in Berlin und produzierst Filme?«
Wir fallen uns in die Arme, dann sinkt er zurück auf die Liege und erklärt: »Berlin, Blödsinn. Der Hype ist durch. Ich sag's dir, Rudi, in Köln lauern die wirklich echten Stoffe.«
»Find ich gut«, sag ich, »was treibt dich denn ausgerechnet in unser Spaßbad«?
»Ach, die üblichen Alterszipperlein, Rücken hauptsächlich«, brummt er und angelt nach seinem Bier. »Der Doktor sagt, ich soll ins Schwimmbad. Und da bin ich! Gefällt mir prima hier!«

Frau Budnikowski kommt herangeschwebt und bringt ihm eine Frikadelle mit Senf.
»Und die Mascha hier«, tönt er und tauscht einen langen Blick mit einer sichtlich verzückten Frau Budnikowski, »verwöhnt mich so herrlich, dass ich mich gleich wie zu Hause fühle. Du auch'n Bier?«
»Ich sehe, du bist in deinem Element«, stichele ich ihn. »Wir haben hier sogar Wasser in den Becken, wo man drin schwimmen könnte. Kann auch nix passieren, denn ich pass ja auf.«
»Ich mach nur, was der Doktor sagt, Rudi«, hebt er schützend die Hand. »Er sagt ›Gehen Sie ins Schwimmbad‹ – und da bin ich: im Schwimmbad.«
Ich gebe ihm einen Tipp: »Dann leg dich wenigstens ins Wellnessbecken vor die Massagedüsen oder in den warmen Whirlpool, das tut dem Rücken gut.«
Er erwidert: »Whirlpool hab ich auch zu Hause in der Badewanne, wenn ich kräftig einen fahren lasse! Höhahaha!«
Michel hat sich nicht geändert. Schon damals war er bekannt dafür, dass er nie einen schlechten Spruch ausgelassen hat.

JULI

Freitag, 1. Juli

Wieder stellt mich Frau Budnikowski mit ihrem Tageshoroskop: »Rudirudi, schaustu hier, steht schwarz auf weiß: Eine gutä Portion Säälenruhä beeindruckt Vorgesätztä mähr als Pärfektionismus.«
Ich sag: »Wat? Seelenruhe beeindruckt unseren Herrn Vogel? Dat wüsst ich aber. Seelenruhe ist schließlich mein zweiter Vorname. Rüdiger Seelenruhe Schaluppke. Ich lass mir jetzt Visitenkarten drucken. Beruf: Wasser und mehr. Nee, Meer mit Doppel-e wie die See. See und Seelenruhe liegen ja auch nah beieinander.«
Sagt die Budnikowski: »Kurwa, kann das sein, dass du Horrorskoppe nicht ernst nimmst?«
Ich sag: »Mascha, du hast damit angefangen!«

Samstag, 2. Juli

Dieses Wochenende steht an: Bademeisterfortbildung in Süddeutschland. Sie findet im schönen Schwarzwald statt, in der Sportschule Baden-Baden. Dorthin fahre ich zweimal im Jahr. Vordergründig wird dort vorhandenes Fachwissen über Erste-Hilfe-Maßnahmen, Regelwerk, Schwimmbadtechnik, Wassergymnastik, Saunaaufgüsse, Hygieneanforderungen etc. auf den neuesten Stand gebracht. Aber eigentlich fährt man dorthin, um mit netten Kollegen mal einen zu löten. Und es ist genauso schön wie jedes Jahr: mit etwa zwanzig Kollegen und -innen aus dem gesamten Bundesgebiet. Es wird geschwommen, geturnt, gewandert und im Seminarraum gepennt. Abends schauen wir Fußball, saunieren, essen Käsefondue und klönen bis in die tiefschwarze Schwarzwaldnacht. Zu leckerem Tannenzäpfle-Bier spielen wir Charade und erzählen uns unter schallendem Gelächter die neuesten Beckenrand-Storys. Einziger Wermutstropfen dabei ist zu erfahren, dass es vielen anderen Badeanstalten ähnlich schlecht geht wie uns. So beschließen wir, am morgigen Fortbildungstag gemeinsame Lösungen für die aktuellen Zustände zu finden.

Sonntag, 3. Juli

Der zweite Fortbildungstag geht leider viel zu schnell vorbei. Aber ich fahre mit einem guten Gefühl und guten Vorsätzen zurück nach Köln.

Als ich abends nach Hause komme, greife ich direkt zum Telefon und rufe meinen Chef an: »Gerd, pass mal auf, ich hab da ein paar Ideen, wie wir unsere Badeanstalt auf Vordermann bringen könn-« Er unterbricht mich: »Rudi, ich hab jetzt keine Zeit für so was. Mor-

gen beginnen die ›Langen Sauna-Nächte‹, ich muss noch ein paar Vorbereitungen treffen und den Dienstplan schreiben.«
Ich frage: »Was für Sauna-Nächte?«
Er sagt: »Tolle Sache! Ein Spitzen-Event, das macht hier in Köln sonst keiner. Lass dich überraschen. Du bist ja jetzt frisch erholt vom Wochenende. Bis morgen.«

Montag, 4. Juli

Heute findet bei uns die erste von drei ›Langen Sauna-Nächten‹ statt. Gerd Vogel hat mich für alle drei Abende ungefragt zum Aufgussdienst eingeteilt. Die Uhrzeit ist bis 1.00 Uhr angesetzt.
23.00 Uhr: Ein paar Gäste sind bereits beim sechsten Saunagang. Profisaunisten. Ich frage prophylaktisch mal nach, ob bei ihnen zu Hause die Heizung kaputt ist.
23.30 Uhr: Birkenaufguss. Ich betrete die Schwitzbude mit einem Gebinde Birkenzweige. Da reißt mir einer der Profisaunierer die Zweige aus der Hand: »Schaluppke, ich zeig dir mal, was richtig knallt!«
Er beginnt, sich den Rücken auszupeitschen, und die ganze Meute brüllt: »Quäl dich, du Sau!«
Die Birkenblätter verteilen sich dabei wahllos auf den Holzbänken. Ich schicke den Geißelbruder in die Dusche und hole von draußen einen Kaktus: »So, wir machen jetzt Kakteenaufguss. Wer von euch Flitzpiepen möchte mir zeigen, was richtig knallt?«
Alle verlassen fluchtartig die Holzhütte und ich mache Feierabend.

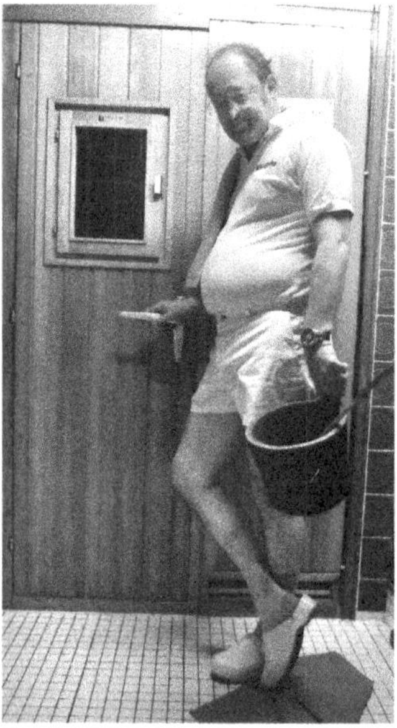

Dienstag, 5. Juli

Zweite lange Sauna-Nacht. Auch heute: Saunagäste mit Sitzfleisch. 22.00 Uhr: Spezialaufguss. Ich komme in die Schwitzbude mit folgender Ansage: »So, Sportsfreunde. Wir machen jetzt Rausschmeißeraufguss. Den sogenannten ›Schwitzbudenleerfeger‹.
Im Bottich: Fünf Deckelkappen 4711 und ein Schuss Chlor. Der bläst euch bei Erkältung sogar die Nasennebenhöhlen frei!«
Alle verlassen fluchtartig die Holzhütte.

Mittwoch, 6. Juli

Die dritte lange Sauna-Nacht wird mangels Teilnehmerzuspruch abgesagt. Ich werde von Gerd ins Chefbüro zitiert.

Freitag, 8. Juli

Frau Schneider-Kasper klopft am Bademeisterkabuff.
Ich sage: »Notnagel, kannst du dich bitte um die Nervensäge kümmern?«
Er öffnet die Tür. Die Frau poltert direkt los: »Herr Schaluppke, ich

bin entsetzt! Ich habe gehört, dass das Wasser in dieser Badeanstalt nur einmal im Jahr ausgetauscht wird. Soll das etwa heißen, dass wir alle in einer Kloake baden?«
Notnagel beruhigt sie: »Keine Sorge, Frau Schneider-Kasper. Wie in jeder Badeanstalt sorgt die regelmäßige Anreicherung des Wassers mit Chlor dafür, dass die Keimkonzentration auf ein Minimum reduziert wird. Darüber hinaus verfügt diese Badeanstalt über eine Filteranlage, die verunreinigtes Wasser nach einer durch Bundesgesetze streng vorgeschriebenen DIN-Norm austauscht, was zur Folge hat, dass unseren Badegästen – je nach Einhaltung der Hygienevorschriften – ausschließlich frisches Wasser zur Verfügung steht. Also, Sie können mir glauben: Es kann zu fast einhundertprozentiger Wahrscheinlichkeit – und das können wir auch statistisch belegen – ausgeschlossen werden, dass Sie hier in einer Kloake baden.«
Ich sage: »Frau Schneider-Kasper, glauben Sie ihm ruhig. Der Mann kann am Euter einer Kuh erkennen, was in der Stadt die Butter kosten wird.«

Samstag, 9. Juli

Bei mir um die Ecke gibt es eine richtig gute Kneipe, die ›Pommesgabel‹. Meine Stammkneipe und seit nunmehr sechs Jahren mein zweites Wohnzimmer. Sie hat eine kleine Bühne, auf der an Wochenenden Konzerte oder Karaokeabende stattfinden, eine Dartscheibe und einen Billardtisch, und es läuft genau meine Musik: Rock, Blues und Soul. Mother's Finest, James Brown, AC/DC, Deep Purple oder Queen.
Albi, Wirt der Pommesgabel, ist ein kleiner langhaariger Schnauzbartträger mit einer stattlichen Bierplauze. Er ist ein gemütlicher und stets gutgelaunter Mensch. Ein guter Typ. Dort verbringe ich

gerne meinen Feierabend. Bei Bier, Blues Brothers und Billard. Mit kernigen Menschen, die man seit Jahren nur per Vornamen kennt. Der Pooltisch in der Pommesgabel ist ein Fordertisch mit Kneipenregeln. Man trägt sich auf einer Tafel ein. Wenn man an der Reihe ist, schmeißt man fünfzig Cent ein und spielt gegen den Gewinner des vorigen Spiels. Gewinner spielt weiter, Verlierer muss sich wieder in die Tafel eintragen. Ich würde mich als ganz passablen Kneipen-Spieler bezeichnen, je nach Tagesform bleib ich schon mal ein paar Runden am Tisch. Man trifft dabei auf unterschiedlichste Gegner. Billardspieler sind so bunt wie die Kugeln, die auf dem Tisch liegen: Besoffene, Laberbacken, Egozentriker, unsportliche Flachzangen, Draufhauer, Theoretiker, Mathematiker, Billard-Bundestrainer, Eigene-Queue-Mitbringer, Psychos, Choleriker etc.
Gestern Abend gab es eine solche Begegnung: Da kommt ein Mitte 20-jähriger Milchbubi in die Kneipe, voll wie eine Haubitze. Er knallt fünfzig Cent auf den Tisch und tönt: »So, jetzt bin ich dran!«
Den kenn ich doch! Glatze und T-Shirt mit der Aufschrift: ›Troublemaker‹. Es ist der Typ, den ich vor drei Wochen aus dem Schwimmbad geworfen habe, weil er mit seinem Kampfhund reinwollte. Ich sage: »Das ja 'ne Überraschung. Wo hast du deinen Hund Tyson gelassen?«
Er bestellt Kölsch und einen Kurzen. Als wir gegeneinander spielen, pirscht er wie ein aufgehetztes Tier um den Tisch, drischt die Kugeln in die Löcher und kommentiert abfällig jeden meiner Stöße: »Anfängerstoß!«
Es erledigt sich von alleine. Beim nächsten Brachialstoß versenkt er die schwarze Kugel und verliert. Fluchend feuert er den Queue in die Ecke, geht zur Forderliste, streicht alle Namen aus und plaziert seinen eigenen über die gesamte Breite der Tafel. »So, Revanche! Wirt, noch ein Kölsch und einen Kurzen, Bademeister, bau auf!«
Da ist Albi auch schon bei ihm und packt ihn am Kragen: »So Kollege, du machs jetz' dat do Land jewinns, söns jibbet Fratzenjeballer!«

Troublemaker brüllt im Hinausgehen: »Schwuler Laden hier! Bademeister, beim nächsten Mal bring ich Tyson mit!«
Ich antworte: »Wenn der Tyson heißt, bin ich Klitschko.«

Sonntag, 10. Juli

Auweia, ich hab vom gestrigen Kneipenabend 'ne ganz schöne Schelle weg. Zur Katerbekämpfung kenne ich ein gutes Mittel: Schwimmen und Sauna. Aber es ist mein freier Tag. Und meinen Arbeitsplatz lass ich heute mal Schaluppke-freie Zone sein. So schwinge ich mich aufs Rad und fahre nach Ehrenfeld. Dort befindet sich das schöne Neptunbad. Eine altehrwürdige Badeanstalt im Jugendstil mit einer japanischen Sauna- und Wellnesslandschaft. Dort gibt es auch ein kleines Schwimmbecken.
Nach den ersten Kraulzügen ranzt mich die Bademeisterin an: »Können Sie nicht lesen? Sportliches Schwimmen untersagt!«
Ihr harter Ton ist wie Musik in meinen Ohren.
Ich frage: »Wieso muss die Beckenrandpolizei eigentlich immer einen auf dicke Hose machen?«
Ihr Ton wird strenger: »Ich sag's noch mal, sportliches Schwimmen is' nich! Sonst ...«
Ich unterbreche sie: »Duschen. Kenn ich. Bitte schick mich in die Dusche, Bademeisterin!«
Sie schmeißt mich raus. Irgendwie find ich die Kollegin echt scharf. Da werd ich öfter mal sportlich schwimmen gehen.

Internationaler Anschiss

Der Anschiss vom Beckenrand ist unter Bademeistern weltweit standardisiert. Jeder Badegast versteht diese Zeichensprache. Die Ansage erfolgt in vier Stufen:

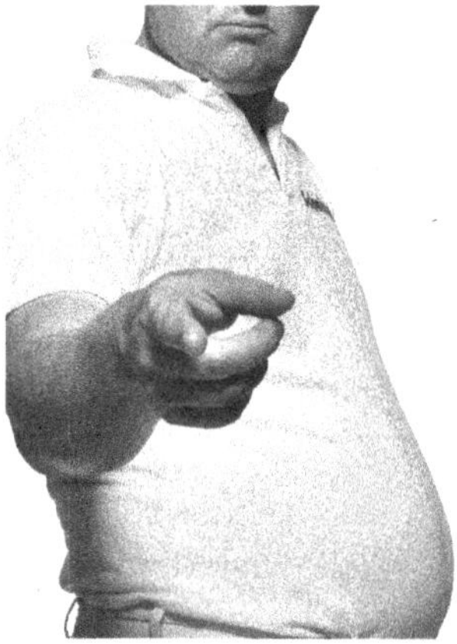

1. »So Sportsfreund, genau du bist gemeint.«

2. »Hier spielt die Musik!«

3. »Aufpassen, sonst duschen!«

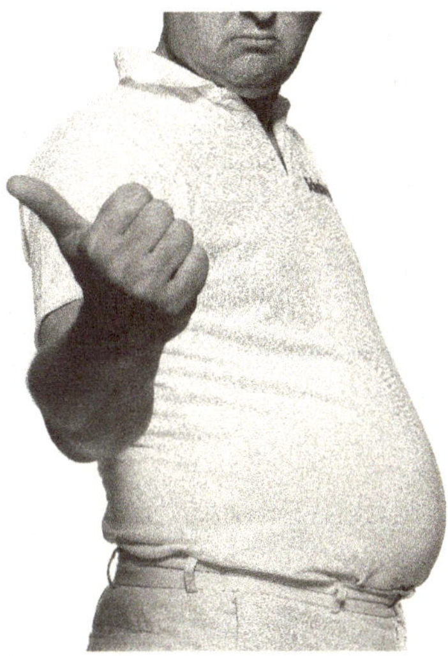

4. »Ansonsten – da geht's raus!«

Montag, 11. Juli

Seit kurzem hängt in unserer Eingangshalle ein Schwarzes Brett. Darüber steht: »Gesucht – Gefunden! Liebe Badegäste, hier können Sie inserieren und Anregungen äußern. Einfach einen Zettel ausfüllen, und wir werden uns selbstverständlich und baldigst um ihre Wünsche kümmern. Los geht's! Gez. G. Vogel, Geschäftsleitung Südbad.«
Okay, dann mach ich mal den Anfang und pinne Folgendes ans Brett: »Ich hab 'nen Wunsch! Baldigste Geldmittelfreigabe zur Grundsanierung unserer Badeanstalt. Los geht's! Gez. R. Schaluppke, Beckenrandleitung Südbad.«

Dienstag, 12. Juli

Tags darauf ist mein Zettel am Schwarzen Brett verschwunden. Ich frage Gerd Vogel, wo er denn abgeblieben wäre. Er sagt: »Das ist gegen die Spielregeln, Mitarbeiter sind von der Aktion ausgeschlossen. Und wenn die Badegäste das lesen, bekommen sie einen schlechten Eindruck von unserer Badeanstalt.«
Ich antworte: »Den schlechten Eindruck kannst du dir selber machen, indem du dich einfach mal in eine unserer Herrentoiletten begibst. Ich werde dich für alle Fälle begleiten und ein Beatmungsgerät sowie Defibrillator mitnehmen.«

Mittwoch, 13. Juli

Was ist denn heute los? Der Kaffee will mir gar nicht schmecken, und irgendwie ist mir so kodderig zumute. Kann mich auch nicht richtig konzentrieren. Ich schlappe auf schwachen Beinen geistesabwesend am Beckenrand entlang. Verspüre ein Jucken in Nase und Rachen.

Malgorzata winkt mich zu sich an den Schwimmbiss: »Co to kurwa jest? Rudirudi, trinkstu mal diesen Tee, tut dir gut.«

Ich sag: »Tee, Frau Budnikowski? Seh ich etwa aus, wie wenn ich krank bin?«

Zwei Stunden später überfallen mich Muskel- und Gliederschmerzen. Ich lehne nur noch wie ein Statist an meiner Kabufftür, starre mit glasigen Augen ins Wasser und ertappe mich dabei, dass ich einem Jugendlichen, der Arschbombe in meine Richtung macht, den Anschiss verweigere.

Gesundheitsbeamtin Dr. Dr. Gindele taucht auf. Habe ich sie etwa gerade freundlich begrüßt? Das hab ich doch noch nie gemacht! Sie muss auch stutzen: »Schalupple, des sieht ja ein Blinder. Sie haben einen grippalen Infekt und gehören ins Bett. Gehen Sie zum Arzt und lassen sich für 'ne Woche krankschreiben.«

Ich sag: »Blödsinn, grippaler Infekt im Sommer, ich bin topfit! Frau Dr. Dr. Gindele, Sie als Schwäbin kennen doch den Neue-Deutsche-Welle-Hit ›Jetzt wird wieder in die Hände gespuckt, wir steigern das Bruttosozialprodukt‹.«

Sie antwortet: »Jaja, is' scho recht. Und Ihre roten Augen, die machen mich so sentimental. Ab nach Hause! Und kommen Sie wieder, wenn die Augen blau sind, Schalupple!«

Ich weise meinen Kollegen ein und verlasse die Badeanstalt Richtung Bett.

Donnerstag, 14. Juli

Habe ungefähr fünfzehn Stunden am Stück geschlafen und wache mit Kopfschmerz, triefender Nase und bellendem Husten auf. Das hatte ich seit zehn Jahren nicht mehr. Aber ich lass mich nicht kleinkriegen. Ich werd mich jetzt in der Apotheke dopen und gehe arbeiten. Basta.

11.00 Uhr: Sitze in meinem Kabuff. Vor mir ausgebreitet: Taschentücher, Nasenspray, Vitaminpräparate, Pillen und Salben.

11.05 Uhr: Bekomme Schüttelfrost und Kreislauf.

11.10 Uhr: Frau Budnikowski ist außer sich: »Pierdole! Co to kurwa jest?«

11.15 Uhr: Sie packt mich am Kragen und fährt mich zum Hausarzt. Der stellt einen grippalen Infekt fest und schreibt mich für eine Woche krank.

»Sie haben dazu eine eitrige Nasennebenhöhlenentzündung. Ich schreibe Ihnen Antibiotika auf. Viel inhalieren, schlafen, abwarten und viel Tee trinken. Kommen Sie in zwei Tagen noch mal vorbei. Gute Besserung!«

Danke! Tee trinken und Zwieback – ein Alptraum. Gibt's keinen Tee mit Kaffeearoma? Ich schlafe ein und träume von Kaffee mit Bockwurstgeschmack.

Freitag, 15. Juli

Seniorenschwimmen – und der Whirlpool ist kaputt. Zwanzig Rentner stehen bei mir vorm Kabuff und prügeln mit ihren Gehhilfen gegen die Scheibe: »Schaluppke! Reparieren Sie sofort den Whirlpool, sonst hetzen wir Ihnen das Gesundheitsamt auf den Hals!«

Ich sag: »Ruhig, Leute! Ruhig.«

Dann kaufe ich im Schwimmbiss sämtliche Ahoi-Brause-Vorräte auf. Ich verklappe sie im Whirlpool und halte noch einen Tauchsieder rein. Nach fünf Minuten breitet sich in der ganzen Badeanstalt eine rot-grün-gelbe Schaumwolke aus. Ich versuche, sie mit dem Druckwasserstrahler zu eliminieren. Es nutzt nichts. Die Schaumwolke mutiert zum Monster und dringt nach außen. Vor der Badeanstalt stehen Polizei und Feuerwehr mit einer Armada von Einsatzwagen. Überall Blaulicht und Sirenen. Jugendliche stehen barfuß im kalten Regen vor der Badeanstalt und skandieren: »Schaluppke, du Opfer!«

Die Rentner stehen frierend daneben und halten mit ihren Gehhilfen Banner in die Höhe: »Das ist eine beckenbodenlose Gemeinheit!« Und: »Bademeister, geh nach Hause!«

Und auf dem Zehner steht die bewölkte 15-Jährige. Im Sprungbecken ist kein Wasser mehr. Nur noch Schaum. Sie ruft in astreinem Hochdeutsch: »Herr Schaluppke, ich mache jetzt eine Arschbombe da runter!«

Ich wache schweißgebadet auf. Das muss ein übler Fiebertraum gewesen sein, das Thermometer zeigt neununddreißig Grad.

»Guten Morgen, Paps! Na, gut geschlafen?«

Bärbel hat mir eine Kanne Tee und Zwieback ans Bett gestellt.

»Papa, ich muss jetzt zur Spoho, habe um 12.00 Uhr Anatomievorlesung. Ich schaue heute Nachmittag noch mal vorbei.«

Kann immer noch nicht klar denken, alles ist schwammig. Noch dazu schellt es andauernd an der Haustüre unten. Und ich muss aufmachen, weil es sonst ja keiner tut.

Die Post. Die Müllabfuhr. Werbung. Noch 'ne Post. Dann ein Päckchen. Bekomme Lust, jemanden zum Duschen zu schicken! Könnte im Hausflur auf den nächsten Lieferanten lauern. Ich glaube, ich vermisse meine Arbeit.

Meine Stirnhöhlen pochen. Habe das Gefühl, mir wachsen Hörner auf der Stirn. Diese Kopfschmerzen wünscht man keinem. Erst mal

inhalieren. Ich finde im Badezimmer Latschenkiefer-Aufgussessenz.
Was nicht umbringt, macht hart. Ich werfe eine der DVDs ein, die Bärbel mir dagelassen hat. Shakespeares ›Macbeth‹. Ich sag nur: Kunst. Nach einer halben Stunde penne ich ein.

Samstag, 16. Juli

Habe heute Nacht schon wieder komisches Zeugs geträumt: Es ist Feierabend, das Schwimmbad ist leer, ich mache die Duschräume sauber. Auf einmal ertönen aus den Duschköpfen weibliche Stimmen. Drei Stimmen, die mir zurufen: »Schaluppke, komm in die Sauna! Komm zu uns in die Sauna!«
Wie in Trance begebe ich mich dorthin. Als ich die Tür der Schwitzbude öffne, bläst mir ein heißer Patschuli-Schwall entgegen. Da sitzen die Dinse-Holtmann, die Schneider-Kasper und die Gindele. Sie sind nackt, betrinken sich mit Sekt und kichern.
Ich höre mich sagen: »Was wollt ihr höllischen Schwestern?«
»Schaluppke, du! Du, der uns stets feindlich gesonnen ist, du wirst nun auf ewige Zeiten auf dem Ofen schmoren! Aber vorher wirst du mit unseren Chakren verschmelzen!«
Wieder wache ich schweißgebadet auf. Aber diesmal hätte es mich schon interessiert, wie der Traum weitergeht. Ich bin so verwirrt, dass ich meinem Hausarzt von diesem Traum erzähle. Er schaut mich lange an und sagt: »Hört sich an wie eine moderne Neuverfilmung von Macbeth.«
Dann rät er mir, ich solle die Pillen, die er mir verschrieben hat, nicht rauchen, sondern mit Flüssigkeit einnehmen.

Sonntag, 17. Juli

Wenn man tagsüber Zeit hat, Fernsehen zu gucken, merkt man erst, was für ein Müll von morgens bis abends in der Glotze läuft: Arztserien, Gerichtssendungen, Castingshows, und das Schlimmste: Dokusoaps! Da werden Frauen getauscht, Wohnungen ungefragt renoviert, debile Kinder auf ›Stille Treppen‹ geschickt oder vermeintlich asoziale Jugendliche zu fremden Eltern verfrachtet, von wo sie nach Wochen der Läuterung wieder reumütig in den Armen ihrer heulenden Eltern landen. Meine Tochter bezeichnet es als ›Scripted Reality‹.

Das Schlimme ist: Irgendwie erinnert es mich an meine Jugendlichen im Schwimmbad.

Montag, 18. Juli

Am Nachmittag halte ich es nicht mehr aus: alles auf eine Karte. Wenn das Schwimmbad nicht zu mir kommt, dann komme ich eben zum Schwimmbad. Muss ja nicht dienstlich sein. Mit Mütze, Brille und Mantel getarnt schleiche ich mich rein und setze mich in mein Kabuff. Türe offen lassen und durchatmen! Ach, dieser Geruch ist einfach herrlich. Das Kreischen der Kinder. Das unnachahmliche Geräusch einer Arschbombe vom Acapulco-Tower. Die Nase ist frei. Ich kann wieder Chlor riechen. Ein Hauch von Pommes frites liegt in der Luft.

Fühle mich besser. Abends wieder eine von Bärbels DVDs: Thomas Manns ›Der Zauberberg‹. Schon wieder Kunst. Aber ich werde ihn bis zu Ende gucken. Besser als fünf Minuten Dokusoap.

Dienstag, 19. Juli

Bin wieder obenauf, aber noch einen Tag krankgeschrieben. Wiederhole feierlich mein herrschaftliches Residieren am Beckenrand. Bademantel, Saunatuch, freundliches Nicken in alle Richtungen. Ein ›Zauberberg‹-Gefühl macht sich breit. Statt der schönen Russin aus dem Buch macht mir immerhin Frau Budnikowski die Aufwartung. Alle zwei Stunden bringt sie mir einen Kaffee und behandelt mich wie einen polnischen Großfürsten zu Besuch im Sanatorium. Auch Frau Dinse mit ihrer 10 b ist da. Irgendwie hat sie mir gefehlt. Werde ganz schläfrig. Abdoul, Murat und Levent machen Arschbombe vom Beckenrand. Schlagartig bin ich wach und rufe: »Jungs, duschen!«

Schön, dass die Reflexe noch funktionieren. Und die Jungs freuen sich, mich zu sehen. Morgen wieder Dienst. Ich liebe meinen Beruf.

Mittwoch, 20. Juli

Wieder im Dienst. Draußen regnet's und ich sehe: Die Emos sind wieder da. Ich gehe mal raus, um ein wenig mit ihnen zu plaudern.

»He, Jungs und Mädels, seid ihr 'ne Gang?«

Keine Antwort.

»Also«, sag ich, »Sportsfreunde. Ich bin hier der Bademeister und wollte mal ganz unverbindlich fragen, wie euch unser Schwimmbad gefällt.«

»Geht so«, murmelt eins der Geschöpfe mit gesenktem Blick.

Ich kann mal wieder nicht erkennen, ob es ein Junge oder ein Mädchen ist.

»Schade, dass sich die Sonne diesen Sommer kaum blicken lässt, was?«

Ist als Fangfrage gemeint, wird aber rhetorisch aufgefasst und erneut mit keiner Antwort gewürdigt. Dann falle ich mit der Tür ins Haus: »Meine Tochter war auch mal Emo.«
Sie blicken kurz auf. Das stimmt zwar nicht, aber ich brauche ja einen Vorwand, um sie aus der Reserve zu locken.
»Und die sagt, es war zwar eine triste Zeit, aber heute ist sie froh, wieder lachen zu können.«
»Herr Bademeister«, sagt das Emo mit dem Nasenpiercing und senkt wieder den Blick, »wir sitzen einfach nur hier und quatschen über ernste Dinge. Wir finden, die Welt ist schlecht, und wir grenzen uns ab von der vorherrschenden Spaßgesellschaft.«
Ich sage: »Aber jeder Mensch lacht doch gerne mal. Wie wär's, wenn ihr euch im Schwimmbiss eine Schokolade kauft? Da sind Glückshormone drin.«
Eins der Teenies faucht mich an: »Nee! Bei uns Emos ist das cool, scheiße drauf zu sein!«
Ich fauche zurück: »Aber nicht bei mir im Spaßbad! Wieso trifft man abends in der Kneipe keine Emos an? Weil da die ›Happy Hour‹ beginnt.«
Ich räume das depressive Feld, aber vernehme hinter mir ein leises Kichern.

Freitag, 22. Juli

Am Mutter-und-Kind-Becken weint eine 3-Jährige.
»Meine Mami ist weg!«
Ich rufe: »Ist hier irgendwo die Mutter der Kleinen?«
Keine Antwort. Das Mädchen heult in doppelter Lautstärke. Ich frage: »Wie heißt du denn?«
»Nele.«

Ich rufe eindringlicher: »Ist die Mami der kleinen Nele hier?«
Niemand meldet sich, ich glaub, es hackt!
Ich mache der Kleinen einen Vorschlag: »Wir gehen jetzt ins Bademeisterkabuff. Dort machen wir eine Durchsage und schauen, wo deine Mami steckt. Gibst du mir deine Hand?«
Das Mädchen ballt die Fäuste, presst die Arme an den Körper, stampft auf den Boden und bleibt mit hervorgeschobener Unterlippe bockig stehen. So nehme ich sie auf den Arm. Daraufhin mutiert die Kleine zu einem kreischenden und wild um sich schlagenden Monster. Der Weg zu meinem Kabuff gleicht einem Spießrutenlauf.
Prompt meldet sich Frau Schneider-Kasper vorwurfsvoll zu Wort: »Unmöglich, so was! Sie Kinderquäler!«
Ich frage: »Gehört das Mädchen Ihnen?«
Sie sagt: »Nein, natürlich nicht!«
»Dann einfach mal Klappe halten, Frau Schneider-Kasper.«
Kollege Notnagel quatscht mich an: »Steht Ihnen gut, Herr Schaluppke!«
Ich sag: »Notnagel, du störst!«
Im Kabuff angekommen, setze ich das schreiende Kind auf meinen Schoß. Dann hole ich einen Frotteewaschlappen-Frosch hervor – vielleicht hilft ja Kasperletheater. Schlagartig wird die Kleine ruhig. Sie wischt sich die Krokodilstränen von der Backe und fragt: »Wer bist du?«
»Ich bin Larsi. Und wir rufen jetzt deine Mami aus.«
Nele fragt: »Kannst du auch ›Quak‹ machen?«
»Quak!«
Ich vernehme schallendes Kinderlachen.
Dann stülpe ich Nele den Frosch über ihre kleine Hand und sage: »Du bewegst jetzt das Froschmäulchen, und ich mache mit Quak-Stimme die Durchsage: ›DIE MUTTER DER KLEINEN NELE BITTE ZUR BADEAUFSICHT!‹«

Kurze Zeit später erscheint diese auch: »Gott sei Dank! Wo hast du denn gesteckt, Mäuschen?«
Nele antwortet: »Mami, du störst!«

Samstag, 23. Juli

Treffen mit Michel in der Pommesgabel. Nach ein paar Partien Billard machen wir es uns an Albis Tresen gemütlich und plaudern über frühere Zeiten. Michel erzählt von seinen vergangenen TV-Projekten: Dokusoaps auf Malle und Ibiza mit gecasteten Amateurdarstellern, Talkshows, billig, aber effektiv, Hammerquote. ›Nachmittags-Programm für die Hartz-IV-Lampe!‹, wie er es nennt.
»Rudi, alte Peitsche. Erzähl doch mal, was macht Gesine? Ist sie immer noch aufm Esotrip?«
»Schlechtes Thema. Da gibt's nicht viel zu erzählen. Sie ist mit ihrem Handaufleger in Goa in einem Aschram. Sechs Chakren für ein Halleluja.«
»Ich hab dir schon damals gesagt, die passt nicht zu dir. Wie lang ging das eigentlich, bis du rausgekriegt hast, dass sie sich von ihm flachlegen lässt?«

»Keine Ahnung. Ich will's auch gar nicht wissen. Jetzt isses vorbei, Schwamm drüber.«
»Hast recht, Rudi. Frauen sind wie Tee.«
»Wieso?«, will ich wissen.
»Man muss sie ziehen lassen. Höhahaha! Prostata!«
»Zum Wohl. Und du?«
»Frauen? Nix Festes. Hier eine, da eine. Weißte doch, in meinem Beruf kommt man an das beste Material ran! Der Knaller sind junge Schauspielerinnen, die 'ne Rolle suchen.«
Ich muss mit den Augen rollen. »Soso, Schauspielerinnen«, und muss dabei an Frau Schmitz denken.
»Rudi, kennste doch, wie bringt man auf 'ner Party 'ne Schauspielerin zum Bellen? Indem man sagt: ›Guck mal, da vorne steht ein TV-Produzent‹. Und sie: ›WoWoWoWoWo?‹ Höhahaha! Stößchen!«
Der Alkohol macht mein Mundwerk lose: »Super, Michel. Und mit dieser Machtposition fühlst du dich berufen, fürs Fernsehen geistigen Müll zu produzieren?«
»Neeneeneenee, Rudi! Wieso auf einmal so moralisch? Ich mach nur das, was die Leute sehen wollen! Mit dem angenehmen Nebeneffekt, dass sich eine Schweinekohle damit verdienen lässt.«
Ich sage: »Und mit dem unangenehmen Nebeneffekt, dass ich es bei mir im Schwimmbad mit diesen Nickolles und Rallöfs zu tun habe, ›Daaf'sch Acapulco-Towaaaa? Ey voll so doppelschwör!‹«
Michel wird auf einmal ganz still. Er starrt mich interessiert an. Dann sagt er: »Rudi, das bringt mich auf eine Idee.«

Sonntag, 24. Juli

Frau Schneider-Kasper hat einen Zettel ans Schwarze Brett gepinnt: »Ich bin begeistert! Reichern Sie jetzt das Wellnessbecken neuerdings mit bei Vollmond handgeschöpftem Wasser an?«
Ich schreibe darunter: »Wenn Sie in den Pool gestrullt haben, dann sagen Sie's gleich.«

Montag, 25. Juli

Gerd Vogel mahnt mich mal wieder ab und fordert mich auf, meine kreativen Energien in sinnvollere Bahnen zu lenken.
»Aber Rudi, beim Thema Warmwasser ist mir ein genialer Spargedanke gekommen: Wir werden ab sofort die Wassertemperatur absenken!«
»Wat?«
Er holt einen Taschenrechner hervor.
»Bei Reduzierung der Wassertemperatur um einen gewissen Prozentsatz erreichen wir eine Energiekostenminimierung um dementsprechende Prozentwerte. Für uns eine klassisch-gewinnmaximierende Win-win-Situation!«
Ich sage: »Ist ja unglaublich, was man in achtzehn Semestern BWL-Studium alles lernt! Und das bedeutet auf Deutsch?«
»Rudi, Wassertemperatur im Schwimmerbecken absenken von achtundzwanzig auf achtzehn Grad!«

Dienstag, 26. Juli

Frau Dinse-Holtmann hat ihre durchgefrorene 10b nach fünf Minuten aus dem Wasser geholt und eine heiße Dusche verordnet. Dummerweise ist auch dort die Wassertemperatur abgesenkt worden. Jetzt laufen ihre Schüler angezogen ums Gebäude, um wieder warm zu werden. Sie droht mir: »Wenn auch nur ein Einziger eine Blasenentzündung davonträgt, hetze ich Ihnen das Schulamt auf den Hals!«
Im Schwimmbecken: gähnende Leere. Nur einer schwimmt: Opa Heinrich. Er sagt, diese Kälte würde ihn an Stalingrad erinnern. Die restlichen Rentner beschweren sich, und ich kann zu einer 80-jährigen Omi mit Rheuma oder Arthrose nicht einfach sagen: »Dann schwimmen Sie halt schneller!«
Ich stehe ratlos am Beckenrand. Dann stürme ich Vogels Büro.
»Gerd! Uns laufen die Leute weg. Oder wie du's geschwollen nennst: Wir haben eine klassische Lose-lose-Situation.«
Er entgegnet kalt: »Wir ziehen die Sparmaßnahme durch. Raus jetzt!«
Es weht ein eisiger Wind an meinem Arbeitsplatz. Dabei haben wir gerade Sommer.

Donnerstag, 28. Juli

Ich kann meinen Rentnern nicht untätig beim Frieren zusehen. So habe ich in einer Nacht-und-Nebel-Aktion das teure Tote-Meer-Salz im Chillout-Becken gegen Kochsalz von Aldi ausgetauscht. Das wird eh keiner merken. Und wenn, dann am Geschmack. Zu erwartende Kostenersparnis pro Monat: circa eintausendfünfhundert Euro. Heute Mittag habe ich in einem Sportartikelgeschäft einen Zehnersatz Neoprenanzüge gekauft und an meine Rentner verteilt. Oma Krause hat einen mit Leopardenmuster bekommen.

Freitag, 29. Juli

Gerd Vogel hat von alleine gemerkt, dass seine Wassertemperaturabsenkungsaktion ein Schuss in den Ofen war. Er macht sie rückgängig. Ich lege ihm Prospekte auf den Tisch: ›Solar- und Geothermieanlagen für Schwimmbäder‹. Keine Reaktion. Stattdessen faselt er was von Personaleinsparungsmaßnahmen.

Ich frage: »Wie willst du das denn machen? Personal sparen – wir sind doch eh schon hoffnungslos unterbesetzt.«

»Tja, Rudi, du lernst Putzen. Dann können wir die Putzfrau entlassen.«

Ich sage: »Nee, ich habe eine bessere Idee, ich lerne Sesselpupen. Dann können wir die Geschäftsführung entlassen.«

Samstag, 30. Juli

Seit gestern macht in der Schwimmbadbelegschaft folgender Witz die Runde:

Frau Vogel hat Geburtstag. Sie bekommt von ihrem Gatten einen Umschlag mit zwanzig Euro. Er sagt: »Schatz, wir müssen sparen. Damit gehst du ins Buchgeschäft und kaufst dir ein Kochbuch. Und wenn du's richtig kannst, können wir die Köchin entlassen.« Als er Geburtstag hat, drückt sie ihm einen Umschlag mit dreihundert Euro in die Hand. Er wundert sich über so viel Geld. Sie sagt: »Schatz, wir müssen sparen. Damit gehst du in den Puff. Und wenn du's richtig kannst, können wir den Gärtner entlassen.«

Sonntag, 31. Juli

Notnagel spricht mich an: »Herr Schaluppke, Ihr großkotziger Freund Michel okkupiert seit einer Stunde unsern HWP im AB.«
Mittlerweile kenne ich Notnagels AküFi, sprich: Abkürzungsfimmel, und folge ihm in den Außenbereich an den Hot Whirlpool. Michel liegt dort – mit Kippe im Mundwinkel wie Pascha persönlich – und hat eine riesige schwarze Sonnenbrille auf der Nase.
Ich sag zu Michel: »Hömma, Puck die Stubenfliege, Fluppe aus!«
Notnagel sagt: »Auf mich hört er ja nicht!«
»Hömma, Rudi«, sagt Michel, »wat is' dat denn für'n Vogel? Ich versteh überhaupt nicht, wat der von mir will. Vorhin hat er was gefaselt von wegen KZ im HWP! Muss man sich auf das, wat der sagt, konzentrieren?«
Notnagel erklärt: »Ich meinte, keine Zigaretten im Hot Whirlpool!«
»Jo, das hab ich dann auch verstanden«, sagt Michel. »War 'ne Abkürzung. Als er mich ausm HWP rausschmeißen wollte, hab ich geantwortet: ›GN, hab 'ne MOLA – Geht nicht, hab 'ne Morgenlatte!‹ Höhaha! Und by the way: NN-GMBH – Notnagel, geh mal Bier holen! Höhahahahahahaha!«
Notnagel guckt mich verzweifelt an.
Ich sag: »Nils, lass ihn einfach im Whirlpool liegen. Sieh's als Reinigungsritual gegen seine dreckige Lache.«

AUGUST

Montag, 1. August

Gerd Vogel hat alle Mitarbeiter vorgeladen. Meckerstunde. Das heißt: Er meckert uns an.

»Leute! So geht das nicht. Ich weiß, wir befinden uns in einer äußerst schwierigen Situation. Aber wenn jeder von euch seine persönlichen Bedürfnisse etwas zurückschrauben würde, hätte ich es einfacher, hier Entscheidungen zu treffen!«

Notnagel klatscht. Als Einziger.

»Und eins noch, Leute ...«

Vogel macht eine Kunstpause und erhebt den Zeigefinger.

Ich sage: »Achtung, das ist der Moment, an dem der Hund das Bein hebt.«

Vogel blickt mich böse an und beginnt, über Personalführung zu philosophieren.

Ich sage: »Personalführung ist die Kunst, seine Mitarbeiter so über den Tisch zu ziehen, dass sie die Reibungshitze als Nestwärme empfinden.«

Dienstag, 2. August

Oma Krause führt mir ihr neuestes Badeoutfit vor: diesmal ein Bikini mit Tiger-Tanga. Bei dem Anblick droht nicht nur meine Brille zu beschlagen, sondern auch sämtliche Fensterscheiben der Schwimmhalle.
»Und, Herr Schaluppke? Was sagen Sie dazu?«
Ich ziehe die Augenbrauen hoch, blicke über den Brillenrand und antworte: »Frau Krause … huiuiuiuiuiiiiii! Machen Sie jetzt bei DSDGS mit? Deutschland sucht den Grauen Star?«
Ich weiß, die Dame versteht Spaß. In dem Moment kommt Opa Heinrich an und lässt folgenden Spruch los: »Alte Schachtel! Gucken Sie sich doch mal an. Das ist vorne wie hinten die reinste Hängepartie!«
Sie schaut ihm aufs Gemächt und kontert: »Wann war denn Ihre letzte Stehparty?«

Mittwoch, 3. August

Insekteninvasion im Schwimmbad. Da wir einen sehr warmen April hatten, ist die Wespenpopulation in diesem Jahr ungewöhnlich hoch. Bis vor ein paar Tagen hatten wir im Außenbereich ein riesiges Wespennest. Mit ein Grund, dass uns die Badegäste fortblieben. So habe ich einen städtischen Kammerjäger bestellt, der die Kolonie in den Stadtwald umgesiedelt hat.
Wespen sind an sich nützliche Tiere. Diese Insekten werden gefährlich, wenn man allergisch gegen ihr Gift ist. Und wir hatten in all den Jahren ein, zwei dramatische Fälle, wo ein zuckerliebendes Tierchen in einer Limo- oder Bierflasche gelandet ist und sich dann im Rachen des betreffenden Badegastes mit seinem Stachel zur

Wehr gesetzt hat. Innerhalb von Minuten schwellen die Atemwege an und man bekommt keine Luft mehr. Die Badeaufsicht hat bei diesem Notfall nur eine Möglichkeit: mit einem spitzen Gegenstand ein Loch unter den Kehlkopf stechen und einen Strohhalm hineinstecken. Und dann ab in die Klinik. Das ist nicht schön, aber ich konnte damit zwei Leute vor dem Ersticken bewahren. Deshalb ist es mir lieber, die Badegäste trinken ihre Limo mit Strohhalm. Oder sie machen auf ihre Bierflaschen den Deckel drauf und gucken vor jedem Schluck vorsichtshalber mal rein. Die Wespen sind nun weg, allerdings haben wir immer noch Bremsen. Neuestes Hobby meiner türkischen Jungs ist eine Art moderner Kampfsport: Bremsen-Klatschen.

Eben habe ich die Jungs von weitem auf der Liegewiese beobachtet. Abdoul, Levent und Murat sind fluchend und rumfuchtelnd umhergerannt. Levent hat sich ständig selber gehauen. Ich hab mich gefragt: *Was macht der da? Schuhplattler? Oder einen auf Joe Cocker?*

Ich bin zu ihm hin und habe gefragt: »Levent, was ist los?«

Levent zeigt auf eine Bremse und brüllt: »Ey der Arsch! Der will misch beißen!«

Donnerstag, 4. August

Um unser Außenbecken sind fünfzig Liegen aufgebaut. Und die sind an sonnigen Tagen sehr begehrt. Leidige Unsitte mancher Leute ist es, diese Liegen stundenlang mit ihren Handtüchern zu blockieren. Das hat schon oft zu Streit unter Badegästen inklusive Handgreiflichkeiten geführt.

Vorhin waren wieder zwei Liegen mit Strandtüchern okkupiert. Bestickt mit der Aufschrift: ›Dieser Platz gehört mir!‹ Ich glaub, es hackt!

Nach gefühlten zwei Stunden kommen die betreffenden Herrschaften an. Ein älteres Ehepaar.
Ich frage: »Wo kommen Sie denn gerade her?«
Er: »Wir haben drei Saunagänge gemacht.«
Ich: »Oh, da sind Sie bestimmt durstig, wollen Sie was trinken?«
Sie: »Ja, ich nehme ein Wasser mit Eis und Zitrone, und meinem Mann können Sie ein Bier bringen.«
Ich frage: »Seh ich aus wie ein Kellner? Da vorne an der Theke können Sie Getränke ordern. Und nehmen Sie Ihre Drinks zur Beachvolleyballanlage mit. Dort können Sie sich 'ne Sandburg bauen und draufschreiben: ›Die gehört mir!‹« Dann rufe ich: »Hier sind eben zwei Liegen frei geworden!«

Freitag, 5. August

Michel ruft an: »Rudi, alter Rocker! Pass auf, ich hab fürs Wochenende Konzertkarten. Und zwar – jetzt halt dich fest: fürs Wacken! Heavy-Metal-Festival. Access All Areas! The loudest, the fastest, the hardest! Langhaarige Kuttenträger und verranzte Rockerbräute, ist doch genau dein Ding! Los, sag ja oder sag ja!«
Ich sage natürlich ja.

Samstag, 6. August

Wacken ist ein kleines Dorf in Schleswig-Holstein zwischen Hamburg und Flensburg. Bestehend aus fünfhundert Einwohnern und achthundert Kühen. Dieses Dorf wird einmal im Jahr von etwa achtzigtausend schwarz gekleideten, langhaarigen, sehr lauten und auch

sehr betrunkenen Menschen bevölkert, die vier Tage lang laute Musik hören. Dark Metal, Speed Metal, Death Metal. Die Bands heißen Morgoth, Sodom und Slipknot. Deren Musik klingt wie die Bandnamen: böse. Die Sänger singen nicht, sie röhren wie Elche. Und die Fans röhren mit. Wenn achtzigtausend Menschen das tun, könnte man meinen, man müsse sie allesamt in die Dusche schicken.
Michel zieht an seinem Zigarillo und sondiert die Lage: »Die sind hier alle völlig durchgedreht, Rudi. Beeindruckend, wie ein bisschen Rockmusik den wilden Mann herauskehrt!«
»Full Metal Village!«, gröle ich und kleckere mir Bier auf mein T-Shirt. Erst unabsichtlich, dann absichtlich. Es fühlt sich wie das Richtige an. The right thing to do.
»Siehste!«, schreit Michel begeistert, »dich hat es auch schon erwischt. Full Metal Bademeister, höhaha!«

Sonntag, 7. August

Keine Ahnung, wann wir im Bett gelandet sind. Vormittags in der Pension lässt Michel mir kaum Zeit zu frühstücken: »Rudi, auf geht's zum Festivalgelände. Mir ist gestern eine Knaller-Idee gekommen, wie wir uns hier einen schönen Spaß machen können!«
Was er damit meint, klärt sich in den Mittagsstunden auf. Michel streift herum, bis er gefunden hat, wonach er sucht: eine Gruppe fröhlich angetrunkener Jungs. Seine Augen beginnen zu leuchten, er drückt mir sein Smartphone in die Hand.
»Und jetzt, Rudi, erforschen wir, weshalb Gott das Kamerahandy erfunden hat. Geh mal auf Video und halt einfach drauf.«
Michel tritt in die Gruppe der Jugendlichen und macht einen Aufsager in die Kamera: »Hey guys! I'm Michael B. from NBC. We are here in Wäcken – and you guys: How are you today? Feeling good?«

Die jungen Männer machen dämliche Rockerposen in die Kamera.
»Is it true, that this festival is the craziest in the world and you are the most craziest guys in Wacken?!?«
Die Jungs gröhlen in die Kamera: »Yeahh! Wackeeeeeeen!«
Michel hakt nach.
»Show us how crazy you can be!«
Die Aufforderung wirkt augenblicklich. Der Erste zieht die Hose runter und hält seinen nackten Hintern in die Kamera.
»Thanks, folks!«, sagt Michel und zieht mich fort.
»Und, alles im Kasten?«, fragt er.
»Was gibt das, Michel?«
»Rudi, das wird 'ne Wacken-Doku. Wenn du keinen Bock hast, dann mach ich's halt alleine! Wir treffen uns in drei Stunden am Hauptausgang.«
Dann rauscht er ab, mit Schaum vor dem Mund.
Auf der Rückfahrt im Zug zeigt er mir bewegte Bilder: Ein Mädchen, welches »I'm the bitchiest bitch of all!« brüllt, während sie sich übergibt. Besoffene Typen auf dem Zeltplatz, die auf einer Plastikplane in einer Schlammgrube surfen – mit Steaks unter den Füßen. Und diese dann auf den Grill werfen. Und als Krönung ein Szenario, das man in Heavy-Metal-Kreisen ›Wall of Death‹ nennt: Die Menschenmasse vor der Bühne teilt sich in zwei Hälften, es entsteht eine Kluft von etwa zwanzig Metern. Trommelwirbel, der Sänger röhrt: »ARE YOOUUUU READY TO KILL?!« Dann rennen die Massen brüllend aufeinander zu. Das sieht aus wie auf einem Schlachtfeld. Das Ergebnis kann man bei den hektischen Bildern nur ahnen: Prellungen, Knochenbrüche und Gehirnerschütterungen. Zwischendrin Michels Fratze, der das ganze Spiel mit süffisanten Kommentaren unterlegt.
»Bestes Material, Rudi! Ideales Jagdrevier für Pleiten-, Pech- und Pannen-Clips. Wird morgen geschnitten, und dann verhöker ich das an die Privatsender, höhaha!«

Ich sage trocken: »Mal wieder Fernsehen auf unterstem Niveau, was?«
Er grinst mich an: »Quatsch, Rudi, das ist Light Entertainment.«

Mittwoch, 10. August

Bei meinem morgendlichen Rundgang auf dem Freigehege bemerke ich ein Loch im Zaun. Auf der Wiese in unmittelbarer Nähe befindet sich eine Grillstelle mit rumliegenden Ketchup- und Bierflaschen. Am Beckenrand des Außenpools finde ich eine herrenlose Badehose und einen damenlosen Bikini. Da haben Jugendliche mal wieder ihrem Sommerhobby gefrönt: Party machen inklusive Nachtgrillen und Nacktbaden.
Überall liegen Glasscherben herum. Vor der Außenwand der Schwimmhalle liegt eine Sprühdose, darüber ein frisches Graffito: »Geht duschen!« Ich würd mir ja gern die Verantwortlichen krallen und sie den ganzen Müll persönlich beseitigen lassen. Aber wie? Nachts sind alle Chaoten grau. Ich berichte Gerd Vogel davon. Er sagt: »Rudi, geh erst mal nach Hause, nimm dir den Rest des Tages frei.«
Ich stutze: »Hä? Wieso soll ich denn jetzt Feierabend machen?«
»Damit du heute Nacht fit bist, du stehst nämlich erste Wache – 22.00 bis 2.00 Uhr. Danach Notnagel.«

Donnerstag, 11. August

(die Nacht von Mittwoch)

Steh ich hier wie bestellt und nicht abgeholt zwischen den Büschen im Außenbereich. Es wird 23.00 Uhr. Es wird 24.00 Uhr. Ich werde von Mücken und Bremsen penetriert und phantasiere über Verkehrsunfälle mit Beteiligung von Gerd Vogel. Gegen halb eins nähern sich von der Straße Stimmen, und tatsächlich, ein ganzer Pulk von Jugendlichen kriecht durch das Loch im Zaun. *Erst mal kommen lassen,* denke ich mir. Ein gutes Dutzend vergnügter junger Menschen macht es sich auf diversen Decken bequem, Flaschen werden ausgepackt, man hockt im Kreis zusammen, geht nackig schwimmen und philosophiert über Horrorfilme wie ›Nightmare on Elm Street‹, ›Final Destination‹ und den ›Exorzisten‹. Es wird Zeit für meinen Auftritt.

»Guten Morgen, liebe Frühschwimmer!«

Weiter komme ich nicht. Alle springen erschrocken auf, und die Mädels kreischen, als wäre ich Freddy Krüger persönlich. Rasend schnell sind die jungen Leute am Zaunloch und schon fast durch, da kriege ich eine Nachzüglerin am Hosenbund zu packen.

»So, Frollein, dann würde ich gerne mal deinen Ausweis sehen.«

»Du brauchst keinen Ausweis sehen«, stammelt das Mädel. Und ich erkenne, wen ich mir da geschnappt habe: meine eigene Tochter. »Hallo, Paps«, sagt sie kleinlaut.

»Soddom auf Gomera, Bärbel! Sag mir wenigstens, dass es nicht deine Idee war!«

»Äääähhh ...«, kommt es aus ihrem Mund. Als Bademeistertochter ist man einfach zu nah an der Quelle.

»Na, dann hilf mir wenigstens, den Müll hier aufzuräumen. Ich werd gleich von Notnagel abgelöst und hab nix gesehen. Alle Alkoholika bringst du zu mir nach Hause. Konfisziert, klar?«

»Klar, Paps.«

Den Rest der Nacht betrinke ich mich mit meiner Tochter in meiner Junggesellenbude. Wir philosophieren über Vampir- und sonstige Blutsaugerfilme. Und Bärbel verarztet meine Mücken-Einstiche.

Freitag, 12. August

Nachdem unser Wasserball-Übungsleiter wegen Erfolglosigkeit und völliger Überforderung das Handtuch geworfen hatte – er gab als Grund ›Burnout‹ an –, habe ich vor kurzem das Training unserer Jugendmannschaft übernommen: die ›SG Pubertiere‹.
Zugegebenermaßen, ich hatte mir diese Aufgabe wirklich leichter vorgestellt. Die Mannschaft besteht aus zwölf knallharten Jungs – ich nenne sie mein ›Dreckiges Dutzend‹ – und sie ist eine wild zusammengewürfelte Kultimulti-Truppe: drei Türken, ein Kurde, zwei Griechen, zwei Polen, zwei Deutsche, ein Weißrusse und ein Albaner, der immer behauptet, er wäre Italiener – damit die anderen nicht denken, er lügt. Die Leistungsbereitschaft der Jungs reicht von »Ey Trainer, isch hab heut voll kein Bock so« über »Isch bin heut so krasse Übermotiviertheit« bis hin zu »Keiner! Isch schwöre: KEINER sagt mir, wann isch die Kippe ausmachen soll!« Ich hab auch nichts gesagt. Ich hab seine Fluppe mit dem Wasserdruckstrahler gelöscht. Jetzt macht der betreffende Bube gerade Entengang um den Pool.

Samstag, 13. August

Schwimmbiss.
Malgorzata sitzt an einem Kreuzworträtsel: »Ruuudii, hier gib's zu gewinnen: eine Kreuzfahrt für zwei Personen in Südostasien. No pierdole kurwa! Wie heißt diese eine Bundeskanzla mit vier Buchstaben? Vorname Helmut. Fängt an mit ›k‹, hört auf mit ›l‹.«
Ich gebe ihr einen Tipp: »Der Dicke. Der mit dem Saumagen.«
Sie stutzt. »Helmut Dicke? Nje kurwa, das sind doch fünf Buchstaben!«
»Denk an deutsches Gemüse.«
»Rotkohl!«
»Mascha, lass ›Rot‹ weg.«
»Weißkohl!«
»Das sind acht Buchstaben. Noch mal: Deutscher Bundeskanzler mit vier Buchstaben, Vorname Helmut, fängt an mit ›k‹ hört auf mit ... ›ohl‹. Und, wie heißt er?«
»No kurwa – Kohl! Aber Ruuudi, das hättest du mir doch direkt sagen können, du schlimmer einer!«
Ich sag: »Mascha, da hättste auch selbst drauf kommen können.«
Nach etwa einer Stunde und etlichen Persönlichkeiten der deutschen Geschichte haben wir den Lösungssatz gefunden. Er ist identisch mit dem Hauptgewinn des Rätsels: »Kreuzfahrt in Südostasien«. Da hätte man auch direkt drauf kommen können.

Dienstag, 16. August

Gestern war wieder ein Regentag. Wer hockte im Außenbereich? Die Emos. Diese Verneinungs-Vögel. Ich bin raus, um mit ihnen einen diplomatischen Schwatz zu halten.

»Sagt mal, Sportsfreunde, stimmt das eigentlich, dass sich Emos gerne selbst verletzen? Also schlitzen und schneiden und so?«
Da guckte die ganze Mannschaft, als wäre ich ihnen auf die gefärbten Haarsträhnen getreten.
Meinte das dicke Emo: »Hören Sie auf, Herr Bademeister. Das sind doch alles Klischees!«
Ich sagte: »Okay, ich hör ja schon auf – ist geritzt.«
Das bunteste Emo von allen, das mit dem grauen Schal, verdrehte die Augen. Es meinte, meine Witze wären dumm wie Brot.
Ich sagte: »Da drängt sich bei mir doch folgende Frage auf: Was ist der Unterschied zwischen einem Emo und einem Brot? Das Brot schneidet sich nicht selber.«
Das Anti-Spaß-Kollektiv sang im Chor: »Kennen wa schoooon!«
Letzter Versuch meinerseits: »Wie begrüßen sich zwei Emos? Mit offenen Armen.«
»Tschüs, Herr Bademeister«, riefen sie und haben mir zum Abschied noch gewunken. Mit den Fäusten. Und ausgefahrenem Mittelfinger. Da bin ich wieder rein in die Schwimmhalle, war mir eh zu kalt draußen.

Donnerstag, 18. August

Abends komme ich nach Hause und treffe Bärbel auf dem Balkon an. Sie sitzt dort mit rauchendem Kopf über ihren Prüfungsunterlagen. Ich frage sie, ob die Lernerei auf meinem Balkon denn gemütlicher sei als in ihrer Studenten-WG.
Sie antwortet genervt: »Nix gemütlich, Papa! Hier hab ich wenigstens meine Ruhe!«
Dann bricht sie in Tränen aus. Sie erzählt mir, dass in der WG dicke Luft ist.

»Papa, die kotzen mich so an! Keiner kümmert sich ums Geschirrspülen. Und mein Mitbewohner hat seit ein paar Wochen 'ne neue Freundin. Die beiden streiten sich jede Nacht bis in die Puppen. Und wenn sie sich vertragen haben, wird bis in die Morgenstunden rumgeknattert! Morgens blockiert die dumme Nuss dann eine Stunde lang das Badezimmer! Ich hab gestern auf den Tisch gehauen und gesagt, dass ich in der WG nicht mehr zum Lernen komme. Da bin ich als Streberin abgekanzelt worden. Diese Tussi legt in Klubs Musik auf. Electro, Techno und Goa. Gestern Nacht kam sie zugedröhnt an, hat die Wohnung mit ihrer Musik beschallt und dann meinen Kühlschrank leer gefressen. Heute Morgen kam der Vermieter an und hat sich beschwert. Wegen Ruhestörung. Weißte Paps, bei mir!«
Ich sage: »Bärbel, du kannst jederzeit zu mir kommen und in meiner Bude lernen. Aber klär die Probleme WG-intern. Ich werd mich da nicht einmischen ... oder soll ich etwa?«
»Bloß nicht, Papa, am Ende werd ich noch als Petze verurteilt!«

Freitag, 19. August

Wasserballtraining mit den SG Pubertieren. Das Dreckige Dutzend ist immer noch ein ziemlich undisziplinierter Haufen. Im Herbst beginnt die Hinrunde in der Kreisliga Köln. Meine Jungs spielen gegen die härtesten Kölner Jugendmannschaften, die auch alle ganz gefährliche Teamnamen haben: ›Klötenkiller Kalk‹, ›Fußpilze Flittard‹ und ›Blutgrätsche Quadrath-Ischendorf‹. Angstgegner der Liga ist die Mannschaft, deren Trainer ständig auf der Bank rumpöbelt und während des Spiels auch gerne mal handgreiflich wird. Sie heißt ›Chlorweiher Chorweiler‹.

Samstag, 20. August

Die Sonne scheint, Hunderte grillender, kreischender und sonnetankender Badegäste. Das sind die Freibadsaison-Tage, an denen mein Beruf echt Spaß macht. Es sind allerdings auch diese Tage, an deren Ende Tonnen von Müll anfallen. Und der Müll liegt nicht in den Tonnen, sondern daneben.

Genau dasselbe Phänomen hat man jeden Sommer in den Kölner Parkanlagen. Ich frage mich, wieso die Leute am Ende eines Picknicktages ihren Driss samt Leergut nicht wieder mitnehmen. Sind sie zu blöd oder zu faul, die Flaschen dorthin zu bringen, wo sie sie erworben haben? Obwohl: Ich hab auch mein Problem mit Pfandsystem, nichtfunktionierenden Leergutautomaten und vor allem: pampigen Getränkefachverkäuferinnen.

Bei uns um die Ecke gibt es einen Getränkemarkt. Der heißt auch noch ›Saftladen‹. Dort an der Kasse sitzt Frau Trimborn. Sie verleiht jedem, der sich erdreistet, bei ihr Flaschen abzugeben, das Gefühl, er begehe eine Straftat. Die Dame fegt einem Kommentare um die Ohren wie: »Hörens, DIE Flasche könnense direkt wieder mitnehmen, die verkauffe mer hier nit! Und die Limoflaschen nit in die Kiste von den Bierflaschen!«

Ich hatte mal eine ganze Leergutladung aus dem Schwimmbad dabei, hatte die Flaschen aber nicht vorsortiert. Da war sie auf den Tod beleidigt. Hinter mir stand eine Kundenschlange und ich fragte sie: »Soll ich die anderen Leute erst mal vorlassen?«

Sie herrschte mich an: »Nee! Isch hann Sie doch schon mit Bongen anjefangen!«

»Wat?«

»Isch bin Sie jerade am Abhalten!«

Ich sag: »Ach sooo. Dann will ich Sie mal nicht davon abhalten, heute noch gute Laune zu kriegen.«

Ist mir echt zu blöde. Da geh ich nicht mehr hin. Aber ich habe für das leidige Leergutproblem eine Lösung gefunden. Am Ende des Tages sag ich zu meinen Jugendlichen: »Wir machen einen Deal. Ihr sammelt die Flaschen ein und bringt sie weg. Pfand könnt ihr behalten und kriegt dazu noch einen freien Eintritt fürs Schwimmbad! Nur eine Bedingung: Ihr bringt die Flaschen zu Frau Trimborn in den Saftladen.«

Sonntag, 21. August

Habe heute frei. Ich überlege, wie ich meiner Tochter helfen kann. Bei uns im Mietshaus wird in Kürze die Dachwohnung frei. Vielleicht sollte ich Bärbel diese Alternative vorschlagen, bevor es in ihrer WG noch zu Handgreiflichkeiten kommt.
Bald schon ist die Freibadsaison vorbei. Die Besucherzahlen waren aufgrund des Wetters katastrophal. Vielleicht könnte man in Kürze einen Aktionstag veranstalten, damit die Leute wieder auf unsere Badeanstalt aufmerksam werden.
Im Fernsehen läuft gerade eine Reportage über das Festival ›Rock am Ring‹. Und auf dem anderen Kanal die Wiederholung vom ›Promi-Turmspringen‹ mit Stefan Raab. Das bringt mich auf eine Idee: Wir veranstalten Anfang September zum Freibad-Saisonabschluss eine Arschbomben-Party! Springen mit Musik. Und im Außenbereich stellen wir eine Open-Air-Bühne auf mit Live-Band! Das wär doch mal ein Event, das vor allem jugendliche Badegäste anspricht.
Abends in der Pommesgabel frage ich Albi, ob er Lust hat, mit der Kneipenband zu spielen und mir darüber hinaus eine gute AC/DC-Coverband empfehlen kann.
Albi ist begeistert: »Hörens, Schalupp, dat wird jemacht!«
Er kümmert sich um die Organisation der Bühne, Verstärkeranlage,

Werbung, Flyer, Plakatierung und so weiter. Und er kennt eine klasse AC/DC-Coverband.
»Die nennen sich ›My way to Hell‹!«
Ich werde dieses Event ›Rock am RettungsRING‹ nennen.

Montag, 22. August

In meiner Waschküche türmen sich Berge schmutziger Wäsche. Die Waschmaschine hat ihren Geist aufgegeben. Der Installateur sagt, sie habe ihre Lebensdauer längst überschritten, und rät mir zu einer Neuanschaffung. Das hat der Mechaniker letzte Woche in der Opel-Werkstatt zu meinem Kadett auch gesagt.
»Die Karre ist hinüber, Herr Schaluppke. Komplett durchgerostet. Wie wär's mal mit 'nem neuen Auto?«
Ich muss mich entscheiden: Waschmaschine oder Auto. Und die Gastherme im Badezimmer ist auch noch hinüber. Muss ich jetzt anfangen, Lotto zu spielen?

Im Schwimmbad meint Kollege Notnagel, es würde am Beckenrand so komisch müffeln. Ich sage, das käme von den Toiletten, und wechsle auf die andere Beckenseite.
Abends gehe ich mit einer Ladung Socken und Unterhosen in den Waschsalon um die Ecke am Höninger Weg. Dort sitzt lachendes und applaudierendes Studentenvolk. Der Laden ist brechend voll. Und die Fensterscheiben sind komplett beschlagen. Ich frage mich, ob das wohl eine Art Uni-Vorlesung sei, auf der Fensterbank steht nämlich ein Dozent mit schwarzem Anzug und einem Mikrophon in der Hand. In dem Trubel vernehme ich von drinnen eine bekannte Stimme: »Paps, huuhuu, Papaa! Los, komm rein!«

Aha, meine Tochter nimmt auch an dieser Vorlesung teil. Ich schleiche zu ihr, an den jungen Leuten vorbei.
Der Dozent sieht mich und spricht meine Tochter an: »Was macht denn dein Vater hier? Schuldet er dir noch Taschengeld?«
Lautes Gejohle.
Ich frage: »Ist das 'ne Sekte hier, oder was!?«
Gröhlendes Gelächter. Meine Tochter erklärt mir, es wäre eine Stand-up-Comedy-Show.
Ein Komiker in Soldatenuniform betritt die Fensterbank und brüllt: »Morgen, ihr Luschen!«
Alle brüllen zurück: »Morgen, Chef!«
... Also doch 'ne Sekte. Aber: sehr lustig, das Ganze. Habe schon lange nicht mehr so gelacht.
Nach zwei Stunden ist die Veranstaltung vorbei. Ich wische mir die Tränen aus den Augen und wasche meine Socken.

Dienstag, 23. August

Als ich morgens in die Badeanstalt komme, fällt mir auf, dass irgendetwas anders ist. Im Eingangsbereich über der Kasse hängt eine Kamera. In Frau Budnikowskis Schwimmbiss eine weitere.
Ich entere das Chefbüro: »Sag mal, Gerd, findet bei uns jetzt Mitarbeiterüberwachung statt? Haben wir nun Zustände wie bei einschlägig bekannten Supermärkten oder Drogerieläden, in denen polnische Billigarbeitskräfte ausgebeutet werden?«
Gerd Vogel winkt mich zu sich und deutet stolz auf die Bürowand. Dort hängt ein Monitor, auf dem per 12-fach-Split-Screen das gesamte Schwimmbadareal zu sehen ist. Drinnen wie draußen: Sprungturm, Sauna, Umkleiden, Beckenrand, Liegewiese, Zäune – und mein Kabuff. Jetzt hat der Mann endgültig den Vogel abgeschossen!

»Verrate mir bitte, was das Ganze gekostet hat!«
Er sagt: »Freu dich doch, Rudi! Du brauchst nachts keine Vandalenwache mehr zu schieben. Wir haben sogar ein paar Nachtsichtkameras. Das Ganze wird hochauflösend in HD-Qualität aufgezeichnet.«
Mir bleibt die Spucke weg.
Er erklärt mir: »Rudi, Überwachung ist heutzutage gleich Sicherheit. Überwachte Gäste sind behütete Gäste, wir sind jetzt das sicherste Schwimmbad in ganz Deutschland.«
»Klaro, Big Brother is watching you. Für das Ein- und Auschecken am Drehkreuz fehlt übrigens noch ein Badetaschen-Röntgengerät. Und die Sauna braucht noch einen Nacktscanner.«
Ich verabschiede mich. Dann bin ich einmal die große Runde durchs Bad gelaufen und hab vor jeder Kamera die Zunge rausgestreckt.

Mittwoch, 24. August

Gerd Vogel hat offensichtlich ein schlechtes Gewissen. Denn er hat mein Saisonabschluss-Event genehmigt.
Und nicht nur das: »Rudi, zur Förderung der Mitarbeitermotivation werden wir Ende September einen Betriebsausflug machen!«
Das hört sich doch gut an.

Donnerstag, 25. August

Auf meiner Fensterbank tummeln sich Scharen von Marienkäfern. Ich sammle die süßen Tierchen ein und nehme sie mit ins Schwimmbad. In der Eingangshalle steht nämlich ein Ficusbaum, der von

Läusen befallen ist. Als unsere schwäbische Gesundheitsbeamtin Frau Dr. Dr. Gindele auftaucht, präsentiere ich ihr stolz meine neue biologische Schädlingsbekämpfungsmaßnahme.
Sie sagt: »Schalupple, des meinet Sie bloß. In Wahrheit sind die Käferle selber Schädlinge.«
Ich sag: »Wat? Marienkäfer? Seit wann sind die schädlich?«
Sie sagt, es wären gelbe asiatische Marienkäfer, die sich hier ansässig gemacht haben und die heimische rote Art verdrängen. Sogenannte ›Neobiota‹ oder auch ›Neophyten‹.
»Die stille Invasion hat schon längscht begonnen, Schalupple! Feindliche Übernahme! Auch andere Tierle: Waschbärle, graue Eichhörnle, Schneckle. Und ich sag es Ihnen, Schalupple: Des ischt der Preis der Globalisierung! Die breiten sich hier aus, weil sie keine natürlichen Feinde haben.«
Ich sage: »Das hab ich auch schon gemerkt. In Berlin-Prenzlauer Berg oder Köln-Junkersdorf wohnen fast nur noch Schwaben.«

Freitag, 26. August

WG-Party in Bärbels Studentenbude. Ich bin eingeladen. Ich weiß zwar nicht, was ich da soll, aber ich werd hingehen. Auch auf die Gefahr hin, dass ich dort den Altersschnitt anhebe. Ich muss ja sehen, in welchen Missverhältnissen meine Tochter lebt. Gegen 23.00 Uhr komme ich an. An der Haustür ein Schild mit der Aufschrift: ›Sockenparty! Parkettboden, Schuhe aus!‹«
Drinnen fliegen Bierflaschen durch die Gegend. Auf dem Boden: Bierlachen. Überall aufgekratzte Typen, die in Socken zu Techno-Rumgebummse tanzen. An den Plattentellern steht die DJ-Tussi und legt auf. Ich gehe zu ihr und beginne einen harmlosen Smalltalk:

»Hömma, ich hab 'nen Musikwunsch: Rock, Gewinnerklötenmucke.«
»Hab ich nich'! Hey, du bist doch der Alte von der Streber-Studentin.«
»Genau. Und du bist hier die Discjockerin.«
»Das heißt nicht Discjockerin, ich bin DJane!«
»Das ist ja schön, Jane. Dann schwing die Liane – und leg Rock 'n' Roll auf.«
»Alter, du nervst! Ich bin DJane. Die Party-Crowd hier nennt mich ›DJane Electro-Pussy‹!«
»Und meine Bade-Crowd nennt mich ›Der weiße Hai vom Beckenrand‹. Hömma, Electro-Pussy, angenommen, dein Typ hat vor, mit dir nachher in die Kiste zu steigen, kriegt der dann beim Poppen eine gewischt und fängt dann untenrum an zu leuchten?«
Im Nu ist die Party-Crowd da: »Spaßbremse, Sie gehen jetzt besser!«
Im Treppenhaus sitzt meine Tochter. Sie sagt: »Paps, ich muss hier weg.«
Bevor ich mich aufs Rad schwinge und nach Hause fahre, denke ich: *Wenn schon verbrannte Erde hinterlassen, dann richtig.*
Ich greife zum Handy, gebe mich als Nachbar aus und rufe die Bullen an.

Samstag, 27. August

Bockwurstkaffee bei Budnikowski. Ich berichte Mascha von meiner gestrigen Aktion in der Studi-WG. Sie sagt mit leuchtenden Augen: »No kurwa! Da hat Barbara Schaluppczyk ein so tollen Haudegen als Papa!« Sie rückt näher, nimmt mich an den Arm und sagt: »Rudirudi. In Horrorskop steht: ›In Ihren familiären Umfeld gib's bald große Veränderungen.‹«

Ich sage: »Ja, stimmt. Bärbel zieht zu mir ins Haus.«
Mascha hakt sich wieder aus. Das hat sie damit wohl nicht gemeint.
Nachmittags ruft Bärbel an: »Paps, auf der Fete ist um 2.00 Uhr Polizei aufgetaucht! Sie haben Electro-Pussys DJane-Anlage samt Boxen mitgenommen. Die dumme Nuss ist voll ausgerastet. Sie wollte wissen, welcher Spießer-Nachbar die Bullen gerufen hat. Da hat die Polizei sie gleich mitgenommen!«
Wie ich schon sagte: Wenn verbrannte Erde, dann richtig.

Montag, 29. August

Gerd Vogel legt mir die Planung unseres Betriebsausfluges vor. Er hat sich nicht lumpen lassen und allen Ernstes eine Bootsfahrt auf dem Rhein organisiert.
Ich jubel: »Huii, so weit weg von zu Hause war ich ja noch nie!«
Er erläutert mir seinen Marschplan: »Auf dem Rhein vom Ableger Köln-Mülheim Richtung Bonn-Siebengebirge nach Königswinter. Von dort Wanderung auf den Drachenfels. Dort oben für jeden ein Tellergericht plus zwei Getränke. Alles darüber hinaus geht auf eigene Rechnung. Wir müssen ja sparen, Rudi. Anschließend Rückfahrt mit der Bahn nach Köln-Hauptbahnhof.«
Ich frage: »Drachenfels? Heißt das, die Gindele kommt mit?«
»Nein«, antwortet er, »das Kölner Gesundheitsamt macht einen eigenen Ausflug.«
»Oha, wohin fahren die denn? In die Produktionsstätten von Sagrotan?«
Bötchenfahrt auf dem Rhein. Wie originell.
»Rudi, ich hab noch einen Spezialauftrag für dich. Ich plane, dass wir auf dem Schiff gemeinsam ›Heidewitzka, Herr Kapitän!‹ sin-

gen. Das schweißt zusammen. Deine Aufgabe: Liedtext aus dem Internet ziehen und in fünfzehnfacher Ausführung ausdrucken!«
»Is' klar, Chef. Met em Müllemer Böötsche fahre mer esu jäähn!«
Gähn.

Dienstag, 30. August

Supermarkt. Vor mir an der Kasse: ein Mann mit Reitschuhen, Steppjacke in Olivgrün und Siegelring am Finger. Er macht Großfamilieneinkauf, im Kassendisplay erscheint ein Betrag von über dreihundert Euro. Aber anstatt zu zahlen, packt er die Sachen erst mal ein. Das dauert etwa fünf Minuten. Riesenschlange, die Kassiererin wird nervös.
Sie fragt ihn: »Könnten Sie bitte erst zahlen und dann einpacken?«
Er sagt: »Haben Sie's etwa eilig?«
Da mische ich mich ein: »Hörensemal, Sie haben zu Hause bestimmt viele Kinder.«
»Warum?«
»Weil Sie hier die Ruhe weg haben.«
»Was soll die Anspielung? Kümmern Sie sich um Ihren Kram!«
Die Kassiererin meint kleinlaut: »Ich darf ja nichts sagen, sonst beschwert er sich wieder bei der Marktleitung.«
Ich sag: »Doch. Schnöseln darf man was sagen. Vor allem, wenn sie olivgrüne Pferdeabschwitzdecken tragen. Wenn er Sie anschwärzt, fahr ich persönlich mit ihm auf den Ponyhof. Oder ich sage seiner Frau, sie soll ihm beibringen, wie Einkaufen geht.«

SEPTEMBER

Donnerstag, 1. September

Die Vorbereitungen für unser Saisonabschluss-Event am Samstag haben begonnen. Eine Technikfirma baut im Außenbereich die Bühne auf. Ich hab den Zehner freigegeben, und die Jungs trainieren für den Wettbewerb am Samstag.
Einige haben Neoprenanzüge an: »Schalupp, tut beim Aufschlag nich' so weh!«
Oberste Devise beim Splashdiving ist: Erst mal Ausschau halten, ob auch die Mädels zugucken, und dann beim Sprung möglichst cool wirken. Je höher die Fontäne, desto cooler. Es werden keine Haltungsnoten vergeben, wie beim Turmspringen. Eher Kommentare. Bei einem gut gelungenen Jump heißt es: »Geil Alta! Big Splash!« Geht einer daneben, heißt es: »Du Opfer! Lutscher-Sprung!«
Abdoul, Murat und Levent kann man gut auseinanderhalten, wenn sie vom Acapulco-Tower springen. Abdoul ist der Fachmann für

Arschbombe. Murats Spezialität: Absprung und Rückwärtssalto, sogenannter ›Back-Flip‹. Und Levent ist Allround-Jumper. Soll heißen: Salto mit möglichst vielen Drehungen um die eigene Achse.
Levent legt erst mal eine volle Poser-Minute auf der Plattform ein, mit verbaler Ankündigung: »Leude, gleich geht hier voll krasse Superschraube!«
Dann klatscht er fast horizontal mit dem Kopf voran ins Becken. Zum Glück stehe ich parat, als Levent ungewohnt bleich und wortlos aus dem Becken klettert. Das hab ich schon geahnt: Schleudertrauma. Murat und ich haben ihn dann auf die Bank gesetzt. Abdoul hat seine Hand gehalten. Als Levent ruft: »Abdoul, bistu schwul, oder was?«, bin ich beruhigt. So schlimm kann's nicht sein. Die Malteser sind schnell da, untersuchen ihn, stabilisieren ihn mit einer Halskrause und schieben ihn per Rolli aus der Halle. Er ist sichtlich bedröppelt: »So'n Dreck, Arschbombe-Wettbewerb fällt aus!«
Beim Krankenwagen sage ich: »Levent, mach das Beste draus. Du kriegst jetzt eine Super-Formel-Eins-Fahrt durch die Stadt, und nächste Woche bist du wieder hier bei uns.«

Freitag, 2. September

Zehner ist auf. Die Jungs machen Splashdiving. Ich stehe zu nah am Beckenrand und bekomme eine volle Fontänen-Breitseite ab. Ich bin plitschnass, was direkt per Handyfoto festgehalten wird.
Kollege Notnagel kommentiert: »Physikalisch sieht das so aus, dass bei diesem Sprung (Energieerhaltung) eine Endgeschwindigkeit von circa v=sqrt(2 × g×h) (h = Absprunghöhe) erreicht wird und einen Impuls von m × v (m = Körpermasse) besitzt. Da man beim Eintritt in die Wasseroberfläche bis auf null abgebremst wird, sinkt dieser Impuls,

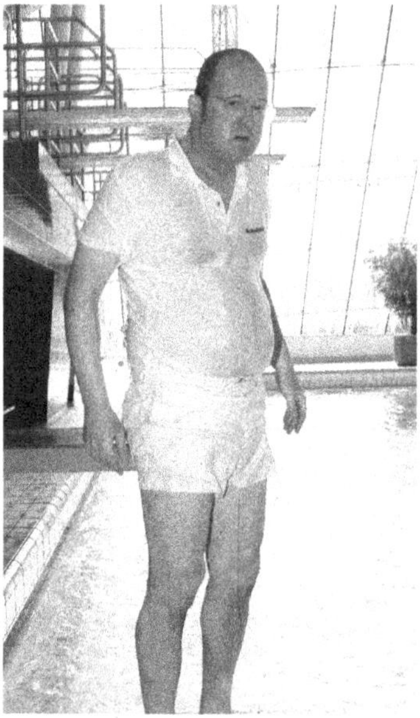

es gibt also eine negative Beschleunigung a, die einen abbremst. Die Kraft m × a beschleunigt dann das Wasser nach oben bzw. in Richtung Beckenrand. Sprich: Falsche Zeit, falscher Ort, Herr Schaluppke!«
In dem Moment schubst einer der Jungs ihn ins Wasser.
Ich schmeiße ihm einen Rettungsring zu und sage: »Selbe Zeit, selber Ort, Notnagel.«

Samstag, 3. September

Unser Saisonabschluss-Event schlägt ein wie Arschbombe: über eintausend Leute im Schwimmbad! Flashmob in Zollstock! Und nicht nur Jugendliche, sondern auch Rentner! Und zwar die Langhaarigen! Matte bis zum zum Hintern – aber oben mit Fleischmütze.
Mir fallen vier langhaarige Typen auf: Sie okkupieren eine Stunde lang den Whirlpool – mit Pulle Bier im Anschlag.
Ich sage: »Sportsfreunde, wenn ein Tropfen Bier im Becken landet, ich lass euch den kompletten Pool leer saufen!«
Sagt der eine: »Na und! Is' uns doch egal!«
Sie lassen eine dicke Gras-Tüte kreisen und aschen demonstrativ ins Becken. Da wird's mir zu bunt.
»So, mitkommen, Sportsfreunde!«
Ich hab die 'ne Stunde in die Sauna gesperrt. Bei einhundert Grad. Das ganze Gras hab ich konfisziert, und die Jungs haben erst mal 'nen anständigen Kräuteraufguss gekriegt. Danach waren die ruhig-

gestellt. Ich hatte das direkt im Blick: Bei denen hilft nur der heiße Entzug.
Abschluss des Tages: Konzert der AC/DC-Coverband. Aber die Band ›My way to Hell!‹ ist nicht aufzufinden. Irgendwann stellt sich heraus: Es sind genau die vier langhaarigen Typen, denen ich in der Sauna den Kräuteraufguss verpasst hatte.
Albi sagt: »Iss ejal, Schalupp! Dann spille mer mit dä Pommesjabelband halt en Stündsche länger. Mer hann och AC/DC-Songs im Projramm, so isset nit.«
Straßenfestatmosphäre in einer lauen Spätsommernacht, Presse anwesend, Riesenwerbung für unsere Badeanstalt. Ein voller Erfolg. Jetzt geht's aufwärts.

Montag, 5. September

Malgorzata kommt völlig außer sich mit einem Schreiben zu mir ins Bademeisterkabuff gestürmt: »Ruuuuudiiiiiiii! Wir haben gewonnen! Kurwa, guckst du: Kreuzfahrt von Kreuzworträtsel, was wir beide haben gelöst! Zehn Tage Ost-Süd-Asien, zwei Personen, Doppelkabine!«
Ich lese etwas ungläubig, was da schwarz auf weiß steht. Tatsächlich. Eine Kreuzfahrt. Im November. Südostasien. Mit Mascha.
Ich sage: »Äh, Mascha, das ist ja wirklich toll! Aber ich glaub nicht, dass ich so kurzfristig Urlaub kriege.«
Sie antwortet: »Ich war schon bei Chef! Vogel sagt, geht alles klar!«
Jetzt hat sie mich in ihrer Gewalt. Ich kann nicht mehr nein sagen. Ich male mir aus, wie ich mit der Frau, die mir tagtäglich Avancen macht, zehn Tage auf See in einer Doppelkabine verbringe.

Mittwoch, 7. September

Bademeisterkabuff. Nils Notnagel kommt an, stellt seinen Laptop auf und sagt: »Gehen Sie mal ins Internet, Herr Schaluppke.«
Ich frage: »Was ist jetzt wieder los? Willst du mir die neuesten Fachidioten-für-Bäderbetriebe-Kürzel zeigen?«
»Nein, geben Sie mal ›www.suedbad-koeln.de‹ ein.«
Was ich dann sehe, ist eine astreine neue Webseite unseres Schwimmbads. Ich klicke mich durch Bilder, Kursangebote, Öffnungszeiten und vieles mehr. Es gibt sogar eine Mitarbeiter-Vorstellung mit Fotos.
»Notnagel, hast du die etwa gemacht?«
Er nickt.
»Super! Hat Gerd Vogel das schon gesehen? Er wird begeistert sein. Das gibt doch bestimmt einen Gehaltszuschuss!«
»Ich war vorhin beim Chef, Herr Schaluppke. Er lehnt die Webseite ab. Er meint, es wäre ohne Absprache mit ihm passiert. Nun hat er einen Profi-Webdesigner beauftragt.«
Schon wieder ein Schlag ins Gesicht. Ich frage Frau Schmitz, ob der Chef noch im Büro sei.
»Nein, Herr Chaluppke. Der ist gerade aus der Tür raus. Er ist zum Golfen verabredet.«

Donnerstag, 8. September

Bärbel spricht mich an: »Mensch, Paps, Frau Budnikowski hat mir erzählt, dass ihr beide bald eine Kreuzfahrt macht! Hab ich da was verpasst? Läuft da was zwischen euch? Tolle Sache!«
»Nein, Bärbel, da läuft nichts. Mascha hätte es zwar gerne, aber sie ist überhaupt nicht mein Frauentyp.«

»Ja, aber warum dann die Kreuzfahrt? In einer gemeinsamen Kabine? So was machen doch nur Paare.«
Ich erkläre ihr, dass wir zu dieser Kreuzfahrt wie die Jungfrau zum Kinde gekommen sind.
»Sie verspricht sich viel davon, aber ich trau mich gar nicht, ihr zu sagen, dass ich das gar nicht möchte.«
»Paps, was druckst'n du hier so rum? Du bist doch sonst nicht auf den Mund gefallen, wenn's darum geht, anderen Leuten die Wahrheit zu sagen!«
»Aber bei Mascha ist das was anderes. Wenn ich ihr die Wahrheit sage, wird unser Verhältnis nie wieder so sein wie …«
»Ach komm, hör doch auf! Ich frag mich eh, wieso du immer noch aufm Junggesellentrip bist. Gibt's denn keine Frau in deinem Leben?«
»Dich natürlich, Bärbel.«
»Das zählt nicht! Los, sag.«
»Na ja, im Neptunbad gibt's 'ne Bademeisterin, die find ich toll.«
»Und? Triffst du dich mal mit ihr?«
»Bärbel, hör auf, mich zu löchern! Ich hab sie nur einmal gesehen, und da hab ich mich auch noch mit ihr angelegt.«
Sie nimmt mich in den Arm: »Typisch Papa. Wird echt Zeit, dass du wieder mal in Frauenhände gerätst, die dich ein bisschen weichklopfen.«

Freitag, 9. September

Wasserballtraining. Unser Weißrusse – Jewgeni Andreijowitsch Kaspersky – hat heute seinen Kumpel Dimitri Mihaijlowitsch Pitkowetzky zum Training mitgebracht. Einen Ukrainer. Dieser Junge hat für sein Alter von siebzehn Jahren eine beachtliche Körperstatur: 1,95 m

groß, Unterarme wie Oberschenkel, und auf seinem linken Oberarm prangt ein Tattoo mit der Aufschrift ›King of the Kiez‹.
Jewgeni stellt Dimitri den anderen Jungs vor und sagt dann: »Dimi ist 'ne Kampfsau. Der Dimi schluckt Wasser wie andere Leute Wodka!«
Kurze Zeit später merke ich auch, warum: Dimi kann überhaupt nicht schwimmen.

Samstag, 10. September

Bärbel zieht nächste Woche um. Die Dachwohnung in unserem Haus ist klein, aber oho: Achtzehn Quadratmeter mit Küche und Bad. Und als Schmankerl eine Fünf-Quadratmeter-Dachterrasse! Man kann von dort oben über die Stadt zum Dom und bis ins Bergische Land gucken. In meiner Ausbildungszeit wäre das ein Traum gewesen. Die Wohnung ist unmöbliert, so gibt's an diesem Samstagmittag den obligatorischen Möbelkauf-Ausflug bei Ikea: Erst im Stau stehen, dann Köttbullar essen und sich in dem Trubel der ›Markthalle‹ alle zwei Minuten Einkaufswagen in die Hacken rammen lassen. Erstaunlich, was so alles in meinen Opel Kadett reinpasst: ein Futon, ein Regal, Pflanzen, Töpfe, Blumenerde, ein Teppich und eine ausgewachsene Tochter.

Dienstag, 13. September

Dienstag ist wieder Dinsetag, denn die Schulferien sind vorbei. Wir hatten vorhin einen heftigen Sturm im Schwimmbad. Damit meine ich nicht die hyperaktive Schulklasse 10 b mit ihrer rumzickenden Lehrerin. Sondern Unwetter mit Blitz, Donner, tennisballgroßen

Hagelkörnern und orkanartigen Böen von einhundertzehn Stundenkilometern. Habe natürlich das Außenbecken gesperrt und alle Badegäste reingeschickt. Opa Heinrich hat sich geweigert. Der alte Sack meinte, es würde abhärten und ihn an den Blitzkrieg erinnern. Ich hab ihn unter Protest in mein Kabuff gesperrt und sagte: »Sie können jetzt Poolnudeln sortieren, damit Sie auf klare Gedanken kommen!«

Es hat soweit alles standgehalten, bis auf einige riesige Äste, die von den Bäumen im Außenbecken gelandet sind. Habe mir überlegt, wie ich die da raushole, ohne mich nass zu machen. Ich hab mir dann Frau Dinses Schulklasse gekrallt.

»Sportsfreunde, wir machen jetzt Äste-Angeln und danach Holzfäller-Wettbewerb. Der Gewinner kriegt 'ne Pommes und der Rest hat freie Eisauswahl am Schwimmbadkiosk.«

Hat super funktioniert, das war eins a Beschäftigungstherapie für die 10b. Nur Frau Bindestrich wollte hinterher das Schulamt einschalten – wegen Kinderarbeit.

Donnerstag, 15. September

Die Profisaunierer haben eben wieder genervt: »Schaluppke, wie wär's mit einem Obstler- oder Weizenbieraufguss?«

Ich sage: »Könnt ihr gerne haben. Gibt's im Saunadorf Ischgl.«

Sauna ist eigentlich zum Entschlacken, Entgiften und zum Aufbau körpereigener Abwehrkräfte da. So steht's zumindest im Saunaknigge. Aber nein, die Herrschaften wollen beim Schwitzen saufen. Ich habe mich mal zu einem Weizenaufguss breitschlagen lassen. Ich kam mit zehn kühlen Gläsern an und wurde von zehn Schwitzbrüdern und -schwestern mit tosendem Applaus empfangen: »Olé olé, Schaluppke!«

Einer schnappte sich das übriggebliebene Glas und schüttete den kompletten Inhalt über den Ofen. Das macht man laut Saunaknigge anscheinend so. Damit die Inhaltsstoffe zusätzlich über die Atemwege inhaliert werden. Knallt besser. Danach stank die Schwitzbude eine Woche lang nach Kneipe. Ich halte das für unnötig.
»Schaluppke, wat is' jetzt mit Weizenaufguss? Im Saunaknigge steht, dieser Aufguss steigert das Gemeinschaftsgefühl!«
Ich antworte: »Kein Problem. Um die Ecke ist ein Swingerklub.«

Samstag, 17. September

Bärbel ist in die Dachwohnung eingezogen. Meine Tochter hat Geschmack. Ihre Dachterrasse hat sie in eine grüne Stadtoase verwandelt: Blumenkästen, italienische Terrakottatöpfe mit Olivenbäumchen, Clivien, Hortensien, Zypressen und Agaven.
»Paps, das hat doch was von Toskana, oder?«
Ich bewundere ihren kleinen Großstadtdschungel, gebe aber zu bedenken, dass schon Herbst ist und wir uns nicht in Italien befinden.
»Hier im Mietshaus gibt's keine Orangerie. Hast du dir überlegt, wo die Pflanzen überwintern?«
»Ja klar, Paps, bei dir im Schwimmbad!«

Sonntag, 18. September

Bärbel hat mir Kontaktanzeigen einsamer Frauen auf den Frühstückstisch gelegt. Ist ja rührend, dass sie mir was Gutes tun will. Ich bin nur skeptisch, wenn ich diese Gesuche lese: »SIE, Mitte vierzig sucht Akademiker zum gemeinsamen Durchwandern von Lebensgewittern« – erstens bin ich kein Akademiker, zweitens kein Wandervogel, und drittens haben mir »Lebensgewitter« gerade noch gefehlt. Oder hier: »Kreative 37-Jährige sucht geistig hochbegabten Mann mit sportlicher Figur, gerne zwecks Familiengründung« – sportliche Figur hab ich. Aber die will keine Beziehung, die will 'ne Zucht für Designerbabys aufmachen. Oder das: »Habe spontane Sehnsucht nach wirklicher Nähe und tiefer Verbundenheit mit einem Mann, der mutig genug ist, auf die Stimme seines Herzens zu hören.« – Da krieg ich auch spontan Sehnsucht, und zwar nach 'nem Kölsch.

Montag, 19. September

Heute beginnen bei uns die Seepferdchenkurse. Notnagel und ich leiten den Unterricht. Die 3- bis 6-Jährigen werden spielerisch an das Wasser gewöhnt. Zum Kursende absolvieren sie eine Prüfung zum Erwerb des Abzeichens: Ertauchen eines Rings aus brusttiefem Wasser, Sprung vom Beckenrand und fünfundzwanzig Meter schwimmen ohne Schwimmhilfe.
Die Mutter der kleinen Mona spricht mich an: »Herr Schaluppke, bislang hat es keiner geschafft, Mona ins Wasser zu kriegen. Ich wette, Sie schaffen das auch nicht!«
Ich wette dagegen.

Dienstag, 20. September

Dienstag, Dinsetag. Gerade dann, wenn du als Bademeister glaubst, du hättest schon alles gesehen, geschehen Dinge, die dir den Verstand rauben. Meine Augen peilen den Acapulco-Tower an, da sehe ich Diplom-Annerose, wie sie mit ihren Problemkindern da oben irgendeinen Ringelpiez veranstaltet. Hockt sie da mit Luca, Torben und Ulf händchenhaltend im Kreise. Ich klettere auf den Zehner.

»Frau Dinse, was gibt das, wenn's fertig ist?«

Sie sagt: »Das ist eine Übung nach neuesten erlebnispädagogischen Erkenntnissen: Angstabbau durch autogenes Training.«

Die Sitzgruppe murmelt: »Mein Herz schlägt beständig, mein Atem geht tief und ruhig, ich ruhe ganz in mir selbst.«

Ich klatsche Beifall: »Jungs, wie wär's, wenn ihr das singt? Dann hätten wir hier Acapulco-A-cappella.«

Die Dinse funkelt mich kalt an: »Schaluppke, Sie haben wieder keine Ahnung! Das didaktische Prinzip heißt ›Schritt für Schritt zum Abgrund‹. Schon Nietzsche hat gesagt: ›Wenn du in den Abgrund schaust, dann schaut der Abgrund zurück‹.«

Ich sag: »Es gibt ein didaktisches Prinzip, welches lautet: Erst vom Einer, dann vom Dreier, dann vom Fünfer. Im Übrigen: Wenn Sie gerade mal in den Abgrund schauen möchten.«

Unten stehen etwa zwanzig Jugendliche und rufen: »Haut ab, ihr Lutscher, und springt endlich!«

Die Dinse eiskalt: »Bitte, das halte ich für Ihr Problem. Wir sitzen friedlich hier oben und stören niemanden.«

Da bin ich wortlos runtergeklettert und hab 'ne Durchsage gemacht: »Notfall auf Acapulco-Tower. Eine Erlebnispädagogin und drei ihrer Schüler hängen oben fest. Alle Profi-Arschbomber aufn Zehner! Wir machen jetzt Tandemsprung – Hand in Hand!«

Wie der Blitz kommt die Horde Jugendlicher angeschossen und jagt mit wildem Gebrüll hinauf. Luca, Ulf und Torben hüpfen ganz

alleine von der Planke. Die Dinse folgt als Letzte und kreischt am lautesten. Ich glaub, Murat hat sie irgendwo angepackt.
Luca, Ulf und Torben rufen: »Frau Dinse, dürfen wir noch mal springen?«
Geht doch. Sie schnaubt mich aber an, ich hätte ihr autogenes Training unterwandert.
Ich sage: »Ich habe mich heute mal für autoritäres Training entschieden.«

Donnerstag, 22. September

Jeder Mensch wird auf unterschiedliche Weise Schwimmbad-sozialisiert. In meiner Kindheit in den 1970er Jahren war es der Schwimmbadkiosk. Der magische Anziehungspunkt für jeden Buben. Dort gab es neben Leckmuscheln, Limo und Lollis einen Eis-Klassiker: den ›Flutschfinger‹. Das leckere Speiseeis in den Geschmacksrichtungen E100, E160 a und Erdbeer.
Ich kann mich noch sehr gut an den ersten Freibadbesuch mit der Familie erinnern: »Mama, darf ich mir am Kiosk einen Flutschfinger kaufen?«
Sagt die: »Ja, Rudi, aber erst mal ab ins Wasser.«
Und *Zack!* konnte ich schwimmen. Wie schaut's denn heutzutage aus?
»Mama, darf isch Playstation?«
Sagt die Mutter: »Ja, aber erstma' tust du dir 'ne Pommes holen!«
Ich habe eine Theorie, wieso die heutige Jugendgeneration zum Großteil aus Grobmotorikern und Bewegungslegasthenikern besteht: In den 1990er Jahren hat die Firma Langnese drei Eissorten vom Markt gekickt, wegen denen wir damals – auf unseren Bonanza-Rädern – kilometerweit ins Schwimmbad gefahren sind: ›Flutschfin-

ger‹, ›Brauner Bär‹ und ›Ed von Schleck‹. Und wir Buben auf den Bonanza-Rädern wären im Leben nicht auf die Idee gekommen, dass Flutschfinger, Brauner Bär und Ed von Schleck total versaut klingen. Was muss damals in der Werbe- und Marketingabteilung bei Langnese vorgefallen sein, um auf diese Produktnamen zu kommen?
Manche Menschen denken ja auch bei Spaßbad in die falsche Richtung. Ich hatte vor kurzem an der Rezeption unserer Wellnessabteilung eine Begegnung mit einem Amerikaner. Der fragte mich allen Ernstes: »Hey Mister, can I get here thaimassage with happy ending?«
Ich sagte: »Hömma, Mister, I'm not Mister, I'm Master. Bade-Master. Not Bade-Bachelor, Bade-Master. And this is not Bangkok, we are Zollstock! And if you want to have Spaß or Sauereien in our Spaßbad, then go to the Schwimmbiss and buy yourself Flutschfinger oder Brauner Bär!«

Freitag, 23. September

Mein Spezialfreund Flitzer-Fritze steht mal wieder auf der Matte: »Schaluppke, kennense den?«

> *Ein Bademeister erteilt einer Blondine Schwimmunterricht. Nach einer Weile fragt sie: ›Muss ich wirklich ertrinken, wenn Sie den Finger da unten rausnehmen?‹*

Muuhahahaaa!«
Er lacht nicht, nein, er wiehert.
»Der ist doch gut, oder, Schaluppke?«
Ich imitiere einen Tusch und schicke ihn in die Dusche.
Ich kenne jeden Bademeisterwitz. Nicht, weil ich sie lustig finde.

Man kriegt diese Witze von den Badegästen erzählt. Fast täglich kommt irgendeiner an: »Schaluppke, hehehe, kennen Sie den schon?«
Dann antworte ich: »Ja, kenne ich.«
»Aber ich hab Ihnen den Witz doch noch gar nicht erzählt.«
»Trotzdem kenn ich ihn schon.«
Dann dackeln sie ab und lassen mich zufrieden.
Bademeister oder Schwimmbadwitze sind fast immer schlüpfrig. Es sind Schenkelklopfer, die sich alte Säcke in Kneipen erzählen, wenn die Bedienung gerade fort ist. Ich hab nix gegen versaute Witze. Aber diese drei kann ich nicht mehr hören:

1. *Was haben Bademeister und Gynäkologen gemeinsam?*
Beide arbeiten am Beckenrand.
Der elendige Klassiker.

2. *Was sagt eine Bademeisterin nach dem Sex?*
»Jetzt aber raus ausm Becken!«
Na ja, über den konnte ich sogar mal lachen.

3. *Drei ältere Damen legen bei den Seniorenmeisterschaften Bombenzeiten hin. Der Bademeister ist vollkommen fasziniert und fragt, wieso sie so schnell schwimmen könnten.*
»Tja«, sagt die erste, »ich war mal deutsche Meisterin im Schwimmen.«
Da sagt die zweite: »Ich war mal Europameisterin über 100-m-Freistil.«
Der Bademeister sagt zur dritten, die am schnellsten geschwommen ist: »Und Sie waren bestimmt mal Weltmeisterin, oder?«
»Nein«, sagt die, »ich war Nutte in Venedig und habe dort Hausbesuche gemacht.«

Montag, 26. September

Seepferdchenkurs. Nach der letzten Stunde haben ein paar Waldorf-Muttis von mir ›kindgerechte Unterrichtsansprache‹ gefordert. Ich bin ja flexibel. So hab ich mir überlegt, ich mache mit den Kleinen heute ›kuschelpädagogisches Kaspertheater‹. Ich habe ihnen einen blauen Frotteewaschlappen mitgebracht. Er heißt Theo und ist genau genommen ein blauer Frotteemäuserich.
Mit ihm hab ich mich vor die Kleinen gestellt und mit Piepsstimme losgelegt.

Theo: »Hallo, Kinder!«
Keine Reaktion.
Ich sag: »Kinder, das ist Kaspertheater. Da macht ihr mit. Also, eure Antwort: ›Hallo, Theo!‹, sonst geht ihr duschen.«
Theo: »Halloo, Kinder!«
Alle Kinder: »Hallooo, Theoooo!«
Theo: »Ich bin die kleine blaue Maus und bin heute euer Schwimmlehrer. Habt ihr denn alle eure Schwimmflügelchen dabei?«
Alle Kinder: »Jaaaaa!«
Theo: »Könnt ihr vergessen, die brauchen wir heute nicht. Heute lernt ihr, wie man Plitschi-Platschi im Becken macht. Also, husch-husch ins Wasser!«
Da stellt sich die kleine Amanda-Cheyenne direkt vor den Mäuserich, tippt ihn an und sagt in breitestem Sächsisch: »Dü bist nüscht die Mäus! Die Mäus kömmt im Färnsähen ünd is' orönge. Der Elefänt ist bläu! Ünd die Ente is' gelb. Genäusö gelb wie der Pökemön ünd der Spönge-Böb!«
Was sagt man zu so einem kleinen Kind? Du musst ja diplomatisch bleiben. Und dann ist mir einer rausgerutscht.
Theo: »Pass mal auf, Amanda-Cheyenne. Deine Mami kommt doch ausm Osten. Da gab's doch gar keine Farbfernseher.«

Da war Tumult in der Hütte! Ihre Mutter brüllt: »Amanda-Cheyenne, los disch nüüüüscht veräbbeln! Des heißt nüscht Farbfärnsäher, sondern Buntfärnsäher!«

Ich sage: »Pass mal auf, Mändy. Wir machen hier Kinderschwimmen und nicht Farbenraten!«

Aber das halte ich doch mal für gelungene Ost-West-Integration: Vater ausm Westen, Mutter ausm Osten – Kind wächst zweisprachig auf.

Dinsetag, 27. September

Dienstag, Dinsetag. Dachte ich eigentlich. Aber die Dinse ist nicht da. Dafür ihre 10 b. Der Unterricht muss wohl ausfallen. Die Klasse fragt mich, ob sie hierbleiben und für die kommende Prüfung üben kann. Daraufhin ziehe ich meine Badehose an und zeige der 10 b den ›Startsprung mit Tauchzug beim Brustschwimmen‹.

Zwei Stunden später erhalte ich einen Anruf vom Rektor der Schule. Was mir einfiele, den Schwimmunterricht zu übernehmen. Es läge nicht in meinem Kompetenzbereich.

Ich sage: »Vielleicht nehmen Sie erst mal Ihre eigenen Kompetenzen wahr und schauen nach, wo die Dinse steckt.«

»Frau Dinse-Holtmann hat einen grippalen Infekt, ich habe ihr heute Morgen freigegeben.«

Ich sag: »Soso. Und wieso weiß die Klasse nichts davon und steht bei mir im Schwimmbad auf der Matte?«

»Schaluppke, Ihre Aufgabe wäre es gewesen, die Schüler nach Hause zu schicken. Sie machen sich damit strafbar. Das wird weitreichende Folgen für Sie haben. Und jetzt möchte ich Ihren Vorgesetzten sprechen!«

Ich sage: »Der hat einen grippalen Infekt. Ich hab ihm heute Morgen freigegeben.«

Mittwoch, 28. September

Seepferdchenkurs mit Frotteemäuserich Theo. Ich stelle wieder mal fest, wie gerissen kleine Kinder sein können. Heute steht auf dem Plan: Sprung vom Beckenrand.

Theo scheucht die Kleinen als Piratenkapitän über die Planke: »Na los, ihr Landratten! Springt über Bord, wenn euch das Leben lieb ist!«

Das tun auch alle mit Gejohle – bis auf Mona. Sie baut sich neben Theo auf und kräht: »Aber Theo, du musst auch springen, sonst gehst du ja mit deinem Schiff unter!«

Theo: »Ich bin der Kapitän, ich bleibe bis zum Schluss an Bord!«

»Ach was, Theo«, hakt Mona ein, »du bist bloß wasserscheu!«

Alle Kinder kichern, Theo bleibt tapfer: »Nichts da, Frauen und Kinder zuerst. Und du bist ein Kind.«

»Ab jetzt bin ich der Kapitän!«, kreischt Mona, »und ich befehle dir: Spring!«

Die Kinder gucken erwartungsvoll, ich denke mir: *Na gut, was soll's, wird die Puppe eben nass,* und spiele mit: »Aye, aye, Käpt'n Mona!«

Ich hocke mich über den Beckenrand und lasse Theo elegant ins

Wasser köppern. Mona gibt mir mit ihren Patschhändchen einen leichten Schubs, und – huuuuiiii! – tauche ich Theo hinterher.
Die Kinder wälzen sich vor Lachen: »Theo, das war toll!«
Ich stapfe an Land, Theo schüttelt sich und fragt: »Noch mal, Kinder?«
Keine Frage. Sie hüpfen an der Kette ins Becken und sind in ihrem Element.
Hinterher beschwert sich eine Mutter, was mir einfiele, die Kleinen auf diese Art und Weise mit der Havarie der ›Costa Concordia‹ zu konfrontieren! Ich glaub, es hackt.

Donnerstag, 29. September

Heute wird der Außenbereich des Schwimmbads eingewintert: Liegen in den Keller schaffen und Abfallkörbe abhängen. Notnagel und ich haben die Plane gerade übers Becken gespannt und festgezurrt, da kommt Gerd Vogel in Badehose an: »Rudi, Plane weg! Ich möchte zum Saisonende noch einmal draußen schwimmen!«
Ich sage: »Gerd, das kannst du übermorgen beim Betriebsausflug machen. Und zwar im Rhein.«

Freitag, 30. September

Heute gab es zur Vorbereitung auf die Wasserball-Kreisligaspiele ein Testspiel der SG Pubertiere gegen die Altherren-Mannschaft des Südbads. Damit das erste Gemetzel in der Familie bleibt. Anpfiff war 18.00 Uhr. Die alten Herren waren schon eine Stunde vorher im Wasser. Zum Einweichen.

Deren Trainer sagt: »Muss sein, Schaluppke, damit das alte Material wieder Bewegung zulässt.«

Meine Jungs haben auf dicke Hose gemacht und die Gegnermannschaft vom Beckenrand mit folgendem Schlachtgesang provoziert: »Ihr tut gleisch untergeeehn, ihr tut gleisch untergeeehn, ihr tut gleisch unta-, untaaa-geeeehn, Klatsch-Klatsch-Klatsch!«

Nach dem ersten Viertel, Spielstand: 2:0. Nach dem zweiten Viertel: 8:0. Nach dem dritten Viertel: 15:0. Und zwar: für die alten Herren.

Meine Jungs saßen völlig frustriert in der Umkleidekabine. Ich musste Aufbauarbeit leisten. Und habe erst mal gefragt: »Was war los, Mädels?«

Da meldete sich Murat zu Wort: »Ey Schalupp! Der eine Opi, der hat misch voll da unten angepackt!«

Ich sage: »Klötenziehen ist beim Wasserball erlaubt. Taktisches Foul. Was hast du ihm gesagt?«

Murat: »Isch hab dem gefragt: ›Ey Opi bistu schwul, oda was?‹ Und der Radan im Tor ist voll das Opfer! Der hält kein' Ball! Der Radan ist voll ehrenlos!«

»Murat. Erklär mir bitte mal: Was ist für dich Ehre?«

»Ehre? Schalupp, Ehre halt. Ehre is' voll so ... alles. Also so für misch. Weißtu Schalupp, da leb isch für, da sterb isch für. Halt Ehre so. Das volle Programm halt.«

»Murat, bitte. Erklär's mir an einem Beispiel.«

»Ey Schalupp, weiß isch doch nisch! Is' mir doch auch scheißegal!«

Da ist mir der Kragen geplatzt. »Männer, ihr haltet jetzt die Klappe und haltet zusammen. Sonst fahren wir morgen an die Nordsee ins Trainingslager!«
Murat: »Ey geil, mit Schalupp – Nordsee ins Trainingslager!«
Ich sage: »Und zwar auf eine Bohrinsel!«
Meine Jungs haben am Ende 15:1 verloren. Das eine war ein Eigentor.

OKTOBER

Samstag, 1. Oktober

Betriebsausflug. Alles trifft sich pflichtbewusst am Anleger. Vogel hat den Kahn nicht etwa für uns gemietet, nein, wir schippern als gewöhnliche Touristengruppe auf der Drachenfels-Tour.
Die ganze Truppe versammelt sich lustlos auf dem oberen Achterdeck um zwei Tische. Der Himmel über Köln erstrahlt in einem prächtigen Bleigrau. Immerhin regnet es nicht.
Kurz vor Bonn singen wir: »Heidewitzka, Herr Kapitän!« Alle, bis auf Malgorzata. Seit wir an Bord sind, ist sie auffällig still und völlig bleich im Gesicht. Als ich sie frage, was los ist, rennt sie an die Reling und göbelt sich die Seele aus dem Leib.
»Ach, Rudi«, röchelt sie, »so was Blödes. Ausgerechnet auf Betriebsausflug krieg ich Grippe. Hatte mich so auf Essen gefreut.«
Ich frage: »Mascha, bist du seekrank?«
Sie erwidert erbost: »Kurwa Rudi, hier nix See, hier Fluss!«
Dann rennt sie wieder zur Reling.

In Königswinter angekommen, ändert sich ihre Gesichtsfarbe schlagartig von Weiß auf Rosig. Auf dem Drachenfels nimmt sie mich in den Arm: »Ach Rudi, hab ich mich so gefreut auf Kreuzfahrt mit dir. Aber hab ich nich' nur Polen-Allergie, hab ich schon immer gebraucht Kotztitte, wenn ich war auf Schiff.«
Ich sag: »Kotztüte.«
Sie sagt: »No, sag ich doch, Kotztitte. Fährst du alleine. Oder nimm Bärbelchen mit.«

Sonntag, 2. Oktober

Gönne mir wieder einen Wellness-Tag im Neptunbad. Nicht ohne Hintergedanken. Beim letzten Mal hatte mir die Bademeisterin dort echt gut gefallen.
Ich spähe in alle Richtungen, entdecke sie aber nirgends. Na Ja, die Kollegin hat heute wahrscheinlich frei wie ich. Ich lasse mich ins Schwimmbecken gleiten und beginne zu kraulen. In dem Moment gellt der energische Pfiff einer Trillerpfeife: »Sie schon wieder! Sportlich schwimmen is' nich'!«
Sie ist es! Rothaarig, Sommersprossen, unter marineblauem Polo und Badeshorts erahne ich eine tolle Figur.
»Sind Sie hyperaktiv, oder was?«
Ich sag: »Nö, das ist ein Reflex, wenn ich mit Wasser in Berührung komme. Sie können das Chlor ja gegen Ritalin austauschen.«
Ich fange ein behäbiges Rückenpaddeln an und grinse: »Isses so unsportlich genug?«
Sie deutet lächelnd auf meinen Waschbärbauch, der aus dem Wasser ragt, und sagt: »So ist es perfekt.«
Sie hat beim Lächeln Grübchen auf der Wange. Spätestens jetzt bin ich verknallt in diese Frau.

Montag, 3. Oktober

Beim Seepferdchenkurs steht die kleine Mona vor mir. Sie macht Schlängelbewegungen und rudert dabei mit den Armen: »Guck mal, Herr Schaluppke, ich kann schon Delphin!«
Ich sage: »Toll, Mona! Delphin ist es noch nicht. Aber ich lasse es mal als Flipper gelten. Oder besser: als Flipperinchen.«

Mittwoch, 5. Oktober

Frau Schmitz besucht mich am Beckenrand. Sie drückt mir ein gelbes Reclam-Heft in die Hand: Shakespeare, ›Romeo und Julia‹.
»Herr Chaluppke, Sie müssen mir helfen. Ich hab morgen ein Vorsprechen und muss noch die Julia einstudieren. Ich brauch Sie als Anchpielpartner!«
»Als was? Nee, Frau Schmitz, fragen Sie Notnagel.«
Sie sagt: »Der sitzt gerade an der Kasse.«
Ehe ich intervenieren kann, klettert sie auf den Dreier: »Herr Chaluppke, Balkonszene aus ›Romeo und Julia‹. Ihr Text bitte. Geht los ab Seite sechsundfünfzig, Sie sind Romeo!«
Ich denke: *Okay, wenn sie ins Wasser fällt, bleibt ihr wenigstens ihr Schauspieltalent oben.*
Frau Schmitz räuspert sich, macht eine theatralische Pause und kreischt dann los: »Willst du chon gehen, mein Romeo?«
Ich rufe: »Eigentlich hab ich jetzt Feierabend.«
Sie: »O Romeo! Es ist noch lange bis zum Tag. Es war die Nachtigall und nischt die Lersche, die disch vorhin erchreckte.«
Ich sage: »Frau Schmitz, im Text steht *Lerche,* nicht *Lersche.*«
Sie: »Sie sind dran, Herr Chaluppke!«
Ich: »Na gut. Also: Lebe wohl, noch einen Kuss will ich dir geben.«

Auf einmal steht Levent da: »Ey Schalupp! Was läuft?«
Ich: »Levent, du störst gerade, ich bin Romeo.«
Levent brüllt: »Ey Abdoul und Murat, kommt her! Schalupp macht hier voll so die Mädschen-Sachen!«
Ich berichtige ihn: »MädCHen! Mit ›ch‹, nicht ›sch‹! Und jetzt Klappe halten, sonst ›Stille Treppe‹!«
Mir reicht's, und ich drücke ihm das Reclam-Heft in die Hand.
»So Levent, du hast die Rolle!«
Levent sagt: »Ey, isch Romeo? Ja klar bin isch Romeo!«
Er ruft zu Julia: »Ey Keule! Isch komm rauf zu dir, dann machen wir beide voll romantische Arschbombe von Acapulco-Tower!«

Donnerstag, 6. Oktober

Gerd Vogel ruft mich zu sich: »Rudi, ich möchte die Kundenzufriedenheit statistisch überprüfen und habe dafür einen Fragebogen entwickelt.«
Ich frage: »Wozu Statistik? Die Zufriedenheit der Badegäste kannst du daran messen, wie viele Leute pro Tag kommen.«
Er winkt ab und legt mir einen Zettel vor mit den Worten: »Rudi, bitte ergänzen und modifizieren, die Durchführung und Auswertung habe ich übrigens dir übertragen.«

BGFKZ (Badegastfragebogen zur Kundenzufriedenheit)

Bitte ankreuzen auf einer Skala von 1 (sehr zufrieden) bis 5 (sehr unzufrieden)

1	2	3	4	5
sehr zufrieden	zufrieden	neutral	unzufrieden	sehr unzufrieden
Wasserqualität				
O	O	O	O	O
Badeattraktionen				
O	O	O	O	O
Sauberkeit				
O	O	O	O	O
Saunaaufgüsse				
O	O	O	O	O
Kioskangebot				
O	O	O	O	O
Wassergymnastik				
O	O	O	O	O
Schwimmkurse				
O	O	O	O	O
Freundlichkeit des Personals				
O	O	O	O	O
Platz für persönliche Anregungen / Verbesserungsvorschläge				
....				
....				

Freitag, 7. Oktober

Dass ich eine Fragebogenstudie mache, kann er knicken! Ich habe ja sonst nichts zu tun. Aber für meine Jugendlichen habe ich den Bogen direkt mal umformuliert:

BGFJKZ (Badegastfragebogen zur
jugendlichen Kundenzufriedenheit)
Sportsfreunde, ankreuzen, wenn ihr bis fünf zählen könnt:

1	2	3	4	5
Fett, Alter!	Korrekt	Mir scheißegal	Honk-mäßig	Voll-Opfer!
Acapulco-Tower				
O	O	O	O	O
Schwimmbiss				
O	O	O	O	O
Schalupp				
O	O	O	O	O
Was geht sonst noch? Oder was geht null so?				
....				
....				

Samstag, 8. Oktober

Vorhin gab es eine peinliche Panne im Whirlpool. Durch einen Defekt der Chlorierungsanlage ist der Chlorgehalt weit über das zulässige Maß hinausgeschossen. Zwar nicht so schlimm, dass den

Badegästen die Haare ausfallen würden. Aber Frau Schneider-Kasper in signalrotem Badeanzug – Farbe Pamela Anderson/Baywatch – kam nach einer Einweichzeit von rund dreißig Minuten wütend auf mich zu. Augen knallrot, Badeanzug hellrosa.

»Herr Schaluppke!«, baut sie sich vor mir auf, »schauen Sie mal! Der ist ja völlig ausgebleicht!«, und deutet demonstrativ auf ihren Körper.

Ich muss pokern und behaupte, das käme öfter vor.

»Unser Whirlpool erreicht knapp vierzig Grad, manche Badeanzüge sind aber nur bis fünfunddreißig Grad farbecht.«

Eine hanebüchene Begründung, die sie allerdings murrend akzeptiert.

Ich frage: »Wo haben Sie den Badeanzug denn erstanden? Bei KiK?«

Sie antwortet empört: »Natürlich nicht! Dort werden sämtliche Kleidungsprodukte von ausgebeuteten Kindern in Bangladesch hergestellt. Und die dort hergestellte Baumwolle enthält dermaßen Pestizide, dass jede Motte um solche Ramschläden einen großen Bogen macht!«

»Soviel ich weiß, besteht Badebekleidung nicht aus Baumwolle, sondern aus Kunststoff.«

»Da sind Sie nicht auf dem neuesten Stand der Dinge. Dieser Anzug besteht aus einem Garn, das aus recycelten PET-Flaschen hergestellt wird. Und der rote Farbstoff ist ein Naturprodukt aus dem Panzer weiblicher Schildläuse. Damit werden übrigens seit Jahrhunderten auch die Kleider von Kardinälen hergestellt!«

Ich sage: »Uh, das muss aber jucken wie Hölle!«

Sonntag, 9. Oktober

Erster Spieltag Wasserball-Kreisliga Köln III. Auswärtsspiel gegen ›Klötenkiller Kalk‹. Der Schiri trifft ein paar Fehlentscheidungen, aber am Ende gibt's ein deutliches Ergebnis: Meine Jungs verlieren 2:12. Na ja. Jeder hat mal klein angefangen. Nach Abpfiff bei der Teambesprechung in der Umkleidekabine ist Murat wieder auf 180.
»Boah Schalupp! Der Schiri hat voll gegen uns gepfiffen! Dem Arsch tret isch voll in den Arsch!«
Ich sage: »Lass stecken, Murat, du triffst heute eh nicht.«

Montag, 10. Oktober

Nach dem Kinderschwimmen spricht mich die Mutter der kleinen Annemie an: »Herr Schaluppke, wäre es möglich, meine Tochter in einen anderen Schwimmkurs zu stecken?«
Ich sage: »Klar, es gibt noch einen Kurs am Mittwoch. Gibt es denn terminliche Probleme?«
Sie antwortet: »Nein, aber es wäre mir persönlich lieber, wenn Annemie mit Kindern Schwimmen lernt, die nicht Vladimir, Fathma oder Riccardo heißen.«
Ich sag: »Wat?«
»Herr Schaluppke, ich möchte das nicht! Ich habe Bedenken, dass meine Tochter hier einen schlechten Umgang hat.«
Ich sage: »Okay, dann kommen Sie am Mittwoch.«
Sie bedankt sich und geht. Ich rufe ihr hinterher: »Allerdings muss ich am Mittwoch erst mal Giuseppe, Bogdan und Grazyna fragen, ob sie mit einem Mädchen schwimmen lernen möchten, das Annemie heißt!«

Mittwoch, 12. Oktober

Dreadlocks sind mir ein Rätsel. Diese Rastasafari-Locken mit den Filzläusen. Eine Haarpracht aus Althaarwürsten, die manch einem Träger bis zum Arsch runtergeht. Das packen unsere Ansaugfilter nicht!

Letzte Woche habe ich so einen Reggae-Fuzzi beim Tauchen beobachtet. Er tauchte am Ansaugfilter vorbei: »Schhhrrllppp!«

Da musste ich die Heckenschere holen.

Und heute latschte wieder so'n Reggae-Fuzzi in die Schwimmhalle rein. Mit Kopfhörer auf und sang vor sich hin: »Buffalloouuu Souldjaaa, going to America. Fightin' for arrival, fightin' for survival. And I said oioioiiii, oioioioiiiii ...«

Den hab ich mir gekrallt: »Buffalo-Sportsfreund. Mit der Filzlaus-Frisur springst du hier nicht ins Becken.«

Da wurde der frech und sang: »I shot da Bademeister, but I did not shoot da Rettungsschwimmer!«

Dem hab ich eine Spezialkappe verpasst: einen blauen 30-Liter-Müllsack. Damit stand er oben aufm Zehner und wurde von Murat angequatscht: »Ey du Opfer, fette Hallebaddkapp!«

Donnerstag, 13. Oktober

Bärbel macht den Vorschlag, essen zu gehen. Ich sage: »Gerne. Zum Vietnamesen?«

Passendes Ambiente, um sie zu fragen, ob sie Lust hat, mit mir die Asien-Kreuzfahrt zu machen. Sie hat aber vor, ein Restaurant am Rheinauhafen anzusteuern. Als wir in dem Lokal ankommen, stehen an die zwanzig Leute an der Bar verteilt. Männer und Frauen etwa gleich stark vertreten. Alle haben ein Namensschild. Ein junger Mann begrüßt mich freudig und steckt mir ein Namensschild mit der Aufschrift ›Rudi (48)‹ an.

»Willkommen zum heutigen Speed-Dating! Jedes Paar hat fünf Minuten Zeit, sich kennenzulernen. Bitte nehmen Sie Ihre Plätze ein.«

Bärbel umarmt mich und flüstert mir zu: »Sei mir nicht böse, Paps. Ich hab dich einfach mal hier angemeldet. Es ist nur ein Spiel. Sei einfach du selbst.«

Zack! Bevor ich die Flucht ergreifen kann, sitze ich auch schon einer drallen Brünetten gegenüber.

Gerlinde, ebenfalls achtundvierzig Jahre: »Hallo, Rudi, sag mir doch mal alles, was dir zum Begriff ›Leidenschaft‹ einfällt. Die Zeit läuft, dalli-dalli!«

Ich lehne mich zurück, die Arme vor der Brust verschränkt, und sage: »Ich mach hier keine Aussage ohne meinen Anwalt.«

Hätte nicht gedacht, wie lange fünf Schweigeminuten dauern können.

Janina (39) hat mich sofort erkannt: »Sie sind doch der blöde Bademeister vom Südbad!«

Ich antworte: »Sie sind doch die Mutter von der bewölkten 15-Jährigen!«

Almut (43) erzählt mir von ihrer Vorliebe für klassische Musik. Ich sage, ich wäre Rockmusiker und verbringe meine Abende in stinkenden Klubs und Proberäumen. Als sie anfügt, sie sei strikte Nichtraucherin, sage ich: »Uh, da gehe ich direkt mal eine quarzen.«

Anna-Lisa (44) legt mir einen IQ-Test vor.

»Bitte ausfüllen! Und zwar leserlich, wenn's geht!«

Ich antworte auf Kiezdeutsch: »Ey Keule, isch kann nisch schreiben, isch bin Legastheniker. Doppelschwör!«

Danach habe ich fünf Minuten Atempause. Denn Justine (33) hat das Dating bereits verlassen, weil ihr Ex-Mann hier mitmacht.

Peggy (36) unterscheidet sich stark von den übrigen Kandidatinnen. Nicht nur äußerlich.

»Ich sag's direkt, Rudi: Ich hab keinen Bock auf diesen Pärchenscheiß. Ich hasse romantische Abende bei Kerzenschein!«, dann kommt sie direkt zur Sache: »Bock auf Poppen?«
Ich sage: »Zu dir oder zu mir?«
»Weder noch! Ich mach's nur an öffentlichen Orten!«
Ich sag: »Okay, Peggy, wie wär's direkt hier – auf dem Kneipentisch? Ich kann's aber nur, wenn Romantik dabei ist. Bedienung, eine Kerze bitte!«
Als ich Friederike (46) gegenübersitze, rümpft sie die Nase: »Was riecht das hier so streng?«
Ich bewege meine Nase in Richtung Achsel und sage: »Kann nicht sein, ich hab vorhin Deo benutzt.«
Sie beugt sich zu mir rüber und schnüffelt: »Puuh, es riecht nach Chlor. Waren Sie vorhin schwimmen? Sie müssen wissen, ich habe eine schlimme Chlorallergie!«
Cordula (37) faselt was von biologischer Uhr. Sie will wissen, ob ich einen momentanen Kinderwunsch verspüre.
»Ich suche einen geistig hochbegabten Mann mit sportlicher Figur zwecks Familiengründung.«
Bei mir klingelt's: Das ist die von der Kontaktanzeige! Ich sage: »Sportliche Figur habe ich. Wie läuft's eigentlich mit dem Zuchtbetrieb für Designerbabys?«
Karin (41) ist von Beruf ›Personal Coach‹. Sie gibt mir Tipps, wie ich mehr Erfolg beim weiblichen Geschlecht haben kann.
»Als Erstes, Rudi, empfehle ich dir einen Wechsel deines äußeren Erscheinungsbildes.«
Dann schiebt sie mir ihre Visitenkarte rüber. Ich schiebe die Karte zurück. Vorher schreibe ich noch darauf: »Als Erstes, Karin, empfehle ich dir einen Berufswechsel.«

Die Heimfahrt mit Bärbel verläuft frostig.
»Paps, du bist unmöglich!«

»Wieso, Bärbel? Du hast mir doch gesagt, ich soll ganz ich selbst sein.«
Ich bitte sie, so etwas nie wieder zu tun.
Bärbel zischt mich an: »Worauf du dich verlassen kannst, alter Stinkstiefel!«

Freitag, 14. Oktober

Feierabendbierchen bei Albi. Ich berichte ihm vom gestrigen Speed-Dating.
»Albi, ich sag's dir: Ein Besuch beim Zahnarzt ist dagegen die reinste Entspannung.«
»Ach, dat Schnell-Rendezvous, dat kenn ich. Hörens op! Hab ich och ens mitjemaacht.«
»Wat!?« Meine Augen wandern Albis Körper ab: mittelgroß, zwei Zentner, wirres Haupt- und Barthaar, Jeans, schwarzes ›Arsch huh, Zäng ussenander!‹-Shirt und ein verblichenes Tattoo auf dem Unterarm.
»Is' ja vun der Idee her praktisch«, erklärt mir Albi, »ävver wat ene Dress.«
Ich sag: »Eben, wie soll man sich denn in fünf Minuten darstellen?«
»Nit darstelle, wat willste dich verstelle? Do bess, wie de bess. Und han isch ens jrad ens ›Joode Dach‹ jesaagt, da heeßt et och schon ›Zack, zack, wigger jerückt, dä Nächste bitte‹. Dat es doch beklopp. Un e lecker Kölsch dabei jitt et och nit!«
Staunend nicke ich über Albis unerschütterliche Ruhe und Weisheit. Der Mann lässt sich wirklich nicht hetzen.
»Albert, du hast vollkommen recht. So was kann nicht funktionieren.«
Albi lehnt sich verschwörerisch zu mir über den Tresen und grinst

mich breit an: »Un? Hät dich eine vun denne Fraulück ens widderjesinn wolle?«
»Nee, Albi, mich hat hinterher nicht mal die eigene Tochter wiedersehen wollen.«
Albert lacht und spendiert mir ein Kölsch. Dann wischt er mit seinem Handtuch Bierflecken vom Tresen und meint: »Mach dir keine Kopp, Rudi. Die Wiever kumme von selver. Du brauchst nur Jeduld. Isch han de Mädche vom Schnell-Rendezvous jesaagt: Hörens, isch bin der Albäät, wenn do misch söks, isch ben in d'r Pommesjabel.«

Samstag, 15. Oktober

Bärbel ist seit Tagen mir gegenüber ziemlich schnippisch. Gestern kam sie in die Schwimmhalle. Das Etikett meiner Unterhose ragte hochgeklappt aus meiner Bademeister-Buxe. Da brüllte sie durch die ganze Schwimmhalle: »Papa, dein Arschfax hängt raus!«
Vorhin hat sie mich dabei erwischt, wie ich im Internet meinen Namen gegoogelt habe: »Na, biste gerade am Ego-Surfen? Oh, vier Treffer, du bist ja richtig berühmt, Paps!«
Ich frage: »Frollein, warum so zynisch?«
Sie ist noch immer enttäuscht, dass ich mich bei dem Speed-Dating dermaßen danebenbenommen habe.
»Papa, du gibst den Leuten keine Chance. Und wenn einer zynisch ist, dann du!«
Dann hält sie mir wieder vor, ich wäre altmodisch: »Deine Brille zum Beispiel – voll retro –, seit wann trägst du die? Schon seit zwanzig Jahren! Die hattest du doch schon an, als ich geboren wurde!«
»Wieso? Die Brille ist mein Markenzeichen.«
»Nix Markenzeichen, die ist old school!«
Ich lasse mir vieles nachsagen. Aber nicht, ich sei retro!

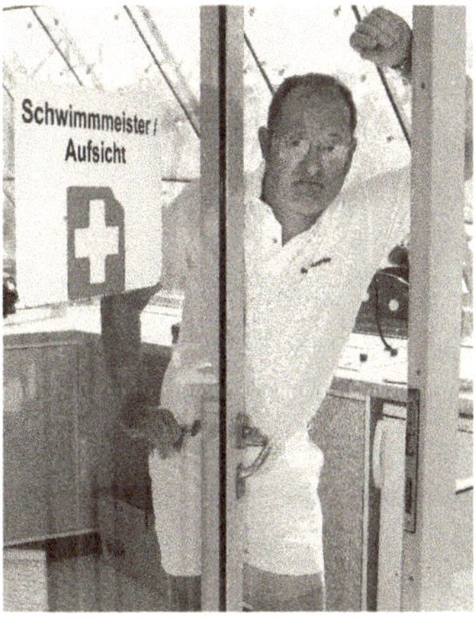

Sonntag, 16. Oktober

Frau Schneider-Kasper steht schon wieder vor meinem Kabuff: »Schaluppke, ich vermisse Malte-Anselm. Können Sie den mal ausrufen?«

Ich entdecke auf ihrem Kopf eine seltsame Badekappe. Sie ist durchsichtig und sieht aus wie ein überdimensioniertes Präservativ. Ich frage, was das denn für ein Verhüterli sei.

»Das ist eine Badekappe aus biologisch abbaubarem Latex!«

Ich frage: »Wo haben Sie die denn her? Aus freilaufender Bodenhaltung?«

»Schaluppke! Diese Badekappe ist – laut Zeitschrift Öko-Test – eine unbedenkliche Alternative zu den PCP- und Weichmacher-verseuchten Kappen, die hier in Ihrem Bade-Shop angeboten werden! Machen Sie endlich die Durchsage oder nicht?«

Ich antworte: »Okay, aber nur wenn die Vornamen Ihres Sohnemanns auch biologisch abbaubar sind.«

Dann ergreife ich das Mikrophon: »Achtung, Achtung! Der kleine Malte-Anselm Schneider-Kasper möchte bitte sofort seine Mami aus meinem Kabuff abholen!«

Vielleicht sollte diese Öko-Zeitschrift nicht Badekappen auf Unbedenklichkeit überprüfen, sondern Kindernamen.

Montag, 17. Oktober

Heute habe ich mir eine neue Brille gekauft. Aber nicht beim Optiker um die Ecke, der da schon seit dreißig Jahren ansässig ist. Das wäre ja old school. Nein, ich bin in die City, in das angesagte Belgische Viertel. Zu einem stylischen Optiker mit dem Namen: ›Eazy Eyez‹. Dort heißt der Brillenfachverkäufer nicht Brillenfachverkäufer, er heißt ›local glasses dealer‹. Optiker sind bekannt für verrückte und innovative Schaufensterdekorationen.
Bei Eazy Eyez stehen im Schaufenster weiß lackierte Fahrräder, auf denen Nasen kleben. Und auf diesen Nasen sind die Brillengestelle montiert. Ich betrete den Laden. Der local glasses dealer sieht mich und meine Brille – und ignoriert mich. Nach fünfzehn Minuten erbarmt er sich meiner und fragt: »Na Chef, was darf's denn sein? Einmal Kassengestell putzen?«
Ich sage: »Witzig, Brillen-Bube! Kann man in diesem Laden auch was kaufen außer Fahrrädern? Ich hätt gern was Modernes, damit meine Tochter endlich aufhört rumzunölen.«
Er sagt: »Okay, okay! Da hätten wir die Nerd-Brille. Zeitlos, angesagt, kann man nix mit falsch machen!«
Ich sage: »Hey, supie! Dann mal los, aber quickly her damit!«
Er fragt mich: »Sollen wir vorher noch einen Sehtest machen? Weil in Ihrem Alter …«
Ich sag: »Nix da, gib Gas, Brillen-Bube! Sonst ist heute *in* schon morgen *out*.«
Ich erwerbe ein nerdy Topgestell für satte fünfhundert Euro.

Dienstag, 18. Oktober

Bademoden ändern sich im Laufe der Zeit. Wir hatten damals knall-enge Badehosen an. Die waren so knalleng, du konntest sehen, wer Links- und wer Rechtsträger war. Heutzutage tragen die Jungs Bermudas. In XXL. Und allerneueste Mode ist es, darunter auch noch Boxershorts zu tragen. Ich glaub, es hackt! Boxershorts sind Unterwäsche, die haben im Becken nichts verloren. Vorhin kamen Knut Pätrick und Freund Jens aus der Dusche.

Ich sag: »Männers, Buxen-Kontrolle!«

Gerd Vogels Sohnemann fragt mich: »Ist das hier verboten, oder was? Ist doch egal, wie viel Hosen ich nass mache!«

Ich frage: »Hast du schon mal jemanden mit Socken schwimmen sehen? Ein Hallenbad ist kein Waschsalon.«

Drauf sagt der Bursche: »Die ist aber frisch, garantiert.«

»Jungs, ich bin hier nicht der Frische-TÜV. Ihr marschiert jetzt in die Umkleide und lasst die Boxers im Schrank. Sonst fliegt ihr raus.«

Fünf Minuten später sehe ich die beiden Lümmel in ihren Boxershorts durch die Halle laufen. Offensichtlich haben sie ein Autoritätsproblem, und zwar mit mir. Jetzt reicht's. Ich lasse die Pfeife ertönen, worauf die beiden nur gewartet haben. Grölend flüchten sie vor mir und springen mit einem außerordentlich geschmeidigen Köpper ins Becken. Dumm gelaufen nur, dass ihnen dabei die Shorts vom Hintern gleiten und am Beckenrand auf der Wasseroberfläche treiben. Geistesgegenwärtig fische ich die Hosen aus dem Wasser, begebe mich in mein Kabuff und mache folgende Durchsage: »Achtung, im Schwimmbecken sind zwei herrenlose Boxer-Buxen aufgetaucht und können innerhalb der nächsten zwei Stunden beim Bademeister abgeholt werden. Die sind sogar noch frisch.«

Mittwoch, 19. Oktober

Heute fand bei uns die Seepferdchenprüfung statt. Ich bin ganz stolz auf die Kurzen. Amanda-Cheyenne und Mona haben den ersten Anlauf 25-Meter-Schwimmen nicht gepackt. Sie standen weinend bei ihren Muttis. So hab ich Amanda den Frotteemäuserich Theo zugesteckt und Mona den Frotteefrosch Larsi: »Ihr beide seid jetzt ganz große Rettungsschwimmerinnen! Ihr müsst Larsi und Theo auf eurem Rücken ans andere Ende des Beckens transportieren, ohne dass sie ertrinken.«
Das haben die beiden dann mit Bravour gemacht. Mona hat dem Frosch hinterher sogar eine amtliche Mund-zu-Mund-Beatmung verpasst: Sie hat ihn abgeknutscht. Alle Kinder haben das Seepferdchen bestanden. Am Ende hat mir Amanda-Cheyenne ein selbstgemaltes Bild geschenkt. Darauf ist Frotteemäuserich Theo zu sehen. Aber nicht in Blau, sondern in Orange.

Donnerstag, 20. Oktober

Es ist zwar 'ne tolle Sache, dass meine Tochter jetzt bei mir im Haus wohnt. Aber manchmal tut es meinem Nervenkostüm nicht gut. Ich denke nur an den Umgang, den sie so pflegt. Gestern hat sie mir erzählt, sie habe einen Jurastudenten kennengelernt. Sohn aus reichem Hause. Vater hat eine Anwaltspraxis in Rodenkirchen. Der hat seinem Sohnemann zum Studienbeginn erst mal eine schicke Karre gesponsert: Audi TT Cabrio, Ledersitze, schwarzmetallic, getönte Scheiben und zweihundertfünfzig PS unter der Haube – Statussymbol. Na ja, wer's nötig hat ...
Vorhin kam Thorsten bei uns vorgefahren. Parkt salopp in der zweiten Reihe und veranstaltet ein Hupkonzert, dass unser Nach-

barshund erst mal einen Hörsturz kriegt. Dann kommt meine Tochter die Treppe runter. Im Minirock, nabelfrei, geschminkt wie eine Bordsteinschwalbe und eingehüllt in eine Parfümwolke, bei der's mir den Atem verschlagen hat.
Bärbel: »Muss jetzt los, Paps! Tschöhöö.«
»Moment mal, Bärbel. Wieso kommt dein Freund nicht rauf und sagt wenigstens mal hallo?«
»Nee, Papa, der Thorsten mag das hier nich' so.«
Ich sag: »WAS mag der hier nich' so? Hiergeblieben, Frollein! Ich geh vor!«
Dann klopfe ich an die getönte Audi-Scheibe: »Fenster runterkurbeln!«
Da grinst mich ein gegeltes Jüngelchen an. Mit rosa Poloshirt, Segelschuhen und Lacoste-Pullunder.
»Ist das hier 'ne Polizeikontrolle, oder was?«
Ich mache die Fahrertür auf und beuge mich zu ihm runter: »Tach Thorsten, willkommen in unserem bescheidenen Kleinbürgerviertel.« »Pfoten weg von meinem Auto! Mein Vater ist Anwalt!«
Ich glaub, ich hör nicht richtig.
Ich sage: »Pass mal auf, Bürschchen, wir fangen noch mal von vorne an. Du fährst jetzt mit deiner Angeber-Karre einmal um den Block. Dann parkst du vor meiner Garage und drückst die Haustürklingel genau an der Stelle, wo ›Schaluppke‹ steht. Wenn ich dann die Türe aufmache, streckst du mir dein siegelringdekoriertes Patschehändchen entgegen und sagst: ›Guten Tag, ich bin der Thorsten, ich bin heute mit Ihrer Tochter verabredet.‹ Kapiert?!«
Zwei Minuten später steht er total angesäuert vor meiner Tür: »Hallo, ich bin der Thorsten, und ich bin mit Barbara verabredet!«
Ich sage: »So, das hatte schon viel Schönes, Thorsten. Aber bevor du klingelst, machst du an deiner Karre erst mal den Motor aus. Letzter Versuch, ich glaub an dich!«

Freitag, 21. Oktober

Letztes Wasserballtraining vor dem Auswärtsspiel gegen ›Chlorweiher Chorweiler‹. Unter meinen Jungs macht sich das Gerücht breit, die Gegnermannschaft wäre gedopt. Ich frage, wer denn diese Verschwörungstheorie verbreitet.
Murat sagt: »Doch, Schalupp, isch schwöre! Chlorweiher dopt! Doping is' voll scheiße so im Sport! Das geht null gar nisch! Und wer dopt geht duschen!«
Ich sag: »Murat, wie wär's, wenn du erst mal mit Kiffen aufhörst?«
Ich sehe da keinen Unterschied. Ein paar meiner Jungs verstehen nur Bahnhof.
Ich erkläre: »Doping ist, wenn ich euch in euren Big Mac Fischfutter mische und ihr hinterher Schwimmhäute und Kiemen kriegt.«

Sonntag, 23. Oktober

Auswärtsspiel gegen Chlorweiher Chorweiler.
Zur Verstärkung auf der Bank habe ich den 1,95 m großen Ukrainer Dimi dabei. Und: Knut-Pätrick. Bei der Fluchtaktion mit der Boxershorts war Gerd Vogels Sohnemann trotz seiner Körpermasse erstaunlich flink. Ich dachte, den Bengel nehme ich mal mit. War auch im Sinne seines Vaters.
Murat tönt vor dem Anpfiff: »Ey Chlorweiher! Wenn ihr gedopt seid, dann gibt's für unter die Ohrensusi einen Satz heiße Ohren!«
Deren Trainer kommt zu mir an die Bank und sagt: »Schaluppke, wir machen euch fertig! Nach dem Spiel fahrt ihr heulend nach Hause.«
Nach zwei Vierteln liegen meine Jungs 0:8 im Rückstand. Ich frage Knut-Pätrick, ob er mal in den Kasten möchte. Der zieht sich die Ohrensusi an und springt ins Wasser.

Im dritten Viertel kassieren meine Jungs kein einziges Tor. Knut-Pätrick erweist sich als höchst geschmeidiger Keeper. Die Moral meiner Jungs wächst. Jewgeni wirft drei Tore hintereinander.
Chlorweihers Trainer wird unsportlich: »Schiri, du Pfeife! Guck doch mal hin! Der Specki im Tor foult wie der letzte Dreckskanacke!«
Ich gehe zu ihm und sage: »Pass mal auf, Sportsfreund. Du hältst jetzt schön den Ball flach ...«
In dem Moment kriegt Knut-Pätrick die Rote Karte. Das Spiel endet 8:12 gegen uns. Unterster Tabellenplatz, aber meine Jungs zeigen auf der Rückfahrt keine Spur von Frust. Sie singen: »Jewgeni und Knut-Pätrick! Machen beide Hattrick!«
Ich frage meine Mannschaft, wieso sie bei der Niederlage und der Ungerechtigkeit so gut drauf sei.
Murat sagt: »Ey Schalupp, wir haben dem Schiri und dem Trainer-Arsch eben noch die Autoreifen aufgeschlitzt!«

Montag, 24. Oktober

Meine neue Brille ist fertig. Auf den Gestellpreis kommen noch pro Glas mit Zweifach-Entspiegelung ohne Kassenbeteiligung satte einhundertsiebzig Euro. Der local glasses dealer von Eazy Eyez kommentiert die Rechnung von achthundertvierzig Euro mit den Worten: »Qualität hat ihren Preis, Herr Schaluppke. Dafür haben Sie jetzt ein innovatives und individuelles Modell.«
Was soll's, wenigstens hat jetzt Bärbels Rumgenöle ein Ende. Auf Kommentare wie: »Papa, mit dem Teil bist du schon geboren worden«, kann ich echt verzichten.
Im Schwimmbad stelle ich fest, dass Kollege Notnagel fast genau die gleiche Brille auf der Nase trägt. So ein Zufall aber auch. Ich frage ihn, ob er die denn auch bei Eazy Eyez erstanden hätte. Er

antwortet: »Nein, die ist von ›Fielmann‹. Hat schlappe hundertsechzig Euro gekostet. Waren Sie auch dort?«

Ich dackel kommentarlos ab Richtung Schwimmbecken. Dort beobachte ich zwei pubertierende Mädels. Die beiden sind kräftig am Zanken, Zickenrumble am Beckenrand: »Los ey, Rebecca, spring da rein!«

»Ey wieso, du dumme Nuss? Wie soll isch da springen, wenn die ganzen Omis und Opis rumschwimmen, das ganze Gammelfleisch! Hau ab, Krampfadergeschwader!«

Ich sage: »Passt mal auf, ihr Uschis, wenn ich mich in euren Niveau-Limbo einmischen darf: Erstens, das Wort Krampfadergeschwader ist ein No-go! Zweitens, wenn einer am Beckenrand Rentner anpflaumt, dann ich! Und drittens, ... wie findet ihr eigentlich meine neue Brille?«

Da sagt die eine: »Boah, die sieht voll doof aus! Mit dem Teil sind Sie doch schon geboren worden!«

Ich sag: »Uschi, geh duschen!«

Dienstag, 25. Oktober

Habe heute meinen freien Tag. Die schwarze Angeber-Karre fährt vor. Mit der neuen Brille auf der Nase begrüße ich Bärbel und Thorsten im Treppenhaus. Bärbel guckt mich an, als hätte ich einen riesen Pickel im Gesicht: »Paps, ist nicht dein Ernst, oder?«

»Wieso?«

»Nerd-Brille trägt doch heute jeder.«

Thorsten sagt süffisant: »Schaluppke, jetzt noch Flesh Tunnels und Nasenpiercing! Dann können Sie beim Fernsehen als Kabelträger anfangen!«

Ich sag: »So Schnösel, mitkommen ins Schwimmbad! Wir machen

dort den Schaluppke-Eignungstest. Wollen wir doch mal sehen, ob du schwimmen kannst. Bevor du meiner Tochter den Hengst machst, machst du bei mir erst mal das Seepferdchen!«

Donnerstag, 27. Oktober

Vom Kabuff aus rufe ich im Chefbüro an: »Gerd, ich mach heute um 17.00 Uhr Schluss. Mit Notnagel ist abgesprochen, dass er die Spätschicht übernimmt.«

Er hält mich zurück: »Das geht nicht, Rudi. Ich habe für 19.00 Uhr einen Vertreter von ›Sauna-Partner‹ bestellt. Du sollst neue Aufgusskonzentrate aussuchen.«

»Tolle Idee, einen Vertreter abends zu bestellen. Darum kann sich doch auch Notnagel kümmern. Oder wie wär's mit dir?«

»Notnagel hat keine Ahnung, und ich bin gleich zum Tennis verabredet.«

Ich hasse diese Vertretertypen. Kurz vor 20.00 Uhr betritt ein Schlipsträger unsere Wellnessabteilung. Er streckt mir forsch die Hand entgegen, knallt einen Präsentationskoffer auf den Tresen und beginnt mit den Worten »So! Dann wollen wir mal!« einen Verkaufsmonolog.

»Wie wäre es mit fruchtigen Duftnoten? Kiwi, Banane, Pfirsich, Erdbeere, Zitrone, Kirsche und Mango?«

Ich sage: »Schon nicht schlecht, aber unsere Klientel steht eher auf Málaga und Stracciatella.«

Er starrt mich kurz an, legt aber sofort wieder sein Servicegrinsen auf.

»Sehr gefragt sind auch vitalisierende Baumdüfte: Zedernholz, Sandelholz und vor allem Rosenholz!«

Ich frage: »Rosenholz? Das ist doch diese Popband aus Berlin.«

Meinen unqualifizierten Kommentar übergeht er professionell: »Des Weiteren habe ich anzubieten: Grüner Apfel, roter Apfel und Bratapfel.«
Ich frage: »Haben Sie auch Bockwurst, Currywurst und Bratwurst? Ich hab letztens einen Mettpeitschenaufguss gemacht, dat ging Schlag auf Schlag ...«
»Also bitte, Herr Schaluppke!«
Ich sage: »Kein Problem, machen Sie ruhig weiter.«
»Danke! Dann hätten wir noch Flakons mit Aufgussessenzen erotisierender Wirkung. Die da wären: Frühlingsgefühle, Maharadscha, und Blaue Lagune.«
Ich sage: »Jo. Das hört sich doch gut an! Dann nehm ich 'ne ganze Pulle Tutti Frutti.«
Er hat seinen Koffer zugemacht und ist mit den Worten »Ignorantes Proletenpack!« abgezogen.

Freitag, 28. Oktober

Ich weiß, ich bin ein Stinkstiefel. Der Aufgussvertreter hat mir hinterher leidgetan. Er hat ja nur seinen Job gemacht. Ich habe eben bei Sauna-Partner angerufen, mich entschuldigt und eine ganze Palette vitalisierender Aufgussessenzen bestellt. Habe allerdings als Lieferadresse nicht das Südbad angegeben, sondern die Privatadresse von Gerd Vogel.

Sonntag, 30. Oktober

Heimspiel der SG Pubertiere gegen ›Fußpilze Flittard‹. Knut-Pätrick im Tor ist super. Und Jewgeni wirft fünf Tore, meine Jungs erzielen ihr erstes Unentschieden. Tabelle: immer noch ganz unten. Aber die Mannschaft wächst zusammen, ich habe ein gutes Gefühl.

Noch eine Woche bis zu meiner Schiffsreise. Bärbel hat Prüfungen an der Uni, also werde ich die Reise alleine machen. Am Freitag geht's los. Bis dahin gibt es hier im Schwimmbad noch viele organisatorische Dinge zu regeln: Ich muss Notnagel einweisen, für nächstes Wochenende noch jemanden finden, der mein Dreckiges Dutzend beim Auswärtsspiel auf der Trainerbank betreut. Und ich muss jemanden finden, der Gerd Vogel zwischendurch mal einen Arschtritt verpasst. Vielleicht macht es ja sein Sohnemann Knut-Pätrick. Den Bengel hab ich mittlerweile richtig gern. Er mich wohl auch.

NOVEMBER

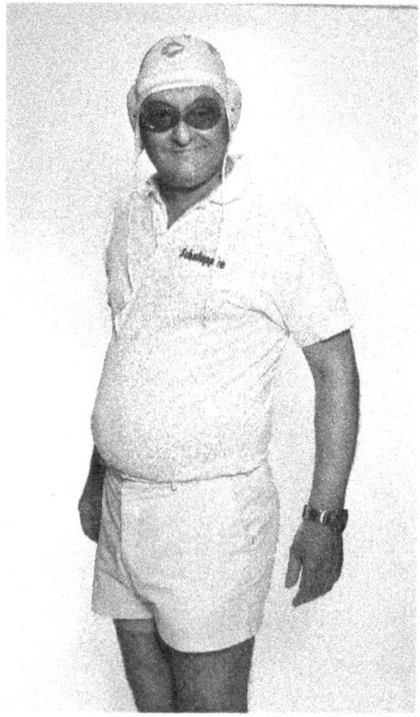

Dienstag, 1. November

Mit der Tochter im selben Haus zu wohnen, macht mich seltsam schlaflos. Bei jedem Getrampel nachts im Treppenhaus schrecke ich auf und frage mich: *Ist sie's, oder ist sie's nicht? Ist sie alleine oder zu zweit? Wenn's ein Typ ist, wie schaut er aus? Ist er gepflegt, oder isses so'n Gammelstudent mit Radikalenbart? Ist er in ihrem Alter, oder fällt er unter die Kategorie Sugardaddy? Steckt er ihr Bargeld zu? Drogen? Will er sie gefügig machen? Anwerben für einen ausländischen Geheimdienst? Sekte?*

Ich krieg schon Paranoia. Gegen 2.00 Uhr ein heftiges Poltern. Ich schrecke aus dem Schlaf und vernehme ein Schnaufen. Das muss Bärbel sein, die sich im Treppenhaus einem Typen hingibt! Aus dem Schnaufen wird Stöhnen, gepaart mit einem ekstatischen Gurgeln. In fünf Schritten bin ich an meiner Haustür und spingse durch das Guckloch. Nichts zu sehen. Aber das Stöhnen wird immer lauter!

Falscher Alarm: In meinem Badezimmer ist nur die Gastherme angesprungen.

Mittwoch, 2. November

Abends in der Pommesgabel. Michel klatscht mit den Worten »Rudi, jetzt werden Nägel mit Köpfen gemacht!« eine geheftete DIN-A4-Mappe auf den Tresen. Auf dem Deckblatt steht: Exposé TV-Dokusoap ›Schaluppke-Schwimmbadtester‹.
Michel meint salbungsvoll: »Sag erst mal nichts, Rudi! Lies es dir einfach in Ruhe durch. Ich möchte diese Serie mit dir als Hauptdarsteller produzieren. In deiner Badeanstalt. Du bist ein Typ, der ein unglaublich quotenkompatibles Medienpozential hat! Einen Typen wie dich wird der TV-Consumer lieben! Du bist witzig, telegen und als Single für die weibliche Zielgruppe extrem interessant! Ich habe einen Privatsender mit diesem geilen Stoff angefixt. Der Redakteur ist zu allen Schandtaten bereit. Und ich schwör's dir, Rudi: Wir drehen und ich bring dich groß raus!«
Ich antworte: »Das kannst du vergessen! Wenn einer bei mir im Schwimmbad dreht, dann ich – und zwar am Feierabend den Schlüssel um.«

Donnerstag, 3. November

Ich drucke mir im Internet die Reiseunterlagen aus. Morgen geht es von Frankfurt mit Singapore Airlines nach Singapur. Das Schiff fährt von dort nach Brunei, Saigon, Bangkok, Ko Samui und zurück nach Singapur. Ich bin noch nie in Asien gewesen und bester Laune. Ich male mir in Gedanken Begegnungen mit freundlichen Menschen bei exotischem Essen unter tropischer Sonne aus. Majestätisch schippert das Schiff über glitzerndes Wasser, am Horizont ziehen paradiesische Lagunen vorüber. Das wird toll.

Freitag, 4. November

Vor das Paradies hat der liebe Gott die Hinreise dorthin gesetzt. Unvermeidlich. Unerbittlich.

Köln-Hauptbahnhof, 11.00 Uhr. Am Hintereingang Breslauer Platz gibt es einen sogenannten ›Kiss + Ride‹-Bereich. Dort setzt Bärbel mich ab und drückt mir einen dicken Kuss auf die Wange. Zwei Punks mit rotgefärbten Irokesenfrisuren stehen daneben: »Boah, guck ma'! Der Typ is' ja doppelt so alt wie die!«

Ich sage: »Vielleicht habt ihr beide früh am Morgen noch Wahrnehmungsstörungen. Das ist meine Tochter.«

Daraufhin meint der eine: »Ja klar ey, kann jeder sagen, alter Bock!«

Ich starre auf seine Frisur.

Er fragt: »Was guckst'n du so?«

Ich antworte: »Ich überlege gerade, ob du mein Sohn bist. Ich hab's früher nämlich mit Hühnern getrieben.«

Bärbel ist das peinlich: »Och Papa! Der Witz hat so 'nen Bart. Versprich mir bitte, dass du dich die nächsten zwei Wochen benimmst. Schönen Urlaub, bitte schreib mir zwischendurch und komm gesund wieder!«

Ich begebe mich zum Gleis. Auf dem Zuganzeiger steht:
»+++Ca. 30 Min. Verspätung+++«. Na ja, ich bin früh dran, und eine halbe Stunde lang am Bahnsteig stehen hat was sehr Kommunikatives. Man wird nämlich im Minutentakt angesprochen: »Hammse mal was Kleingeld?«

Früher hieß es: »Haste mal 'ne Mark?« Heutzutage heißt es: »Mir fehlt noch Geld für ein Zugticket nach Quadrath-Ichendorf, können Sie mir mit ein paar Euro aushelfen?«

Ich glaub, es hackt. Da ist auch einer meiner beiden Punkerfreunde wieder. Er fragt mich nach fünf Euro.

Ich sage: »Pass mal auf, Sportsfreund, ich geb dir sechs, wenn du mir den Begriff Inflation erklärst.«

Endlich kommt die Bahn. Nach Frankfurt. Der liebe Gott hat Humor. Und ein bisschen Sadismus spielt wohl auch hinein. Denn der Flug nach Asien dauert vierzehn Stunden, und die Economy-Klasse ist eng, sehr eng. Jetzt weiß ich, wie sich Hühner in Käfighaltung fühlen. Kaum sitze ich an meinem Fensterplatz, bringt mein Vordermann seine Lehne ohne Vorwarnung in Schlafposition und rammt sie mir gegen beide Kniescheiben. Ich denke an die Worte meiner Tochter und beginne keinen Streit. Er fängt an zu schnarchen. Ich würde ja gerne zurückschnarchen, kann aber nicht einpennen. Zu den Knieschmerzen gesellen sich Rückenschmerzen und ein trockener Reizhusten. Meine Atemwege sind an feuchte Schwimmbadluft gewöhnt und kommen mit der Klimaanlage nicht klar. So verbringe ich den Großteil des Flugs mit der reichen Auswahl von Bordmedien: Ballerspiele mit einer lausig funktionierenden Fernbedienung, Kung-Fu-Action-Filme auf Indonesisch mit indischen Untertiteln und indische Bollywood-Filme mit indonesischen Untertiteln. Asien, ich komme!

Samstag, 5. November

Flughafen Singapur. Der Gästetransfer zum Schiff ist per Shuttle bestens geregelt und durchorganisiert. Ich kriege davon aber nichts mit. In der Nähe der Gepäckausgabe steht ein automatischer Massagesessel. Ich nehme Platz, lasse mich durchwalken – und penne automatisch ein. Nach zwei Stunden wache ich auf. Der Shuttleservice ist natürlich weg.
Also hechte ich zum Taxistand. Mit den Worten »Quickly please to harbour front!« will ich auf der rechten Seite einsteigen.
Der Taxifahrer ruft: »Hey Mister! What are you doing? Do you want to drive my taxi?«

Die haben hier Linksverkehr. Und ich wollte auf der Fahrerseite einsteigen.
Kaum fahren wir los, kommt es zu folgendem Dialog: »Mister, you want sightseeingtour? Singapore is great city!«
»No. Please directly to the ship.«
»My friend, I give you best sightseeingtour in my car. I show you ev'rything and I drive you where you want! Only twenty Singapore-dollars.«
»No thanks, please directly to the ship!«
Mein Ton wird dringlicher.
»My friend, I got a brother with the best Asian food restaurant in the city. My brother make a good price for you!«
Vielleicht versteht er nur die absoluten Grundlagen des Englischen, deshalb wiederhole ich nachdrücklich: »No, Sir! Go to harbour. Fastly, quickly, pronto and avanti!«
»Okay, okay, my friend. But before, I drive you to the best thai massage with happy ending.«
Mein Englisch kollabiert komplett: »Hömma, Sportsfriend! DIRECTLY and with Bleifuß to se ship! Or you go DUSCHEN!«
Das scheint er seltsamerweise verstanden zu haben: »Okay, Mister, ev'rything you want.«
Eine Stunde vor Auslaufen bin ich endlich an Bord und werde direkt zur Seenotrettungsübung zitiert. Alle Passagiere befinden sich – mit roten Westen bekleidet – auf ihren Sammelplätzen auf Deck sechs unter den Rettungsbooten. Ich stehe neben einem Rentnerpärchen. Beide sind schweißüberströmt. Kein Wunder, die Außentemperatur beträgt fünfunddreißig Grad.
Sie meckert: »Unverschämt, uns bei dieser Hitze hier nach draußen zu zitieren!«
Ich zeige auf die Schiffsschraube eines Rettungsbootes und sage: »Sie können den Steward ja fragen, ob er Ihnen den Deckenventilator anmacht.«

Sonntag, 6. November

Habe gestern Nacht wieder komisches Zeugs geträumt: Seestraße von Malakka, Mittagshitze, siebenunddreißig Grad. Ich stehe an der Reling und blicke auf eine Armada von Öltankern und Containerfrachtern. Auf einmal kommt unser Schiff zum Halten und es wird Alarm ausgelöst. Vor uns an Steuerbord liegt ein winziges Piratenboot mit zwei Mann Besatzung. Der eine sieht aus wie mein Taxifahrer von gestern, und der andere ist der Bahnhofspunk. Der Punk hält eine Panzerfaust im Anschlag und zielt auf den Schiffsrumpf.

Sie brüllen durch ein Megaphon: »We want quickly all of your money! Or we will shoot a hole in your ship! And no happy ending!«

An Bord bricht Panik aus.

Ich rufe hinunter: »Das wollen wir doch mal sehen, Sportsfreunde. Aufpassen, hier kommt Schaluppke! Und zwar: directly to your ship!«

Ich lande mit einer amtlichen Arschbombe neben dem Piratenboot und bringe es zum Kentern. Der Punk ist plötzlich ganz zahm und fragt mich mit großen Augen: »Haste mal 'nen Euro, Alter?«

Der Taxifahrer springt mir auf den Buckel und redet wieder auf mich ein: »You want cleaning, Mister, want a cabin cleaning?«

Etwas rüttelt mich.

Eine philippinische Putzfrau reißt mich aus meinem zwölfstündigen Schlaf: »Housekeeping, Sir!«

Ich mache mich auf einen Erkundungsrundgang durchs Schiff. Allerhand, was einem hier geboten wird: Theater, Kasino, fünf Restaurants und zehn Bars. Im Kasino entdecke ich einen Billardtisch. Ich glaub, ich seh nicht recht: ein Billardtisch! Wer kommt auf die doofe Idee, auf ein Schiff einen Billardtisch zu stellen? Für einen Augenblick schießt mir Gerd Vogel in den Sinn. Ob der wohl mal was mit der Planung für Schiffsausrüstungen zu tun hatte?

Des Weiteren gibt es an Bord eine Fitnessabteilung, Sauna- und Wellnessbereich und ein Pooldeck mit Whirlpools. Es erinnert mich irgendwie an meinen Arbeitsplatz. Kinder springen kreischend vom Beckenrand in den Pool. Menschen liegen in der prallen Sonne auf Deck und lassen sich braten. Und im Whirlpool: drei Typen, hackenbreit grölend, mit Bierpulle im Anschlag. Ich könnte jetzt dahin gehen und sagen: »Sportsfreunde, wenn ein Tropfen Bier im Wasser landet, ich lasse euch den kompletten Pool leer saufen!«
Tu ich aber nicht. Ich bin ja im Urlaub.

Montag, 7. November

3.00 Uhr nachts, südchinesisches Meer. Der Kapitän hatte gestern bereits angekündigt, dass bei der Überfahrt von Brunei nach Vietnam schwere See zu erwarten ist. Ich wache mit einem flauen Gefühl im Magen auf. Habe mir sagen lassen, dass man bei starkem Seegang nicht liegen, sondern auf Deck gehen und auf den Horizont schauen soll. Wir haben aber Sturm und sieben bis acht Meter hohe Wellen. Und das Außendeck ist gesperrt, damit keiner über Bord geht. Von außen schlägt Gischt gegen die Scheiben. Ich gehe zurück auf meine Kabine und nehme eine heiße Dusche. Dann begebe ich mich zur Rezeption und lasse mir eine Tablette gegen Seekrankheit geben. Es nutzt nichts: Bevor die Tablette wirkt, hänge ich über der Schüssel und mache eine Art Brülltherapie. Irgendwie stimmen meine Phantasien von einer Kreuzfahrt bis jetzt mit der Realität so gar nicht überein.
Mir gehen üble Gedanken durch den Kopf. Jetzt bin ich drei Tage auf See und finde alles nur lausig. Hätte man es mir vorher gesagt, ich wäre zu Hause geblieben. Wenn ich möchte, dass mir schlecht wird, brauch ich keine Kreuzfahrt, ich gehe ins Phantasialand und fahr Achterbahn.

Unwillkürlich kommt mir Frau Budnikowskis Bockwurstwasser-Kaffee in den Sinn. Ach, Malgorzata! Was gäb ich jetzt dafür. So, es reicht. Ich nehme eine kalte Dusche. Danach geht es mir etwas besser. Beim Frühstück kriege ich keinen Bissen runter. Nicht einmal Zwieback.
Aber einer der Kellner verrät mir ein Geheimrezept: »Wenn Sie seekrank sind, essen Sie ein Stück Schokolade und ein Pfefferminzbonbon. Es hilft zwar nicht wirklich. Aber wenn's kommt, dann riecht's nach After Eight.«

Dienstag, 8. November

Wir fahren über den Saigon River. In der Ferne erblicke ich Ho-Chi-Minh-Stadt/Saigon. Ein graues Häusermeer, ein Moloch. Wo sind denn meine malerischen Lagunen?
Gegen 9.00 Uhr ankern wir am Kai. Nun geht es auf achtstündige Stippvisite in die Hauptstadt von Vietnam. Ich habe keine organisierte Pauschal-Stadtbesichtigung mit Scout gebucht, sondern werde Saigon auf eigene Faust erkunden. Na ja, das heißt: nicht ganz auf eigene Faust. Dabei ist Horst, ein 55-jähriger Gelsenkirchener, den ich beim Dart kennengelernt habe.
Als ich Land betrete, beginne ich zu schwanken und muss mich an einem Poller festhalten.
Horst lacht: »Rudi, dat kenn ich! Dat is' die Seefahrerkrankheit. Dat Gleichgewichtsorgan is' an Land noch auf dat Schiffsschaukeln getrimmt. Ich kenn ein gutes Rezept.«
Ich frage: »Schokolade und Pfefferminzbonbon?«
»Nee, Rudi, zwei, drei Bierchen und dann Stadtfahrt mit Moped-Taxi!«
Schon ist er bei einem Taxifahrer und handelt einen Preis aus.

Fünf Minuten später sitzen wir in einer frisierten Moped-Rikscha und düsen mit einem Affenzahn Richtung City. In dieser Stadt scheint es weder Geschwindigkeitsbegrenzungen noch Verkehrsregeln zu geben. Unser Fahrer ignoriert jede rote Ampel. Und die anderen Verkehrsteilnehmer tun das auch. Mir wird schon wieder schlecht. Nach einer halben Stunde mit zwanzig Beinahe-Unfällen sage ich kreidebleich: »Please back to the ship!«

Horst wirkt beleidigt: »Hömma, Killer-Rudi! Wat bis du denn für'n Mädchen? Der Spaß hat doch noch gar nich' angefangen! Wir gehen jetz ma' anständig in Puff!«

Ich lehne dankend ab und lasse mich per Kamikaze-Rückfahrt am Hafen absetzen.

Den Rest des Tages regeneriere ich mich auf einem Liegestuhl auf Deck. Das heißt, ich versuche, mich zu erholen. Doch das Klima ist nur heiß und schwül. Der Saigon River unter uns ist eine stinkende, braune Brühe. Wenn gleich eine Leiche vorbeischwimmt, ist mein Bild von dieser Stadt perfekt. Ich vermisse mein Schwimmbad. Dort riecht es wenigstens nach Chlor.

Abends auf der Poolparty spricht mich Astrid an. Sie ist einundvierzig, promovierte Physikerin aus Thüringen, und hat ihren Eltern zur goldenen Hochzeit diese Kreuzfahrt geschenkt.

»Meine Eltern hast du am ersten Seetag kennengelernt, bei der Seenotübung unter den Rettungsbooten. Ich habe danebengestanden, als du meiner Mutter gesagt hast, sie solle den Steward fragen, ob man die Ventilatoren anmachen kann. Das fand ich so witzig. Möchtest du tanzen?«

Zwei Stunden später landen wir in meiner Kabine.

Astrid hatte einen ziemlich seltsamen und ausufernden Tanzstil – beim Sex ist sie vor allem laut. Sie brüllt Dinge wie »Los, gib's mir, du Teilchenbeschleuniger!«

Mittwoch, 9. November

Als ich mittags in meiner Kabine aufwache, ist sie verschwunden. Auf dem Bett liegt eine Nachricht: »Die Nacht war schön. Aber lassen wir es dabei bleiben. Ich werde in zwei Wochen heiraten, A.«
Nach ruhiger Überfahrt landet das Schiff im Hafen Laem Chabang, dem Seehafen von Bangkok. Die Dart-Clique fragt, ob ich Lust habe, Bangkok unsicher zu machen. Mir ist aber eher nach Traumstrand und Schwimmen. Wir sind ja schließlich in Thailand. Im Übrigen habe ich keine Lust mehr auf pulsierenden und abgasstinkenden Großstadtmoloch.
Dem Taxifahrer sage ich: »Please to the next nice beach!«
Er fährt mich nach Pattaya. Pattaya entpuppt sich jedoch nicht als Strand, sondern als kilometerlange Skyline von grauen Hotelbunkern. Am Strand unzählige Tauben, die ihre Exkremente im Sand verteilen. Sonnenschirme aufgereiht wie an einer Perlenschnur, unter denen alte Männer viel zu junge Thai-Mädchen befummeln. Ich stolpere weg von der Strandpromenade und biege in die sogenannte ›Walking-Mile‹ ein.

Dort gerate ich vom Regen in die Traufe: eine Ansammlung von Swingerklubs, Go-go-Bars und Stundenhotels.
Als hätte man mich schon erwartet, werde ich alle fünf Meter von Lady-Boys angequatscht: »Hey Mista! Good guy, Mista! Wanna fikifiki? Blowjob? Koka? Hash?«
Ich halte vor einem asiatischen Restaurant. Auf der Speisekarte stehen an die einhundert exotische Gerichte: Quallensalat, marinierte Rattenschwänze, frittierte Insekten, Schlangenragout und Suppe süßsauer mit Hühnerfuß-Einlage. Daneben ein Puff. Auf dessen Speisekarte sind circa einhundert verschiedene Sexualpraktiken aufgelistet. Dort kann man es unter anderem mit Hühnern treiben.
Ich bin mitten in der Phantasiewelt von Flitzer-Fritze gelandet. Dabei wollte ich nur schwimmen gehen. Rückzug!
Eine Stunde später liege ich an Bord im Whirlpool.

Donnerstag, 10. November

Wir landen auf der Insel Ko Samui. Diesmal stimmt meine Vorstellung mit der Wirklichkeit überein. Eine Trauminsel mit weißem Sand, Kokospalmen und smaragdgrünem Wasser. Ich schnorchele über ein Korallenriff. Ich sehe zum ersten Mal im Leben eine leibhaftige Muräne. Dieses Paradies kommt mir nach den Erlebnissen der letzten Tage einfach nur absurd vor. Bin ich verrückt geworden? Oder ist es die Welt um mich herum?
Abends auf dem Schiff gerate ich in die Sundown-Bar. Dort treffe ich auf zwei ledrig gegerbte alte Säcke, die sich lauthals darüber unterhalten, welche Geldsummen sie im Laufe ihres Lebens schon am Fiskus vorbeigeschleust haben. Einer der beiden sieht mich und identifiziert mich als den Dartprofi an Bord.

»Na, der Mann mit dem goldenen Arm? Und? Tüchtig Spaß gehabt an Land?«

»Killer-Rudi«, donnert der andere los, »du bist ein bisschen schüchtern, was?«

»Och ja«, sag ich, »kommt drauf an. Im Beruf kann ich mich ganz gut durchsetzen.«

»Tatsächlich?«, grinst der eine mich an. »Wat machste denn so Schönes im Beruf?«

Ich schaue von einem zum anderen. Zwei Bluthochdruckgesichter schauen mich erwartungsvoll an.

Dann verkünde ich: »Ich bin Steuerfahnder.«

Spaß muss sein im Urlaub.

Freitag, 11. November

Die Rückreise steht an, und ich sehe ihr mit Schrecken entgegen. Denn meine auf Westküche eingestellte Verdauung hat am letzten Kreuzfahrttag noch grandios Schiffbruch erlitten. Ich möchte den vierzehnstündigen Rückflug nach Frankfurt gnädig aus meinem Gedächtnis ausblenden. So viel kann ich verraten: Er war schlimmer als der Hinflug.

Samstag, 12. November

Das Sahnehäubchen ist wie immer die anschließende Bahnfahrt von Frankfurt nach Köln. Der ICE nach Köln ist ziemlich überfüllt und ich habe keine Platzreservierung. Auf gut Glück setze ich mich auf einen Platz, der mit ›Ggf. freigeben‹ gekennzeichnet ist – in der Nähe der

Toilette. Kurz darauf steht eine ältere Dame vor mir und bellt mich mit barschem Ton an: »Sie sitzen auf meinem Platz. Da, sehen Sie!« Sie hält mir ihre Platzreservierungskarte direkt vor die Nase. Ich gebe den Platz kommentarlos frei und nehme den dahinter ein. Sie spricht mich erneut an: »Da dürfen Sie auch nicht sitzen! Können Sie nicht lesen? Das ist ein Schwerbehindertenplatz.«
Ich erwidere höflich: »Aber sicher darf ich hier sitzen, ich bin nämlich schwerstbehindert. Ich habe eine Art Tourette. Das äußert sich in verbalen Entgleisungen, und wenn Sie mich noch weiter vollquatschen, bricht es aus.«
Schön, wieder zu Hause zu sein.

Montag, 14. November

Erster Arbeitstag. Der Erste, den ich im Schwimmbad antreffe, ist Notnagel. Er bemerkt, dass ich für jemanden, der im Urlaub war, ziemlich blass und unerholt ausschaue. Malgorzata freut sich riesig, mich wiederzusehen, dann mustert sie mich von oben bis unten und sagt: »Pierdole Schaluppczyk! Da dachte ich, Kreuzfahrt macht dick, du bist verhungert. Da koch ich dir erst mal was!«
Oma Krause ist die Nächste, die findet, dass ich blass und unerholt ausschaue, und Frau Schmitz möchte mich direkt auf die Sonnenbank schicken. Frau Dinse-Holtmann kommt in die Schwimmhalle. Ich erwarte wieder irgendein sonderpädagogisches Gefrotzel, aber sie begrüßt mich äußerst freundlich.
Ich frage: »Frau Dinse, was ist los? Möchten Sie sich bedanken, dass Sie mich eine Woche vom Hals hatten?«
»Nein, Herr Schaluppke. Ich war gestern beim Heimspiel Ihrer Wasserballmannschaft. Zwei meiner Schüler spielen dort mit. Die Mannschaft hat das Auswärtsspiel gewonnen!«

Das ist eine wahrlich tolle Nachricht.
»Herr Schaluppke, die Jungs reden in höchsten Tönen von Ihnen. Wie haben Sie das gemacht?«
Ich antworte: »Frau Dinse, ich praktiziere seit neuestem ›Drei Chakren für ein Halleluja‹.«
Sie streckt mir grinsend die Hand entgegen und sagt: »Gut gemacht. Wir sehen uns morgen.«
Ich rufe ihr hinterher: »Worauf Sie einen lassen können!«
Die Dinse dreht sich um und ruft: »Schaluppke, Sie sind ein Bauer! ... Übrigens, Sie sehen blass und unerholt aus.«

Dinsetag, 15. November

Dienstag-Dinsetag. Prüfung Brustschwimmen mit Startsprung und Tauchzug mit der 10b. Ich hatte es der Klasse ja Ende September beigebracht. Die Schüler machen das sehr gut, und ich stehe mit einem süffisanten Grinsen am Beckenrand.
Die Dinse sagt: »Aber nicht dass Sie jetzt gleich einen Überflieger kriegen, Herr Schaluppke. Sie wissen doch: Hochmut kommt bekanntlich vor dem Fall!«
Ich sage: »Dafür müsste ich erst mal den Zehner aufmachen.«

Donnerstag, 17. November

Opa Heinrich ist mal wieder am Start und bellt mich wie gewohnt an: »Schaluppke, ich hab beim Schwimmen mein Glasauge verloren. Könnense mal danach tauchen? Aber zackig, wenn's geht!«
Ich bin sofort in mein Kabuff und habe eine Durchsage gemacht: »An meine Lieblingsrentner: Wir treffen uns in fünf Minuten am Beckenboden zum Murmelspielen!«

Montag, 21. November

Heute ist mal wieder unsere städtische Ungezieferbeauftragte Frau Dr. Dr. Gindele im Bad. Sie untersucht die Keimkonzentration im Totes-Meer-Chillout-Becken.
Ich frage: »Und, haben Sie was gefunden?«
»Nein, es ischt alles in Ordnung. Aber mir ischt ebbes Komisches aufgefallen: Medizinisches Salz aus dem Toten Meer besteht normalerweise aus über hundert verschiedenen Mineralsorten. In diesem Becken befindet sich ausschließlich Natriumchlorid mit Jodzusatz! Soll ich Ihnen ebbes verraten, Schalupple: Da hät irgendjemand des medizinische Salz gegen handelsübliches Kochsalz ausgetauscht!«
Ich lenke vom Thema ab: »Schauen Sie mal, der Spargeltarzan da vorne kann sich kaum über Wasser halten. Dem werfe ich besser mal ein Schwimmspätzle zu, bei diesen Leptosomatikern weiß man ja nie.«
Sie berichtigt mich: »Schalupple! Es heißt nicht Leptosomatiker, sondern Leptosom. Saget Sie, muss ich Ihnen erscht mal einen Vortrag über die drei menschlichen Körperkonstitutionstypen halten?«
Ich sage: »Brauchen Sie nicht, ich kenn mich aus. Erstens: die Lep-

tos – die Dünnen. Die brauchen 'ne Poolnudel, damit sie nicht absaufen. Zweitens: …« Ich zeige auf einen beleibten Herrn im Pool. »Der Picknicker. Dieser Typus hält sich von alleine über Wasser, weil er über einen körpereigenen Rettungsring verfügt. Und drittens: die Athletiker. Das sind so Typen wie ich.«
Dr. Dr. Gindele zeigt wortlos auf meine Plauze. Ich berichtige mich: »Gut, dann bin ich halt der Übergangstyp.«

Dinsetag, 22. November

Ich dachte schon, Frau Dinse wäre von ihrem erlebnispädagogischen Trip runter. Aber heute hat sie wieder den Bock abgeschossen: Nach der Schulstunde sollen die Schüler gemeinsam duschen.
Ich frage: »Frau Dinse, warum?«
»Schaluppke, halten Sie sich raus! Das fördert deren soziale Kompetenz.«
Ich komme in die Damendusche, dort findet gemeinsames Einseifen statt.
Ich sag: »Jungs, raus jetzt! Sofortiger Umzug in die Herrendusche!«
Holger sagt: »Boah Schaluppke, bist du uncool!«
Ich sag: »Pass mal auf, Holger, ich kann ja mal deine Mutter fragen, was sie von Ringelpiez mit Anfassen während der Schulstunde hält.«
Er wird frech: »Und was is' mit deiner Mutter? Deine Mutter klaut bei KiK!«
Ich sage: »Und deine Mutter steht nackt vor KiK und schreit: ›Ich bin billiger!‹«
»Und deine Mutter, die is' so fett, die steckt da hinten in der Kinderrutsche fest!«
Ich sag: »Aber nur, weil deine Mutter vorgerutscht ist. Abflug jetzt!«

Ich geh zur Dinse: »Was steht denn nächste Stunde an? Förderung sozialer Kompetenz mit den Mädels in der Herrendusche?«
Sie sagt: »Nein, nächste Woche werden die Baderegeln abgefragt.«
Ich sag: »Hört sich gut an, für Regelpiez bin ich immer zu haben.«

Donnerstag, 24. November

Schwarzes Brett. Eine Sprachtherapeutin schreibt: »Ist Ihre Stimme stimmig? Mein Arbeitsfeld ist das dialektfreie Sprechen. Wer kennt das nicht? Bei einem sächsischsprechenden Menschen denkt man unweigerlich an die DDR oder bei einem bayrischsprechenden Menschen ans Oktoberfest, Heimatfilme und Edmund Stoiber! Ich arbeite mit Ihnen in zehn Sitzungen an der Veränderung Ihrer Stimmklangeinfärbung, damit Sie sich im Geschäftsleben vorurteilsfrei bewegen können.«
Ich schreibe: »Ich leide seit langem unter akzentfreiem Hochdeutsch. Können wir einen Termin machen? Ich würde gerne sächseln können.«

Freitag, 25. November

Gerd Vogel ruft mich ins Büro und eröffnet mir: »Rudi, ich hab mir was Tolles überlegt. Wir eröffnen im Eingangsbereich eine Erlebnisgastronomie. Vorhin war ich beim Japaner Sushi essen. Asiatische Küche liegt voll im Trend. Das machen wir hier auch!«
Ich muss mich an mein kulinarisches Erlebnis in Singapur erinnern: »Soso, mit einer Theke, wo auf einem Fließband die ganzen Salmonellen an einem vorbeifahren. Sushi ist Katzenfutter.«

Da bin ich altmodisch. Außerdem kann es nicht angehen, dass Frau Budnikowski gastronomische Konkurrenz bekommt.
Ich frage: »Gerd, wer will Sushi im Schwimmbad? Wir bleiben beim Schwimmbiss. Und fügen einen erlebnisgastronomischen Slogan hinzu: ›Bock auf Bockwurst bei Budnikowski?‹.«

Sonntag, 27. November

Habe gestern Nacht wieder was Schlimmes geträumt: Vogels Vision ist wahr geworden. Sushi-Event im Schwimmbad. Überall laufen Hostessen in Kimonos herum und reichen Sushi. DJane Electro-Pussy legt Volksmusik auf. Am Beckenrand steht ein Aquarium. Darin schwimmt ein Rudel mit zwanzig Piranhas. Böse Fische. Wenn man die anguckt – die gucken zurück. Davor ein Schild: »Just watch – Don't touch!«
Alkoholisierte Asiaten werfen Sushi hinein, dann beginnen japanische Mutproben: erst Finger reinhalten, dann Hand reinhalten. Und *Zack!*, der erste Piranha beißt an! Der Betreffende reißt vor Schreck das ganze Aquarium aus den Angeln, dessen Inhalt ergießt sich in unser Schwimmbecken.
Frau Dr. Dr. Gindele kommt an und schimpft: »Schalupple, wenn Sie Piranhas im Schwimmbad halten wollen, müsset Sie den Chlorgehalt absenken!«
Ich ziehe den Stöpsel ausm Becken. Dann schaufel ich die Piranhas in einen Eimer und verklappe die Tiere im Decksteiner Weiher.
Kaum hab ich das getan, schwimmt die erste Ente im Kreis. Schweißgebadet wache ich auf.

Dinsetag, 29. November

Frau Dinse fragt bei der Klasse die Baderegeln ab. Es war Hausaufgabe. Aber die Überprüfung des Gelernten läuft erbärmlich.
Einer ihrer Schüler fängt an rumzudiskutieren: »Wieso muss ich das wissen? Baderegeln sind voll langweilig!«
Ich mische mich ein: »Sportsfreund, Baderegeln sind unter anderem dazu da, dass hier im Schwimmbad keiner zu Schaden kommt.«
Frau Dinse ist ratlos: »Wie würden Sie's denn machen, Schaluppke? Na los, ich erwarte einen konstruktiven Vorschlag!«
Ich schlage ihr vor, die Baderegeln im Hip-Hop-Stil zu rappen.
Sie schaut mich fragend an: »Wie bitte?«
»Teilen Sie die Klasse in Projektgruppen ein. Jede Gruppe kriegt zwei Baderegeln und dichtet dazu einen Regel-Rap. Pro Regel ein Zweizeiler. Los, machen Sie mal, Sie sind doch hier die Nietzsche-Erlebnispädagogin!«

Mittwoch, 30. November

Zur Zeit hab ich jeden Morgen eine Triathlon-Trainingsgruppe an der Backe. Triathleten sind verbissene Streber mit Sonderansprüchen. Heute morgen kam einer an: »Schaluppke, in sechs Wochen Iron-Man! Ich brauche ab jetzt eine eigene Bahn. Gib mal Bahn acht!«
Ich sag: »Nö. Triathleten heute auf Bahn zwei und drei. Auf Bahn sechs bis acht: Schulschwimmen.«
Er ruft seinem Trainer zu: »Trainer! Die Beckenrandpolizei macht hier wieder auf dicke Hose!«
Ich sag: »Kollege, selbst wenn du damals schon in Papis Klöten auf dieser Bahn mitgeschwommen bist: Vergiss es.«

Sein Trainer kommt an: »Schaluppke, machen Sie jetzt endlich Bahn acht klar! Oder muss ich mich bei der Geschäftsleitung wegen unzureichender Trainingsbedingungen beschweren!«
Ich sag: »So Leute, antreten am Beckenrand! Mir ist völlig klar, dass dieser Streber-Sport euch zu sehr einsamen Menschen macht. Deswegen kriegen die Rentner jetzt Bahn drei. Und der Iron-Man-Schnösel soll einfach Slalom um seine Kollegen schwimmen, dann kann er schon mal für die Haifische auf Hawaii üben.«
Der Trainer nimmt mich väterlich zur Seite und fragt, ob ich mit der Königsdisziplin ›Iron-Man‹ überhaupt etwas anfangen könne.
Ich sage: »Na klar, ich kenne sogar die Kaiserdisziplin ›Polen-Triathlon‹: zu Fuß ins Freibad, mit dem Fahrrad nach Hause.«

DEZEMBER

Freitag, 2. Dezember

Unser Totes-Meer-Chillout-Becken ist der Renner bei unseren Badegästen. Seit kurzem wird das Becken mit meditativer Entspannungsmusik dauerberieselt. Bei dem Blockflötenrumgedudel krieg ich zu viel. Unter Wasser hört man ›Paarungsgesänge grönländischer Buckelwale‹, da werden selbst die Omis rallig. Nun kriege ich die Badegäste an Feierabend gar nicht mehr aus dem Wasser raus.
Vorhin hab ich die CD gewechselt und folgende Durchsage gemacht: »Liebe Badegäste, soeben wurden zwei hautdurchblutungsfördernde Feuerquallen im Becken ausgesetzt.«
Dann hab ich die Anlage aufgedreht und AC/DC: ›Highway to Hell‹ aufgelegt.

Samstag, 3. Dezember

Am Schwarzen Brett hängt ein Zettel von Flitzer-Fritze: »Suche zwei junge Badenixen für ästhetische Fotoaufnahmen in meinem Atelier. Freie Terminabsprache.«
Ich schreibe: »Pass mal auf, Sportsfreund. Wir beiden machen gleich freie Terminabsprache für ästhetische Chirurgie in meinem Kabuff.«

Sonntag, 4. Dezember

Morgens, 7.30 Uhr. Ich stehe mit Oma Krause am Beckenrand.
Opa Heinrich kommt dazu und meckert: »Schaluppke, wieso läuft hier beim Rentnerschwimmen eigentlich keine Unterwassermusik?«
Ich frage: »Was wollen Sie denn hören, wenn Sie untergehen?«
Da sagt die Krause: »Herr Schaluppke, spielen Sie doch einfach ›Time to say goodbye‹.«

Dinsetag, 6. Dezember

Nikolaustag. Frau Dinse hat Lebkuchen und Spekulatius mitgebracht. Am Ende der Stunde präsentiert die 10 b uns die gerappten Baderegeln. Dabei läuft die Dinse rot an. Hier die wichtigsten Baderegeln, und darunter steht, was ihre Klasse daraus gemacht hat:

1. Mache dich mit den Regeln vertraut!
Du musst alle Baderegeln wissen,
Sonst tut dich der Bademeister dissen!

2. Niemals mit vollem Magen baden!
Regel Nummer zwei, das weiß jeder Proll:
Mach vorm Schwimmen den Bauch nich' so voll!

3. Verlasse das Wasser sofort, wenn du frierst!
Ist dir beim Schwimmen voll arschkalt,
Beweg deinen Arsch ausm Wasser bald!

4. Nichtschwimmer nur bis zur Brust ins Wasser!
Nichtschwimmerinnen sind Opfer und müssen sehen,
Dass sie nur bis zu den Hupen im Wasser stehen.

5. Nur springen, wenn das Wasser unter dir tief genug und frei ist!
Bei Flachwasser bloß nich' mit Köpper voraus,
Sonst sieht man hinterher nich' gut aus!

6. Bei Gewitter ist Baden lebensgefährlich!
Ist es draußen am Donnern und Blitzen,
Darf man niemals im Freibad sitzen.

7. Überschätze im freien Gewässer nicht Kraft und Können!
Bist du ein Spargeltarzan und auch noch allein,
Dann spring besser nich' in den Rhein rein.

8. Luftmatratze und Autoschlauch sind im Wasser gefährliches Spielzeug!
Besteht die Gefahr, damit abzusaufen,
Muss man sich 'ne Gummipuppe kaufen.

9. Verunreinige das Wasser nicht und verhalte dich hygienisch!

Da gibt's bei Schaluppke nix zu lachen,
Man darf auch nicht ins Becken machen!

10. Ziehe nach dem Baden das Badezeug aus und trockne dich ab!
Nach dem Schwimmen nicht mit nassen Haaren
Auf dem Rad nach Hause fahren!

Und am Ende brüllt die ganze Klasse folgenden Refrain:
Herr Schaluppke und Frau Bindestrich,
Die hassen und die lieben sich!

Da bin ich auch rot angelaufen.

Mittwoch, 7. Dezember

Die Abnahme für das Jugendschwimmabzeichen in Bronze steht an: zweihundert Meter schwimmen unter sieben Minuten. Manchmal bin ich baff, wenn ich sehe, wie ehrgeizig Mütter sein können, wenn es um ihre Kinder geht.
Eine Mutter bläht sich vor allen Anwesenden auf: »Also, Herr Bademeister, ist ja alles ganz nett, aber meine Tochter Leonie ist hier völlig unterfordert. Sie schwimmt zweihundert Meter locker unter fünf Minuten, da wäre doch das Abzeichen in Gold angebracht, oder?«
Peinliche Stille unter allen Anwesenden.
Ich sag: »Für das Goldabzeichen schwimmt man eintausend Met…«
Sie unterbricht mich: »Ja, dann schwimmt Leonie jetzt eben eintausend Meter!«
Ihre Tochter mischt sich ein: »Och Mama, bitte!«
»Du hältst dich da raus, Leonie! Und wenn's geht, heute noch, Herr

Bademeister! In einer Stunde muss ich sie zum Geigenunterricht bringen, danach geht sie zum Reiten.«
Ich frage in die Runde: »Gibt es – außer dieser Dame hier – sonst noch Eislauf-, Ballett- oder Tennismuttis? Ich eröffne demnächst eine Elitekaderschule für Hochbegabte. Aber dann ohne Eltern.«
Sie rauscht empört ab. Ich ahne, dass dieser Vorfall wieder ein Nachspiel im Chefbüro mit sich bringt.

Donnerstag, 8. Dezember

»Rudi! Ich dulde es nicht, dass du unsere Kunden verprellst! Jetzt hör mir mal gut zu: Ich habe der Mutter von Leonie versichert, dass wir ihren Wünschen nachkommen. Sie regte Upgrades für Schwimmprüfungen an. Deine Aufgabe lautet: Vorschläge für neue Prüfungsideen und Abzeichen.«
Eine Stunde später lege ich ihm eine Liste mit Alternativabzeichen zum Seepferdchen auf den Tisch:

1. Treibholz
Fünfundvierzig Minuten Hundepaddeln im Schwimmerbecken mit Stöckchen zwischen den Zähnen. Dabei dürfen die Haare nicht nass werden.

2. Koalabär
Dreißigminütiges Sichanklammern an das Ein-Meter-Brett von unten.

3. Runzelfleisch
Einhundert Minuten Ausharren im Whirlpool.

4. Brausekopf
Fünfzig Meter Brustschwimmen in maximal siebzig Sekunden, pantomimisch dargestellt unter der Dusche.

5. Taschenkrebs
Herausholen eines Gegenstandes aus einem verschlossenen Spind.

6. Presswurst
Einmal in zu enger Badebekleidung um den Pool laufen.

7. Landratte
Dieses Abzeichen wird an alle verliehen, die das Schwimmbad erst gar nicht betreten.

8. Quietscheentchen
So lange laut kreischen, bis die Ente platzt.

9. Weißer Hai
Zwei Stunden lang unter dem Asi-Toaster liegen. Bei ausgeschalteter Sonnenbank.

10. Poolpony
Spezielle Prüfung für Tennismuttis: Fünfundzwanzig Meter auf dem Poolpony reiten mit Pferdeabschwitzdeckenjacke und dabei zehn Mal »Meine Tochter ist hochbegabt!« rufen.

Samstag, 10. Dezember

Ich treffe Michel am Feierabend im Totes-Meer-Chillout-Becken an.
»Rudi! Sag mal, was ist das für ein Gejaule, das da unter Wasser läuft?«
Ich kläre ihn auf: »Das sind Paarungsgesänge grönländischer Buckelwale.«
Michel fragt: »Und was machen die Leute hier gerade? Meditieren?«
Im Wasser stehen etwa zehn Badegäste, lauschen einer Stimme von CD und machen dazu Wassergymnastik:
»*Kommen wir nun zur ersten Übung. Stelle dich dazu bequem auf den Boden. Dein Atem ist tief ... Stoße beim Ausatmen einen hörbaren Laut aus ... Spanne die Bauchmuskeln an ... und fächere mit gespreizten Händen neben dem Körper ... Nimm nun die Hände neben deinen Kopf ... Gehe nun mit deinem Bewusstsein zur Gesichtsmuskulatur ... Öffne dazu die Arme ... Beginne nun auf der Stelle zu laufen ... Tue dies fünf Minuten lang.*«
Ich kläre Michel auf: »Das ist Bauch-Beine-Po- und Beckenbodengymnastik nach Dinse-Holtmann. Die CD läuft hier einmal die Stunde.«
Michel schaut mich spitzbübisch an. Er heckt wieder etwas aus.
»Rudi, Spitzenidee! Gib mir mal die CD mit! Ich schneide die Stimme im Studio am Computer um. Das wird ein Riesenspaß! Höhahahaha!«

Montag, 12. Dezember

Bauch-Beine-Po-Beckenboden nach Dinse-Holtmann. Im Chillout-Becken stehen zwanzig Badegäste in Erwartung der Wassergymnastik. Ich schiebe Michels CD ein, er hält seine Handykamera im Anschlag, und wir beobachten – hinter einer Yuccapalme versteckt – folgendes Schauspiel:

»Kommen wir nun zur ersten Übung. Stelle dich dazu bequem auf den Boden. Nimm nun beide Hände vor dein Gesicht … Öffne den Mund ganz weit und strecke die Zunge heraus … Fächere mit gespreizten Fingern vor dem Gesicht … und beginne auf der Stelle zu laufen … Fächere immer schneller … und hebe die Knie an, so hoch du kannst.«

Alle machen mit. Michel und ich kriegen uns nicht mehr ein.

»Tauche nun unter Wasser … und atme tief ein … Nun stoße beim Ausatmen einen hörbaren Laut aus … Gehe nun mit deinem Bewusstsein zum Gesäß … Versuche Muskeln ausfindig zu machen, die sich anspannen lassen … Fächere mit gespreizten Fingern vor dem Gesäß … Tue dies fünf Minuten lang … Nimm nun dein Gesicht zwischen dein Gesäß …«

Wir liegen brüllend am Boden.

In dem Moment kommt die Dinse rein. Ich zeige auf Michel und sage: »Der war's.«

Dinsetag, 13. Dezember

Frau Dinse würdigt mich keines Blickes. Am Ende der Schulstunde spreche ich sie an und versuche ihr zu erklären, dass die Aktion mit der CD nicht meine Idee war. Aber sie bleibt eisig: »Schaluppke, ich dachte wirklich, Sie hätten sich geändert. So kann man sich täuschen.«

Mittwoch, 14. Dezember

Notfall in der gemischten Sauna. Wen muss ich aus der Schwitzbude zerren? Unseren Flitzer-Fritze. Akute Dehydrierung. Röchelnd und keuchend sitzt er vor mir nackt auf den Fliesen, während ich ihm eine Standpauke halte: »Hömma, die Regel ›Saunagang maximal zwölf Minuten‹ haben wir nicht zum Spaß aufgestellt.«
Er nuckelt mit glasigen Augen an einer Wasserflasche, die ich ihm in die Hände drücke. Ich weiß genau, was ihn so lange in der Sauna gehalten hat: die Kreisliga-Handballerinnen, die heute ihren Wellness-Tag eingelegt haben.
»Wie lange warst du überhaupt drin, Sportsfreund?«, würde ich gerne noch wissen.
Flitzer-Fritze lächelt mich schwach an, zuckt mit seinen Schultern und deutet mit seinem Zeigefinger auf seine Uhr. Sein Finger dreht mehrere Kreise.
Und ich kann nicht mal was machen. Spannen in der Sauna ist völlig legal. Solange er nix sagt. Solange er nix tut. Solange er nix vorzeigt ...
»So, mitkommen, Kollege! Du hältst dich jetzt so lange im Kaltwasser-Tauchbecken auf, bis die Körpertemperatur auf normal gesunken ist.«
Er jammert: »Warum das denn, Schaluppke?«
»Wenn du jetzt rumdiskutierst, gibt's einen eiskalten Ganzkörper-Kneippguss. Und zwar so lange, bis dein Vorzeigegemächt nicht mehr vorhanden ist!«

Freitag, 16. Dezember

Nach dem Training mache ich eine Ansage: »Jungs, nächste Woche ist letztes Training vor Weihnachten. Wie wär's, wenn wir uns am Ende bei Frau Budnikowski am Schwimmbiss zusammensetzen und wichteln?«

Die Jungs gucken mich fragend an: »Wie, wichteln? Is' das so was wie Schwuchteln? Oder hat das was mit Wichtigtun zu tun? Schalupp, sind wir dir nicht wichtig genug? Gibt's da auch was zu essen? Wichtel-Eier?«

Jewgeni tönt: »Schalupp, ich geh jeden Tag wichteln! Und zwar in die Muckibude!«

Hassan tönt zurück: »Komm, Jewgeni, du tust doch nur heiße Luft pumpen!«

Ich muss grinsen und sage: »Passt mal auf, ihr Knallköpfe. Wichteln ist eine spezielle Art, sich an Weihnachten zu beschenken.«

Ich krame zwölf Zettel hervor.

»Jeder schreibt seinen Namen auf einen Zettel. Dann losen wir aus, wer wen beschenkt. Jedes Geschenk im Wert von fünf Euro. Alles klar?«

Murat sagt: »Ey Schalupp, der Hassan kriegt von mir nix, der ist Kurde!«

Ich sage: »Da haben wir doch direkt die erste Konstellation: Murat beschenkt Hassan.«

Samstag, 17. Dezember

Im Briefkasten finde ich Post von Michel: Einladung zur Silvesterparty bei ihm zu Hause. Dresscode: ›Smart casual‹ – was auch immer das heißen soll. Ich frage meine Tochter.

Sie sagt: »Das kann man googeln.«
Im Internet werden wir fündig. Smart casual bedeutet: Anzug ohne Krawatte. Der einzige Anzug, den ich besitze, ist ein verbeulter Cordanzug.
Bärbel schlägt vor, mit mir shoppen zu gehen.
»Ich such dir einen richtig schicken Zwirn aus!«
Nach vier Stunden Einkaufsbummel besitzt meine Tochter drei neue Jeans, vier Blusen und fünf T-Shirts. Für einen neuen Anzug reichte das Geld nicht mehr aus.

Montag, 19. Dezember

Schwarzes Brett. Eine Naturheilpraxis schreibt: »In den nächsten drei Vollmondnächten führen wir in unserer Praxis Aderlässe durch. Je nach Körperkonstitution werden Ihnen zwei- bis dreihundert Milliliter Blut entnommen. Mit dieser altbewährten Methode findet Ihr Organismus eine wohltuende und entschlackende Wirkung, nach der Sie schon lange gesucht haben! Diese Aderlässe praktizieren wir nach der Lehre der Hildegard von Bingen. Kostenpunkt pro Aderlass: 180,– Euro.«
Ich schreibe darunter: »Wer keinen Bock drauf hat, für einen Aderlass Geld auszugeben und sich die Nacht um die Ohren zu schlagen, der gehe tagsüber einfach ins Hildegardis-Krankenhaus.
Dort werden dringend Blutspender gesucht.«

Dinsetag, 20. Dezember

Michel kam vorhin mit seinem Laptop ins Bademeisterkabuff und hat mir das Video von der Wassergymnastik vorgespielt.
»Nimm nun dein Gesicht zwischen dein Gesäß …«
Ich musste so sehr lachen, dass ich jetzt einen heftigen Schluckauf habe.
Der hält nun seit über einer Stunde an. Ausgerechnet im Dienst. Die Leute gucken schon komisch. Mann, wie peinlich. Ich versuche jeden Trick, den ich kenne. Auf der Stelle hüpfen, mich selber erschrecken (schwierig), einen Bockwurst-Kaffee bei Frau Budnikowski trinken. Nichts hilft. Überlege mir schon, duschen zu gehen … Und jetzt steht auch noch die Dinse mit ihrer reizenden 10b in der Halle. Ich versuche, meinen Schluckauf möglichst still zu gestalten, und stehe blubbernd und zuckend am Beckenrand. Nicht lange, und Frau Dinse ist bei mir: »Lästig, oder?«
»Ach«, meine ich möglichst entspannt, »Sie sind doch jeden Dienstag hi-. *Hick!*«
»Ich hab einen guten Trick, Herr Schaluppke. Sie müssen sich ablenken. Denken Sie an drei glatzköpfige Männer.«
»Das ist doch albern, aber bitte, wenn's sein muss: Bruce Willis, Opa Heinrich und – *hick!* – ich.«
»›Ich‹ gilt nicht, und Sie sind noch nicht entspannt. Sie müssen loslassen lernen. Andere Übung: Gehen Sie auf den Schulhof und lassen Sie sich von einem meiner Schüler mit dem Skateboard über die Zehen fahren. Das wirkt.«
Ich sage: »Wusste gar ni – *hick!* –, dass Sie so brutal sein können. Ich kann das Schwimm – *hick!* – bad nicht verlassen!«
Sie sagt: »Na gut, letzte Möglichkeit: Stülpen Sie Ihre Hosentaschen um!«
»Das ist doch ausgemachter Blödsinn, das werde ich garan *hick!* nicht tun«, hab ich protestiert.

»Das ist absolut korrekt und war auch bloß die vorletzte Möglichkeit. Damit kommen wir nun zur wirklich letzten Möglichkeit: Jemand anders stülpt Ihre Hosentaschen um!«
Dann hat sie zugegriffen wie der Blitz, und was soll ich sagen? Der Schluckauf war weg.

Freitag, 23. Dezember

Nach dem Training treffen wir uns zum Weihnachtsessen im Schwimmbiss. Malgorzata hat uns einen Tisch festlich dekoriert und serviert köstliches Bigos, eine polnische Nationalspeise aus Kraut, Fleisch und Pilzen. Sie hat sogar eine Extraportion mit Lammfleisch gekocht.
Danach geht's ans Wichteln. Die Geschenke im Wert von fünf Euro brechen sämtliche Kreativitätsrekorde: eine Schachtel Kippen, eine Packung Kondome, eine selbstgebrannte CD, ein ›Playboy‹, und unser Grieche Stavros bekommt fünf Euro bar ausgezahlt in fünfhundert einzelnen Cent-Stücken.
Es dauert eine geschlagene Stunde, bis alle herausgefunden haben, wer wem was geschenkt hat. Ich beobachte meine Jungs, wie sie lachen und feixen, und stelle fest, dass die wilde Truppe im Laufe der Zeit zusammengewachsen ist.

Irgendwann ergreift Murat das Wort und sagt: »Ey Schalupp, Trainer! Wir haben für dich auch was!«
Er überreicht mir ein weißes Poloshirt, auf dem vorne mein Name steht – und hinten mit großen Buchstaben der Aufdruck: ›Duschen!‹
Dann heißt es: »Anziehn! Anziehn! Anziehn!«
Als ich das Teil anhabe, sagt Jewgeni: »Als Superman das letzte Mal die Welt gerettet hat, hatte der ein Schaluppke-T-Shirt an.«

Sonntag, 25. Dezember

Heiligabend bei mir zu Hause. Bärbel und ich verzichten auf sämtliche Weihnachtssentimentalitäten und verbringen den Abend gezielt antibesinnlich. Geschenke gibt es ganz bewusst keine. Wir hauen uns eine ordentliche Portion Spaghetti Carbonara rein und lästern dabei über gemeinsame Bekannte. Ein ganz persönlicher Jahresrückblick. Gegen 21.00 Uhr klingelt Frau Budnikowski. Sie bringt einen Obstsalat mit, der nicht nach Obst anmutet, sondern nach Obstler. Darin schwimmen Rosinen, die weniger nach Rosinen schmecken, eher nach Rum. Lecker. Dann spielen wir Kniffel. Malgorzata mutiert dabei zum Zocker-Zombie. Sie schummelt, was das Zeug hält, und verdreht die Regeln, wie es ihr passt.
Bärbel sagt irgendwann: »Mascha, spiel anständig, sonst gehste duschen!«
Tradition an Heiligabend ist, ihn bei Albi in der Pommesgabel ausklingen zu lassen. Die Stammkundschaft versammelt sich in gelöster Stimmung, manche bringen ihre schlimmsten Geschenke mit und versuchen sie wieder loszuwerden. Läge mein Geburtstag vor Weihnachten, ich hätte garantiert eine Menge beizusteuern. Wir bringen den Obstsalat mit.
Albi steht mit Weihnachtsmannzipfelmütze hinterm Tresen und

schenkt Kölsch in Massen aus. Als ich ein Wasser bei ihm bestelle, fragt er: »Wasser? Darf's mit Handtuch und Seife sein? Wat is' los, Schalupp?«
Ich berichte von Maschas Obstsalat und stelle die Schüssel auf den Tresen: »Probier mal, Albi.«
Er streicht sich über seinen Wanst und sagt, es wäre die beste Bowle, die er jemals getrunken habe.
»Wenn die Frau, die den jemaat hat, auch esu jot kocht, will ich die sofort heirote!«
Ich sag: »Die Frau steht da hinten, frag sie.«
Das Kölsch fließt in Strömen, die Stimmung kippt bald schon ins Ausgelassene. Um Mitternacht findet ein Ritual statt, das inzwischen eine Pommesgabel-Tradition darstellt: Es werden Weihnachtslieder mit falschen Texten gesungen. Das klingt nicht schön, aber ab einem gewissen Alkoholpegel hört sich vieles gut an.

Dienstag, 27. Dezember

Weiße Weihnachten! Seit Tagen schneit es. Das ist für das Rheinland wirklich selten. Sobald in Köln eine geschlossene Schneedecke liegt, bricht der Ausnahmezustand aus. Damit kommen die Autofahrer in der Domstadt nicht klar. Auf der Steigung der Aachener Straße zum FC-Stadion herrschen Zustände wie auf einem Alpenpass. Heute ist Blitzeis vorhergesagt, und das Straßenamt hat dieses Jahr zu wenig Streusalz eingelagert – das kommt in Köln einem Katastrophenzustand gleich.
»Papa, heute ist ›Drei Nüsse für Aschenbrödel-Party‹ auf Burg Satzvey!« Meine Tochter fragt: Kann ich das Auto haben?
Ich sag: »Bärbel, Burg Satzvey liegt in der Eifel. Mein Opel hat Sommerreifen und pfeift auf dem letzten Loch. Also: Vergisses.«

»Och Paps! Wir haben doch schon Kostüme und Karten gekauft!«

»Wer ist wir?« Ich hole aus dem Regal eine DVD und sage: »So Frollein, der Opel bleibt in der Garage. Du bestellst alle im Kostüm hierher und ihr macht einen Videoabend.«

Dann flüchte ich zu Albi in die Pommesgabel. ›Drei Nüsse für Aschenbrödel‹ muss echt nicht sein.

Im Rausgehen sage ich noch: »Im Schrank steht übrigens noch eine Dose mit Erdnüssen. Lasst mir drei Stück übrig.«

Mittwoch, 28. Dezember

›Jahresabschlussgespräch‹ im Chefbüro. Gerd Vogel legt mir einen Zwei-Punkte-Verhaltenskatalog vor: mehr Respekt gegenüber der Geschäftsleitung und Unterlassung von beleidigenden Sprüchen gegenüber Badegästen. In dem Falle winkt mir nächstes Jahr ein dreizehntes Monatsgehalt.

Ich verlasse das Büro mit den Worten: »Alles klar, ich werd mich nächstes Jahr anstrengen. Vor allem im dreizehnten Monat. Viel Erfolg noch beim Sesselfurzen.«

Freitag, 30. Dezember

Da am Samstag Silvester ist, findet das Heimspiel gegen ›Blutgrätsche Quadrath-Ichendorf‹ am heutigen Tag statt. Eine bunte Zuschauergemeinde hat sich eingefunden. Meine Jungs haben einen Fanblock angeschleppt: Eltern, Freunde – und vor allem Freundinnen. Sie brüllen aus voller Kehle den Schlachtruf der Pubertiere: »Hallebaddkapp!«

Es wirkt. Am Ende erzielt meine Mannschaft einen deutlichen Heimsieg. Wir sind raus aus der Abstiegszone. Hinterher wird bei Frau Budnikowski gefeiert.
Die Jungs stellen sich vor die Überwachungskamera am Schwimmbiss und skandieren: »Kamera läuft – und Action. Ey, wenn Jesus über Wasser läuft, dann läuft Schalupp über Jesus! Und der is' noch viel härter als Moses: Der teilt das Wasser nich' zu beiden Seiten, sondern nach oben und unten!«
Ich sag: »Jungs, bevor es so weit kommt, geh ich erst mal duschen.«
»Ey der Schalupp, der geht nich' so normal duschen, der stellt sich direkt unter die Niagarafälle!«

Samstag, 31. Dezember

Silvesterparty bei Michel. Er bewohnt ein 150-Quadratmeter-Loft in Köln-Mülheim. Standesgemäß, mit Blick auf den Rhein.
Dem Dresscode ›Smart casual‹ zufolge erscheine ich in meinem verbeulten Cordanzug.
Michel begrüßt mich: »Rudi, hereinspaziert! Einen feinen Zwirn haste da an! Siebziger? Nicht wegschmeißen, die Mode kommt irgendwann wieder. Höhahaha! Fühl dich wie zu Hause, es gibt lecker Essen und jede Menge Champagner, hau rein. Und wenn du eine von den Mädels flachlegen möchtest, bedien dich. Ich kann dir ein paar empfehlen, Wasserbett steht da hinten. Haben auch mehrere drauf Platz. Höhahaha!«

Unter den geladenen Gästen befinden sich hauptsächlich Medienleute: Produzenten, Agenten, Schauspieler, Regisseure, Redakteure etc. Und jede Menge aufgebrezelter Frauen. Ich vermute, die Typen,

die die meisten dieser Bräute um sich herumhaben, sind hier die wichtigsten.
Mir fällt ein zwei Meter großer Mann mit Glatze und einer verspiegelten Pilotenbrille auf. Er trägt Cowboystiefel in Größe fünfzig, einen Anzug aus Schlangenlederimitat und hat fünf Frauen um sich herum, die hysterisch lachen, sobald er etwas sagt.
»Das ist Heiner, Topregisseur!«, sagt Michel. »Komm, ich stell ihn dir vor!«
Ich will das nicht, aber Michel zieht mich schon dahin.
»Heiner, das ist mein alter Schulfreund Rudi Schaluppke! Chefbademeister im Südbad. Rudi ist saukomisch, er weiß es nur noch nicht.«
Der große Mann mustert mich von oben bis unten.
Dann sagt er trocken: »Sieht gut aus. Mit dem machen wir direkt 'ne schicke Produktion. Titel: ›Feuchte Träume mit der Poolnudel!‹«
Hysterisches Lachen der Frauen.
Ich sage: »Hab 'nen besseren Vorschlag: ›Unterm Schlangenlederanzug wird genudelt‹.«
Wieder hysterisches Lachen. Ich kann mit diesen Leuten nichts anfangen. Um 1.00 Uhr bin ich wieder in der Pommesgabel.

JANUAR

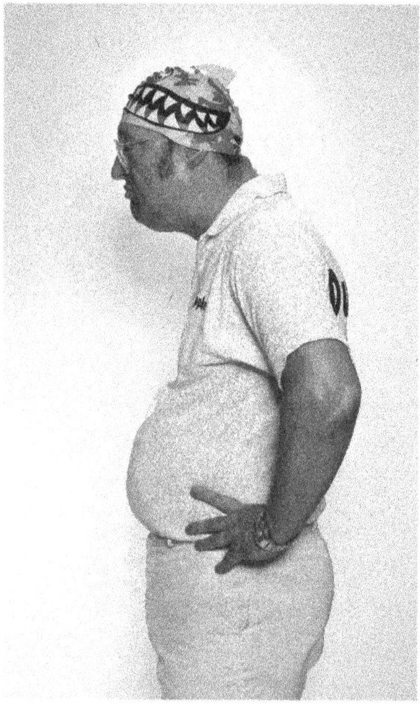

Montag, 2. Januar

Zum Jahreswechsel wurden in unserer Badeanstalt die Preise erhöht. Prompt kommt so ein Schlaumeier angedackelt und labert mich dreist an: »Herr Schaluppke, krieg ich jetzt auch mehr Leistung für mehr Geld?«
Ich sag: »Na klar, ich nehm bei Mund-zu-Mund-Beatmung ab jetzt ein Pfefferminz. Und beim Anschiss wird ab heute gesiezt.«
Sagt der: »Wissen Sie, woran man hätte sparen können? An Ihren blöden Sprüchen!«
Ich antworte: »Gehen Sie duschen! Bitte.«

Dienstag, 3. Januar

Als ich mittags die Badeanstalt betrete, herrscht unter den Mitarbeitern eine bedrückte Stimmung, wie ich sie noch nie erlebt habe. Frau Schmitz sitzt mit geröteten Augen an der Kasse. »Was ist passiert, Frau Schmitz? Sind sie bei einem Casting durchgefallen?«
Sie schüttelt den Kopf und sagt: »Nein, Herr Schaluppke, unser Schwimmbad soll geschlossen werden.«
Ich stürme in Gerd Vogels Büro. »Gerd, was ist hier los?«
Er bittet mich, Platz zu nehmen.
»Schlechte Nachrichten, Rudi. Die Stadt hat vor, das Südbad zu schließen.«
Wortlos sinke ich auf den Stuhl.
»Man hält uns für unrentabel. Zu hohe Unterhaltungskosten, zu wenig Badegäste. Wir stehen nun vor einem Ultimatum: Wenn in einem halben Jahr nicht mindestens doppelt so viel Leute kommen, wird der Standort an einen Großinvestor verkauft, der unser Bad abreißt. Hier soll ein Einkaufszentrum entstehen.«
Ich möchte ihm am liebsten an die Gurgel springen: »Gerd, du bist echt das Letzt-«
Er unterbricht mich: »Rudi! Ich weiß, ich habe Fehler gemacht. Aber glaub mir, ich habe nicht vor, das hier aufzugeben! Hier wird nichts dem Erdboden gleichgemacht. Ich möchte, dass das Südbad bleibt! Rudi, wir beide müssen jetzt zusammenhalten.«

Mittwoch, 4. Januar

Ich sitze in meinem Bademeisterkabuff und starre auf das Schwimmbecken. Das kann doch alles echt nicht wahr sein. Meine Gedanken kreisen darum, was geschieht, wenn der Laden wirklich dichtgemacht wird. Ich habe keine Zukunftsängste. Wenn es hart auf hart kommt, dann komme ich schon irgendwie unter. Aber ich arbeite seit fast zwanzig Jahren hier. Und ich möchte es auch die nächsten zwanzig Jahre tun. Das ist mein Revier, mein Kiez, mein Veedel. Ich bin hier zu Hause!

Frau Schmitz steht vor mir: »Ach, Herr Chaluppke, was soll denn bloß werden? Wir sind doch wie eine Familie hier.«

Ich registriere ihre Verzweiflung und sage: »Frau Schmitz, Kopf hoch! Erstens ist noch gar nichts beschlossen, zweitens werden Sie bestimmt irgendwo als Schauspielerin unterkommen.«

Manchmal muss man aus Not schwindeln.

»Und drittens«, sage ich mit Nachdruck, »werden wir alles tun, um das Verhängnis abzuwenden. Und Sie, Frau Schmitz, spielen dabei eine große Rolle.« Sie schaut mich fragend an, und ich erkläre: »Was geschieht, wenn Besucher unser Schwimmbad betreten? Sie sehen Sie an der Kasse. Der erste Eindruck ist Ihr Gesicht. Und was macht Ihr Gesicht? Es verbreitet gute Laune. Und wie schaffen Sie das? Dank Ihrer Schauspielkunst!«

Frau Schmitz nickt heftig. Ich mache ihr ein Toi-Toi-Toi-Zeichen mit gedrückten Daumen, und sie wirft sich in Hollywood-Positur hinter die Kasse.

Als sie weg ist, starre ich wieder auf das Schwimmbecken und habe Zukunftsängste.

Donnerstag, 5. Januar

Aus dem Schwimmbiss schallt heute keine Volksmusik. Frau Budnikowski sitzt mit gefalteten Händen hinterm Tresen.

»Mascha, sag mal, betest du etwa?«

»Nu, Rudi, was soll ich machen? Kann schließlich nicht schaden, oder? Da war ich vorhin in Kölner Dom und hab eine Kerze aufgestellt.«

Sie lässt die Hände sinken und schaut äußerst unentschlossen.

»Mascha, lass den Kopf nicht hängen. Du bist doch unser Sonnenschein. Die Leute kommen wegen dir ins Schwimmbad. Und bei miesem Wetter bist du unsere größte Hoffnung.«

»Das hast du gestern auch gesagt zu Frau Schmitz.«

»Ja, aber bei dir meine ich es so.«

Sie verzieht skeptisch die Mundwinkel.

»Jetzt schmeiß bitte die Musik an, Mascha – und lass die Würstchen nicht so geknickt im Topf hängen!«

Endlich erhebt sie sich.

»Nu, Rudi, was kann ich dir schon abschlagen? Willstu Kaffee?«

»Ja sicher! Mit ganz viel Bockwurstgeschmack.«

Endlich kann sie wieder lachen.

Freitag, 6. Januar

Mittlerweile hat die Rückrunde in der Wasserball-Kreisliga begonnen. Am Sonntag geht's nach Kalk zu den Klötenkillern. Die Pubertiere sprechen mich vor dem Training auf die drohende Schwimmbadschließung an.

»Schalupp! Voll asozial! Was kann man da machen?«

»Man kann zum Beispiel eine Petition einreichen.«

»Ey Petition, Schalupp? Ist das was Versautes?«

»Nein, man geht ins Rathaus und legt beim Stadtrat ein Ersuchen oder eine Beschwerde vor.«

Jewgeni sagt: »Ich geh dahin und leg denen 'ne Stinkbombe vor!«

»Männers, ihr habt Ideen. Man muss eine Unterschriftenaktion starten. Je mehr Unterschriften, desto besser.«

Murat fragt: »Wie viele?«
»Tausende.«
»Schalupp, dann unterschreib isch doppelt und dreifach!«

Samstag, 7. Januar

Als ich Kollege Notnagel drauf anspreche, dass hier unter Umständen bald die Lichter ausgehen, schaut er mich fest an und sagt: »Soweit isses ja noch nicht. Und bis dahin versehe ich meinen Dienst gewissenhaft wie immer. Zudem, Herr Schaluppke, Fachangestellter für Bäderbetriebe ist nicht alles. Ich studiere nebenher Programmiersprachen: Lisp, C++, LPC und Datenbanksprachen, kann man für alles brauchen. Außerdem«, fährt Notnagel ungerührt fort, »überlege ich mir, bei den Piraten einzusteigen. Da laufen coole Sachen. Was die mit LiquidFeedback entwickelt haben, ist beachtlich. Ich weiß nicht, ob Sie's wussten, aber dieses System basiert auf Lua/PL/pgSQL und ist …«
Ich muss mir dieses Gelaber nicht anhören. An dieser Stelle reiße ich mich los mit den Worten »Guter Mann, Notnagel, guter Mann. Weitermachen!«

Dinsetag, 10. Januar

Frau Dinse schickt ihre Klasse nach der Schulstunde in die Dusche und setzt sich zu mir ins Kabuff.
»Und? Wie läuft's, Schaluppke?«
Mir entfährt ein leises »Geht so«.
Mehr weiß ich nicht zu sagen. Wir schweigen uns gegenseitig an.

Dann ergreift sie die Initiative: »Typisch Mann. Wenn alles in trockenen Tüchern ist, habt ihr immer eine große Klappe. Aber sobald es ernsthafte Probleme gibt, legt ihr das ewige Schweigegelübde ab.«

So kenne ich sie gar nicht.

Ich sage: »Frau Dinse, es tut mir leid.«

»Was tut Ihnen leid?«

»Alles ... ich meine: vieles.«

»Schaluppke, reden Sie bitte Klartext! In ganzen Sätzen. Subjekt, Prädikat, Objekt.«

»Mir tut's leid, dass ich Sie so schlecht behandelt habe. Und Sie können mir jetzt auch gerne vorhalten, dass ich es mit meiner unsensiblen Art geschafft habe, dass hier bald der Schwimmbadbetrieb eingestellt wird.«

Sie blickt mich forsch an: »Schaluppke, bevor Sie hier noch zum Weichei verkommen, ich möchte Ihnen eines sagen: Sie sind derjenige, der den Betrieb hier am Laufen hält. Wo sind die Gewinnerklöten, von denen meine Schüler immer so begeistert erzählen? Ich mache hier gerne den Schwimmunterricht – trotz oder auch wegen Ihrer Scheißsprüche –, und ich werde Sie unterstützen, damit diese Badeanstalt bestehen bleibt. Worauf Sie einen lassen können!«

Ich bin echt baff. Sie verlässt mein Bademeisterkabuff. Aber sie kommt noch mal zurück.

»Ich bin übrigens Annerose. Ab jetzt gerne per du, Rudi.«

Gerne würd ich sie umarmen. Aber mir fehlen gerade die Gewinnerklöten.

Mittwoch, 11. Januar

Gerd Vogel hat für die Petition ein Schreiben vorbereitet.
»Rudi, wir werden eine Bürgerinitiative starten, Zeitraum der Unterschriftenaktion: sechs Wochen. Dafür müssen wir alle Kräfte mobilisieren. Ich habe darüber hinaus noch etwas anderes vor.«
Ich frage: »Eine Demo? Sitzstreik?«
»Nein, Rudi, komm morgen Abend in deine Stammkneipe. Da werden wir dir Genaueres sagen.«
»Was soll das werden? Konspirative Gespräche außerhalb des Arbeitsplatzes? Und wer ist wir?«

Donnerstag, 12. Januar

Abends in der Pommesgabel erfahre ich es: Die konspirative Runde besteht aus Gerd Vogel, meiner Wenigkeit – und meinem Kumpel Michel Benzke.
»Rudi, alte Zaunlatte! Alles im Lack?«
Ich antworte: »Ich kann nicht klagen, dazu fehlt mir das Geld. Sagt schon, was verschafft mir die Ehre zu diesem Gepräch?«
Michel klopft mir auf die Schulter, zündet sich eine Kippe an und legt los: »Rudi, ab nächste Woche wird im Schwimmbad gedreht!«
Ich habe eine ganz miese Vorahnung.
»Was wird gedreht? Ich hab's doch schon mal gesagt: Ich hab auf so was keinen Bock.«
Vogel schaltet sich ein: »Rudi, bitte bleib einmal sachlich. Wir müssen in unserer Situation alle Möglichkeiten in Betracht ziehen. Also stell dich nicht stur und hör's dir erst mal an!«
Michel klatscht eine Mappe auf den Tisch: »Ich habe das Konzept noch einmal geändert.«

Auf dem Deckblatt steht:
SCHALUPPKES REVIER
– *Reality-Doku* –
Der normale Alltagswahnsinn in einem Kölner Schwimmbad.
Michel sagt: »Das wird die beste Publicity für euren Laden. Ich produzier's. Und ich sag's noch mal, Rudi: Du bist goldrichtig. Telegen, cool, glaubhaft, professionell. Wir nehmen dich eins zu eins ab. Wir lassen die Kameras nebenher mitlaufen, das merkst du gar nicht. Kleines Team. Kamera, Ton und ich. Jeden Tag zwei, drei Stunden, alles ganz easy.«
»Also mal angenommen, ich erkläre mich dazu bereit: Wie macht ihr das meinen Badegästen klar?«
»Ach, die machen schon mit. Dazu holen wir noch gecastete Laiendarsteller, und die Sache läuft.«
»Wo soll das ausgestrahlt werden?«
»Bei einem Kölner Privatsender, der auf Dokus spezialisiert ist. Da bist du in bester Gesellschaft, höhahaha! Also, am Montag geht's los. Wir drehen mit dir erst mal einen Trailer und eine Pilotfolge. Sei pünktlich um 9.00 Uhr am Set.«
Ich sage: »Bin schon um 7.00 Uhr im Schwimmbad. Ich arbeite dort, schon vergessen?«

Freitag, 13. Januar

Wieder stellt mich Frau Budnikowski mit meinem Horrorskop: »Rudi, Rudi, da steht: Hindernisse im Job sollten Sie als Ansporn betrachten. Lassen Sie sich auf Neuerungen ein.«
Ich sag: »Steckst du etwa unter einer Decke mit Vogel und Michel?«
»No ja, der Chef hat mir vorhin erzählt, dass bald gib's hier Kamera- und Film-Leute. Das find ich super! Freu ich mich schon, Schalupp-

czyk bald zu sehen in Fernsehen. Sind wir bald berihmtes Schwimmbad!«
»Aber Mascha«, jetzt rede ich auf sie ein, »das ist alles manipuliert. Das ist doch nicht die Realität, und die Leute kommen dann mit völlig falschen Erwartungen hierher. Und ich fühl mich wie der Affe im Käfig, den alle begaffen wollen.«
»Hör auf Horoskop, Rudi!«, bellt sie ungewohnt laut, »Leben ist Kompromiss, alles hat sein' Preis. Reißt du dich zusammen und bist du mal freundlich zu den Leuten!«
Freundlich zu den Leuten, soso. Wenn ich freundlich zu den Leuten werde, kriegen die doch Angst.

Samstag, 14. Januar

In der Umkleide lausche ich dem Gespräch einer Mutter mit ihrem kleinen Sohn. »Mami, ich muß mal Pipi!«
»Dann geh auf Toilette.«
»Nee, Mami. Da will ich nicht. Da riecht es ganz schlimm.«
Sie flüstert ihm zu: »Dann mach gleich ins Becken.«
Ich verfolge die beiden in die Schwimmhalle.
Wenn der Kleine gleich ins Wasser springt, kann ich ihn ja auf frischer Tat ertappen. Aber er springt nicht hinein. Er stellt sich an den Beckenrand und pullert von dort aus ins Wasser. Ich mache eine Durchsage: »Beachten Sie bitte unsere neue Badeattraktion am Beckenrand: gestern noch in Brüssel, heute hier: Manneken Pis.«

Montag, 16. Januar

Erster Drehtag. Das ging ja rasend schnell. Vor Wochen noch hab ich mich mit Händen und Füßen dagegen gewehrt, nun stehe ich vor laufenden Kameras.

Das Low-Budget-Drehteam besteht – neben Michel als Regisseur, Produzent und Aufnahmeleiter – aus Kamera- und Tonmann. Vereinbart war 9.00 Uhr, sie treffen gegen 11.30 Uhr ein. Michel hat ein Himmelfahrtskommando angeschleppt. Die Kamera bedient Flitsche, ein nervöser Spargel, der alle Viertelstunde »Akkuwechsel!« schreit. An der Ton-Angel steht Wolf, Tabakjunkie, ein großer, stumpfer, unfrisierter Schrank von Mann, der zum Glück nicht redet. Das ist ideal für einen Tonmann. Dumm nur, dass er anfängt zu husten, sobald keine Kippe in seinem Mund steckt.

Ich musste diesem Haufen erst mal klarmachen, dass sie sich ausschließlich auf Badelatschen zu bewegen haben. Dann musste ich Wolf das Rauchen verbieten. Als ich ihm sein Päckchen Fluppen abgenommen habe, fing er prompt an zu husten wie ein Weltmeister.

»Rudi, pass auf, Kompromiss«, Michel massiert gereizt seine Schläfen, »wir machen jede Stunde draußen 'ne Zigarettenpause. Und hier drinnen entspannt sich die Lage.«

»Na schön«, zische ich, »aber lasst mir keine Kippen auf dem Rasen liegen!«

Heute stehen Dreharbeiten zum Trailer der Sendung an. Ich werde an verschiedenen Orten der Badeanstalt abgefilmt: am Beckenrand, im Kabuff, im Schwimmbiss, unterm Acapulco-Tower, in der Sauna. Dabei muss ich streng gucken und Sätze wie: »Sportsfreunde, geht duschen!«, »Zehner bleibt zu!« oder: »Ich glaub, es hackt!« in die Kamera brüllen.

Die Gäste schauen teils belustigt und teils neugierig. Hinterher schaue ich bei Gerd Vogel im Büro vorbei. Der hockt wie ein Kind an Weihnachten vor seinen Monitoren und strahlt.

»Hier, Kamera vier hat die alte Dame, die sich am Hintern kratzt, die Sieben zeigt zwei Jungs, die sich döppen – und auf der Zwei bohrt sich gerade Frau Budnikowski in der Nase! Michel sagt, wir benutzen das Material mit, wir nehmen das wahre Leben eins zu eins ab. Im Schnitt wird das völlig irre!«

Dienstag, 17. Januar

Zweiter Drehtag. Wolfs Hustenproblem ist gelöst. Man hat ihm eine elektrische Zigarette besorgt. Die darf er meinetwegen auch andauernd in der Visage halten. E-Zigarette. Sieht aus wie ein Kugelschreiber und schmeckt wahrscheinlich auch so. Macht keinen Rauch und hinterlässt keine Asche, aber es steigen kleine Wasserdampfwölkchen auf. Jetzt sieht Wolf endgültig aus wie ein Räuchermännchen aus dem Erzgebirge. Michel und sein Team fangen an, Badegäste anzuquatschen und abzufilmen. Frau Schmitz an der Kasse, eine Gruppe gecasteter Mutter-Kind-Schwimmer im Nichtschwimmerbecken, Oma Krause präsentiert ihre Bademode, und Frau Budnikowski serviert Speisen und Getränke.
»Sehr schön, Mascha«, höre ich Michel tönen, »aber bitte nicht in die Kamera winken. Nicht schon wieder.«

Mittwoch, 18. Januar

Dritter Drehtag. Notnagel kann nicht alles alleine bewältigen, während ich vor der Kamera stehe. So beschließt Gerd Vogel, noch eine Beckenrandverstärkung einzustellen. Wir werden schnell fündig. Auf Empfehlung meiner Tochter stellt sich ein junger Sportstudent bei uns vor: Yannick, neunundzwanzig Jahre, Rettungsschwimmer. Er macht einen guten Eindruck: ruhig und ausgeglichen. In seinen Bewerbungsunterlagen finde ich neben dem DLRG-Zeugnis einen Übungsleiterschein im Schwerpunkt Wasserball. Ohne lange zu überlegen, beschließen wir: Der Junge ist gekauft! »Yannick, du kannst direkt am Montag anfangen.«

Freitag, 20. Januar

Die Produktionsmaschine läuft an: Michel hat sich übers Wochenende mit dem Filmmaterial im Schnittstudio verschanzt. Albi war letzte Woche mit seiner Band im Tonstudio und hat dort verschiedene Musikstücke aufgenommen, die als Soundtrack für ›Schaluppkes Revier‹ dienen sollen.

Als ich in die Pommesgabel komme, präsentiert Albi mir stolz erste Ergebnisse: »Hörens, Schalupp, dat is' deine Musik!«

Aus der Anlage ertönen Soundschnipsel mit E-Gitarren, Schlagzeugbeats, Bassläufen, Blues-, Funk- und Rock-Zeugs. Schwer begeistert bin ich von einem Ein-Minuten-Stück mit Schweineorgel, Bläsersektion und einer Sängerin. Sie singt mit Akzent und rollendem ›R‹: »Bademeister – Rrruuudi heißt er«, und danach brüllen Männerhorden Südkurve-mäßig: »SCHALUPP-KE!«

Albi verkündet: »Dat is' de Musik för dä Trailer. Joot jelunge, Schalupp?«

Ich sag: »Ja, die ist super. Aber sag mal: Werdet ihr dafür eigentlich bezahlt?«

»Na ja ... is' ja low-budget. Mer maache dat ja für 'nen juten Zweck.«

»Und wer ist die Frau, die da singt?«

»Jo, dat is' die Mascha.«

»Wat?!«
»Die kann richtich joot singe. Schalupp, dat musst do jesinn hann, wenn die he beim Karaokeabend trällert! Und nebenbei: Die Mascha, dat is' en lecker Mädchen!«
Ich frage: »Hat sie euch denn bei den Musikaufnahmen mit Obstsalat versorgt?«
Kein Kommentar von Albi. Aber er nickt genussvoll.

Sonntag, 22. Januar

Auswärtsspiel der Pubertiere beim Tabellenersten ›Rhenania Köln‹ in Köln-Müngersdorf. Kurz vor Anpfiff erscheint Yannick, unser baldiger DLRG-Assistent, in der Schwimmhalle und setzt sich neben mich auf die Bank: »Hallo, Herr Schaluppke, ich hab schon viel von Ihrem Dreckigen Dutzend gehört.«
Meine Jungs gehen sang- und klanglos unter. Eine ganz derbe Niederlage.

Nach dem Spiel meint Yannick: »Die Jungs sind gar nicht so schlecht. Aber Sie sollten ein paar Positionen austauschen. Stavros auf der linken Seite wirft besser mit links, den müssen Sie auf der rechten Seite aufstellen. Und Ihr Hüne Dimitri – wieso sitzt der eigentlich auf der Bank? Der muss auf eine Verteidigerposition!«
Ich sage: »Dimi ist ein lausiger Schwimmer.«
Yannick entgegnet: »Solange er sich eine Zeitlang über Wasser halten kann, auf jeden Fall als Verteidiger einsetzen! Vorschlag: Ich komme am Freitag zum Training und mache mit Dimi Schwimm-Crashkurs.«
Guter Mann, das lass ich mir nicht zweimal sagen.

Dinsetag, 24. Januar

Wieder ein Drehtag. Atmo-Aufnahmen mit Schulklasse.

Annerose ist stinksauer: »Rudi!« Sie sagt das im selben Ton wie zu Zeiten, als wir beide noch nicht per du waren. »Rudi! Bei aller Liebe zur Schwimmbadrettung, aber die 10 b ist unbeherrschbar, wenn eine Kamera in der Nähe läuft!«

Einer der Schüler fragt: »Frau Bindestrich, kommen wir jetzt im Fernsehen?«

Sie wird laut: »Ab ins Becken, Holger – und Bindestrich möchte ich nicht mehr hören!«

»Annerose, ich regel das«, verspreche ich, trete ins Bild und sage: »Kamera aus!«

Hinter mir randaliert die 10 b, vor mir beginnt Flitsche zu hyperventilieren, Wolf hustet.

Flitsche zischt mich an: »Rudi, mach dich aus dem Bild! Aber zügig!«

Ich trete vor die Linse und erkläre: »Sportsfreunde, macht mal Filmpause. Hier findet Schulunterricht statt, und die jungen Herrschaften müssen sich konzentrieren.«

Michel ruft: »Draufhalten, Flitsche! Weiterdrehen!«

Ich dränge mich mühsam vors Bild, halte meine Hände vor das Objektiv und komme mir dabei vor, als müsste ich Paparazzi fernhalten.

Michel klatscht in die Hände: »Cut! Höhahaha, cooler Take, starke Bilder, das ist authentisch. Bademeister ringt um Autorität in allen Lebenslagen – ist gekauft! Jetzt müssen wir den Bildern nur noch etwas mehr Tiefe verleihen.«

Ich mache ihm den Vorschlag, die Kamera samt Akkus im Pool zu versenken.

Donnerstag, 26. Januar

Heute musste ich einen Bildungsbürger anpflaumen: »Hömma, kommst du mit dem Buch ausm Whörlpool raus? Wat is' dat denn?! Oder soll ich noch ein paar Kerzen um den Beckenrand aufstellen und ein Glas Rotwein servieren?«
Er entgegnet: »Monsieur Badeaufsicht, ich wusste ja nicht, dass man hier nicht lesen darf.«
Ich sage: »Höchstens Waterworld oder Pfarrer Kneipps gesammelte Werke.«
Da wird der frech: »Aha, hab ich doch gleich gerochen, dass ordinäre Menschen wie Sie mit Literatur auf Kriegsfuß stehen.«
»Seh ich etwa so aus, als wär ich über Fix und Foxi nicht hinausgekommen?«
»Bildung ist für Sie doch ein Fremdwort, können Sie überhaupt eins und eins zusammenzählen?«
»Ja klar, Sportsfreund, Rechenaufgabe: Wat is' dreipacken minus zweipacken?«

Freitag, 27. Januar

Wieder ein Drehtag. Location: Acapulco-Tower mit Abdoul, Levent und Murat.
Bei der Regiebesprechung verteilt Michel die Textblätter. Dann macht er folgende Ansage: »Okay, ich hab mir die Szene folgendermaßen vorgestellt: Die Jungs machen Arschbombe in Richtung Beckenrand. Rudi wird dabei nass gemacht. Er brüllt: ›Raus ausm Becken! Geht duschen!‹ Murat, du baust dich breitbeinig vor ihm auf und sagst: ›Ey wieso, Alta! Isch will noch ma' Arschbombe!‹ Rudi sagt daraufhin: ›Vergisses, Zehner ist zu! Schluss mit Arschbombe!‹

Da sagt Levent: ›Ey Schalupp! Isch hol gleisch mein' großen Bruda Abdoul!‹ Und dann passiert Folgendes …«
Murat hakt ein: »Ey Benzke, wieso is' Abdoul auf einmal mein Bruda?«
»Weil's im Drehbuch steht, Murat! Also zuhören! Dann kommt Abdoul und sagt zu Rudi folgenden Satz: ›Ey Schalupp, du Spast! Wenn du Opfer misch nisch von Acapulco-Tower springen lässt, bist du voll schwul und ein dummer Lutscher!‹«
Levent schaut gequält in meine Richtung, dann wieder zu Michel: »Ey Benzke, wir würden so was zu Schalupp nie sagen!«
Michel massiert angespannt seine Schläfen und blickt auf die Uhr. »Okay, Rudi, komm mal mit nach draußen. Gespräch unter vier Augen.« Vor dem Schwimmbad ranzt er mich an: »Pass ma' auf, Herr Bademeister, wat hast du denn da für 'ne Mädchen-Truppe am Start? Die sollen mit dieser Warmduscher-Nummer aufhören, sonst tausch ich die aus! Ich will keine Pussys vor der Kamera, sondern harte Jungs!« Er zündet sich eine Kippe an. »Mann, Mann, Mann, Rudi – der Konsument will Klischees! Er will ein Abbild der Realität!«
Ich sag: »Michel, dann erzähl ich dir jetzt mal was zum Thema Realität: Ich reiße mir in dieser Badeanstalt seit Jahren den Arsch auf, damit die Jugendlichen sich benehmen. Es läuft hier eben nicht so, wie ihr Fremdschäm-TV-Fritzen das in euren Dumpfbacken-Dialogen darstellt.«
Zurück am Set, macht Michel eine Ansage: »So, Männer, hier wird gedreht, was im Text steht! Ich will nur harte Knaller-Sprüche hören! Und Abdoul, nicht in die Kamera gucken. Also, alles auf Anfang, und bitte!«
Ich sage lustlos meinen Text auf: »Zehner ist zu! Schluss mit Arschbombe!«
Da sagt Abdoul: »Ey, wenn Schalupp Arschbombe von Acapulco-Tower macht, zieht der vorher den Stöpsel ausm Becken!« Dann

grinst er in die Kamera: »Und wenn Schalupp in die Nordsee springt, kommt in Amerika Tsunami an!«
Michel brüllt: »Aus! Kamera aus!«
Abdoul fragt: »Was los, du Pussy? War doch'n Knaller-Spruch!«

Samstag, 28. Januar

Gespräch mit Michel in der Pommesgabel. Ich frage, wie die Szene mit den Jungs unterm Zehner geworden ist. Michel antwortet zerknirscht: »Wird rausgeschnitten, mit dem Material kann ich nichts anfangen!« Er legt eine kurze Denkpause ein. »Oder ich lasse die Jungs drin und caste noch ein paar Schwarzköpfe dazu. Und dann ziehe ich klare Grenzen: ›Guter Türke – Böser Türke‹.«
Mir verschlägt's die Sprache. »Ist nicht dein Ernst, Michel? Was soll diese Schwarz-Weiß-Malerei?«
»Rudi, unsere Zuschauer brauchen einfache, eindimensionale Charaktere. Sonst sind sie überfordert und schalten ab!«
Ich sage: »Gut zu wissen, dass du dein Publikum für noch blöder hältst als deine Darsteller.«
Michel wird energisch: »Rudi, mir geht das jetzt auf den Sack! Es ist nicht deine Aufgabe, mir als Produzenten vorzuschreiben, was ich zu tun und zu lassen habe! Das tun schon die quotenschissigen Redakteure im Sender! So, und bevor du weiter die Backen aufbläst, habe ich eine gute Nachricht: Die Pilotfolge ist beim Sender durchgegangen! Projekt ›Schaluppkes Revier‹ ist in Auftrag. Mit 'nem satten Produktionsetat. Das heißt, demnächst gibt's Kohle! Schlag ein, Rudi! Albi, Lokalrunde, höhahaha!«

Sonntag, 29. Januar

Unser Aushilfs-Rettungsschwimmer Yannick hat die erste Woche im Südbad gemeistert. Am Freitag beim Training hat er Dimitri einen interessanten Schwimmstil beigebracht: Hundepaddeln. Das ist nicht gerade ästhetisch und erinnert an einen Schaufelraddampfer, aber Dimi kann sich über Wasser halten. Vorhin beim Heimspiel lief mein Dreckiges Dutzend geschlossen im ›Duschen!‹-Shirt in die Halle ein. Mannschaftstrikot, gesponsert von Gerd Vogel. Er saß sogar selbst unter den Zuschauern, um seinen Sohnemann im Tor anzufeuern. Donnerwetter! Wer hätte gedacht, dass der Mann sich mal engagiert. Im letzten Viertel habe ich Dimi eingewechselt. Und siehe da, an dem Hünen kam keiner vorbei. Kurz vor Abpfiff musste ich ihn allerdings aus dem Verkehr ziehen, der Junge wäre mir sonst abgesoffen.

Montag, 30. Januar

Public Viewing im Schwimmbiss. Michel präsentiert uns die Pilotfolge von ›Schaluppkes Revier‹. Alle sitzen gebannt vor einem Großbildfernseher: Michel, der Redakteur, Vogel, Mascha, Abdoul, Levent und Murat, Notnagel, Frau Schmitz, Bärbel, Flitsche, Wolf, Albi, Oma Krause, ein paar gecastete Darsteller und ich. Als der Film beginnt, hört man Kommentare wie: »Aah«, »Ooh«, »Oh, nein, bin ich das etwa?«, »Frau Krause, Sie sind ja richtig telegen!« und »Boah, der Schalupp sieht aber fett aus!« Am Ende der knapp zwanzig Minuten gibt es Jubel und Applaus, und alle rufen »Rudi! Rudi! Rudi!«
Ist ja gar nicht so schlecht geworden, wie ich finde ... Na ja, meine Textpassagen sind ziemlich rudimentär geraten. Besser gesagt: übersichtlich.

In diesem Zwanzig-Minuten-Filmchen habe ich tolle Sätze gesagt wie: »Geh duschen!« (4 x), »Geht duschen!« (3 x) und »Gehen Sie duschen!« (1 x), dann: »Ich glaub, es hackt!« (2 x), »Läuft bei mir nicht!« (1 x), des Weiteren »Hallebaddkapp!« (2 x), »Zehner bleibt zu!« (4 x) und – als unangefochtener Spitzenreiter – »Raus ausm Becken!«(8 x).
Der Redakteur sagt dazu: »Es wird schon noch mehr Text werden, Herr Schaluppke. Aber zunächst einmal möchten wir dem Formatkonsumenten ein klares Hauptdarstellerprofil auf dem Tablett servieren, damit er sich an Sie gewöhnt. Sprich, die Zielgruppe soll sich mit Schaluppke als Protagonisten identifizieren.«
Ich frage: »Was heißt das jetzt auf Deutsch?«
Er erklärt salbungsvoll: »Das bedeutet, der Sender verfolgt eine klare Zielvorgabe: Marktanteil im zweistelligen Bereich! Alles darunter wäre indiskutabel! ... Wo sind denn eigentlich die Toiletten, Herr Schaluppke?«
Ich sage: »Einfach geradeaus. Das Klo ist nicht zu verfehlen. Über der Tür steht ›Quotenschisser‹.«

Dinsetag, 31. Januar

Wieder ein Drehtag. Ich bitte Michel, Flitsche und Wolf, die Kamera von Frau Dinses Schulklasse fernzuhalten.
»Kein Problem, Rudi, heute steht was anderes auf dem Drehplan«, versichert mir Michel.
Kurze Zeit später bemerke ich, was er mit *was anderes* gemeint hat: Am Set erscheint eine Silikon-Blondine mit rotem Schwimmanzug und einer Rettungsboje unterm Arm. Wildes Gejohle und Gepfeife von der 10 b.
Annerose kommt in mein Kabuff: »Rudi! Die Tussi macht meine Schüler noch ganz wuschig!«

Ich sage: »Och ja, Annerose, wenn deine Jungs zur Förderung sozialer Kompetenz zusammen mit den Mädels duschen dürfen, werden sie auch das verkraften.«

Sie zieht kopfschüttelnd ab.

Michel kommt mit der Blondine ins Kabuff. »So Rudi«, er übergibt mir das Textbuch, »kurz zur heutigen Story: Das ist Cora, Cora ist Model. Sie ist hier zu einem Shooting verabredet, für Pamela-Anderson-Fotos.«

Ich sag: »Und ich bin der Fotograf?«

»Nein, natürlich nicht, Rudi! Du bist der Bademeister. Hör mir doch mal zu! Also, folgender Plot: Der Fotograf ist ein Lustmolch, der vorhat, Cora flachzulegen. Showdown ist im Chillout-Becken. Das ist unsere letzte und für dich auch einzige Szene. Du rettest Pamela vor dem Ertrinken und schickst ihn in die Dusche. Noch Fragen?«

Ich frage: »Ja, warum muss ich ausgerechnet Pamela Anderson vorm Ertrinken retten?«

»Mann, Rudi!«

»Sag nix, Michel, weil's im Drehbuch steht? Gut, wird gemacht, Spitzenplot! Wer spielt den Fotografen?«

Kurze Zeit später beschlägt es mir die Brille: In die Halle hereinstolziert kommt Flitzer-Fritze im knappen Tanga, die ledrige Haut komplett eingeölt. Er trällert: »There's no business like show business, there's no business like show!« Dann haut er der Blondine auf den Hintern und sagt: »So, da bin ich! Womit fangen wir an?«

Ich sage: »Am besten mit der letzten Szene, damit das Grauen für mich ein Ende hat.«

Nach etwa drei Stunden werde ich zur letzten Szene gerufen.

Michel sagt: »Alles auf Anfang! Kamera läuft – und bitte!«

Der folgende Dialog ist Grimme-Preis-verdächtig:

Flitzer-Fritze (stößt die Blondine ins Becken): »Du Luder, du willst es doch auch!«

Blondine: »Hilfe, ich kann nicht schwimmen! Hilfe, Herr Bademeister!«
Schaluppke kommt dazu, packt ihn und sagt: »Schluss mit lustig, geh duschen!«
Dann wirft er der Blondine die Rettungsboje ins Wasser und sagt: »So, rauskommen, wir machen jetzt Mund-zu-Mund-Beatmung.«
Als ich ihr die Boje zuschmeißen möchte, traue ich meinen Augen nicht: Die Blondine treibt auf der Wasseroberfläche – und zwar mit den Silikonbrüsten nach oben.
Ich sag: »Hömma, Michel, für was braucht die 'ne Boje? Die hat doch zwei!«
Michel brüllt: »AUS! Kamera aus! Höhahaha! Nehmen wir als Outtake.«

FEBRUAR

Mittwoch, 1. Februar

Gerd Vogel ist sichtlich bemüht, mit mir Frieden zu schließen. Für heute Abend hat er mich eingeladen, ihn in den Sartory-Saal zu begleiten – zu einer Karnevalssitzung. Ist ja schön, wenn er mir eine Freude machen möchte, aber er hat einfach doofe Ideen.
Beginn: 18.00 Uhr, Ende: 23.00 Uhr. Ich hatte mir schon eine Ausrede überlegt, aber wollte nicht schon wieder Spielverderber sein.
Nun sitze ich – als Robin Hood verkleidet – mit angeklebtem Bart unweit der Bühne und muss mir den Blaskapellenkrach und das Gelaber von Vogels Vereinskollegen anhören. Ein aufgedunsener Ordens- und Narrenkappenträger, der offensichtlich schon zwanzig Kölsch intus hat, kommt auf mich zu: »Hörens, Rudi! Do bess doch Bademeister. Kennste den? Wat haben 'ne Bademeister und 'n Frauenarzt jemeinsam? Sie arbeede do, wo et feucht is'! Harharhar!«

Wenn das so ist, dann bringe ich auch einen: »Was sagt der Düsseldorfer an Karneval? Helau. Was sagt der Kölner? Alaaf. Und was sagt der Berliner? Wat soll der Scheiß.«
Als der Präsi das Wort ergreift, »Leeve Närrinnen und Narren! Nun is' et Zick för unser Kölner Dreijestirn!«, verlasse ich den Saal und gehe nach Hause.
Gerd Vogel macht diesen Zirkus jedes Jahr eisern mit. Er behauptet, um in dieser Stadt beruflich nach vorn zu kommen, muss man im Karneval mitmischen. Bei ihm scheint es bisher nichts genutzt zu haben.

Donnerstag, 2. Februar

Ein Badegast berichtet mir irritiert, in der Sauna säße seit längerem schon ein älterer Herr und bewege sich nicht mehr.
Ich frage: »So'n untersetzter, braungebrannter Fleischklops mit Ganzkörperrasur?«
Er nickt und ich weiß Bescheid: Flitzer-Fritze gibt mal wieder den Sauna-Spanner. Diesmal bis zur endgültigen Dehydrierung, hoffe ich insgeheim. Ich hechte dorthin. Als ich die Türe aufreiße, bietet sich mir ein gänzlich unerwartetes Bild: Flitzer-Fritze thront auf seiner Bank wie ein nackter Buddha. Er lächelt versonnen, in der rechten Hand eine Literflasche Wasser, mit der linken hält er einen elektrischen Miniventilator vor sein Gesicht.
»Schaluppke, wie wär's mal mit einem erotisierenden Aufguss?«
Ich antworte: »Gerne doch, wir haben die Duftnoten Maharadscha, Spanische Fliege und Tutti Frutti.«
Er sagt: »Spanische Fliege ist jetzt genau das Richtige! Aber sagen Sie mal, die Sauna ist leer, kommen denn auch gleich noch Mädels rein?«
Ich sag: »Ja, die Mädels vom Herren-Wasserballett.«

Freitag, 3. Februar

Wasserballtraining. Ich erkläre den Pubertieren, dass am Sonntag ein kompletter Drehtag ansteht und Yannick beim Auswärtsspiel als Kotrainer auf der Bank sitzen wird. Kein Problem für die Jungs. Jewgeni meint: »Wir haben am Sonntag wieder unseren Fanblock am Start! Brüder, Schwestern, Eltern, Freunde und Freundinnen kommen gucken.«
Mir kommt eine Idee: »Wie wär's, wenn ihr übermorgen Unterschriftenlisten für die Petition verteilt?«
»Schon längst passiert, Schalupp.«
Jewgeni drückt mir einen Packen DIN-A4-Blätter in die Hand. Ich zähle über einhundertfünfzig gesammelte Unterschriften. »Gut gemacht, Jungs! Die bringe ich direkt mal ins Chefbüro.«
Andi sagt: »Das sind nur die von dieser Woche. Der Vogel hat von uns letzte Woche schon eine ganze Ladung bekommen.«
Auf Gerd Vogels Schreibtisch stapeln sich mittlerweile fast eintausend Unterschriften für die Rettung des Schwimmbads.

Samstag, 4. Februar

»Pass auf, Rudi, Folgendes«, spricht mich Kameramann Flitsche zu Beginn des nächsten Drehtags an. »Ich hab ein Problem mit deinen Bademeisterklamotten.«
Ich frage: »Wieso? Die werden regelmäßig gewaschen.«
»Das genau ist das Problem, Rudi. Poloshirt und Hose sind zu weiß. Das Weiß brennt sich ins Bild ein, packt meine Kamera nicht. Kannste nicht ein farbiges Outfit tragen? Blaue Hose, rotes Shirt?«
Wolf nimmt die E-Zigarette aus dem Mund: »Hab 'ne bessere Idee. David-Hasselhoff-mäßig: rote Shorts, fleischfarbenes Oberteil!«

Sein Lachen verwandelt sich in einen heftigen Husten.
Ich klopfe ihm auf den Rücken: »Wolf, lass es drin!«
Michel massiert angestrengt seine Schläfen und entscheidet: »Die Bademeisterklamotten werden durch den Tee gezogen.«
Er ruft Frau Budnikowski: »Mascha, setz mal Schwarztee auf!«
›Durch den Tee ziehen‹ ist ein Requisitetrick, der vor allem bei Arztserien angewandt wird: Die weißen Kittel werden in eine Wanne mit Earl-Grey-Tee getaucht und danach gewaschen. So erhalten sie eine Graufärbung, die sich nicht ins Bild einbrennt, aber im Fernsehen weiß erscheint.
Nach zwei Stunden erscheine ich mit neuer Klamotte am Set. Mascha hatte keinen Earl Grey vorrätig. Deswegen hat sie eine Mischung aus Ceylon und Assam benutzt. Was zur Folge hat, dass sich zum Grau meines Kostüms noch ein dezenter Gelbton hinzugesellt. Das sieht echt verboten aus. Ich fühl mich gerade total durch den Kakao gezogen.

Montag, 6. Februar

Wieder ein Drehtag. Kaum komme ich an den Set, steht schon wieder mein Spezialfreund Flitzer-Fritze vor der Kamera. Er schwafelt was von wegen »Schwimmbad als Ort der erotischen Begegnung« und dem »zarten Reiz nasser Körper«.
Ich frage Michel, was dieser Knallkopf hier schon wieder zu suchen hat. Michel nimmt mich beiseite und hält einen seiner üblichen produktionskonzeptionellen Vorträge: »Rudi, ganz ruhig. Wir brauchen in der Serie eine gewisse schlüpfrige oder sogar leicht perverse Komponente. Das mögen die Zuschauer. Und Fritz ist dafür genau der Richtige. Das ist 'ne Type! Der Typ – in Kombination mit leichtbekleideten Vorstadt-Ischen – perfekt! Du weißt

doch: Sex sells! Nicht umsonst bedeutet Zuschauer auf Französisch ›Voyeur‹.«
Jetzt verfolgen zwei Spanner mit Kamera einen Spanner, damit sich die Zuschauer daheim als Spanner fühlen können.

Dinsetag, 7. Februar

Mit teegefärbten Klamotten stehe ich am Beckenrand und komme mir vor wie der letzte Penner. Die 10b glotzt mich an. »Beim Schlammcatchen gewesen, Schaluppke?«
Annerose fragt, ob sich in meine weiße Wäsche eine gelbe Socke verirrt habe. Ich erzähle ihr von der Färbeaktion für die Dreharbeiten und vom Malheur mit der falschen Teesorte. Sie schlägt mir vor, frische Sachen anzuziehen. Das würde ich ja gern, aber diese TV-Schlaumeier haben alle fünf Arbeitsgarnituren durch den Tee gezogen.
Frau Schneider-Kasper kommt in die Halle. Sie sieht mich und zischt im Vorbeigehen: »Sie sehen aus wie der letzte Penner.«
Ich rufe ihr hinterher: »Neue Dienstkleidung, Frau Schneider-Kasper. Aus kompostierbarem Jutestoff – ohne künstliche Aufheller! Ist doch in Ihrem Sinne, oder?«
Sie macht kehrt und greift sich das Etikett an meinem Kragen: »Nix da, Schaluppke, da steht, vierzig Prozent Polyester, sechzig Prozent Baumwolle – made in Bangladesch! Veräppeln kann ich mich selber, Schmutzfink!«
Ich sage: »Ich kann Ihnen das Shirt ja mit nach Hause geben. Und falls bei Ihnen mal wieder ein Bastelabend ansteht: für Kartoffeldruck reicht's!«

Mittwoch, 8. Februar

Michel legt mir für die morgigen Aufnahmen einen Text vor, bei dem er sich mal wieder selber übertroffen hat. Plot ist folgender: Die grenzdebilen Freundinnen Nicole (GD1) und Jessica (GD2) unterhalten sich am Schwimmbiss.

GD1: »Boah, der Rallöf nervt voll so! Der hat mir eben 'ne SMS geschrieben: ›Nici, isch liebe disch doch!‹«

GD2: »Ey nee, Nickolle, hör nisch auf den!«

GD1: »Wie soll isch denn hören, wenn der mir simst? Wenn der mir simst, der liebt misch, dann liebt der misch!«

GD2: »Isch sag's dir, Nici, der Typ liebt disch nisch, der verarscht disch!«

GD1: »Ey wieso, Jessica? Du kennst den Rallöf doch gar nisch!«

GD2: »Doch, isch kenn den! Der hat misch auch schon verarscht!«

GD1: »Waaas? Willst du misch verarschen, Jessica?«

GD2: »Nie im Leben! Isch schwöre! Mach Schluss mit dem Typ!«

GD1: »Aber wenn isch mit dem Schluss mache, dann bin isch voll die Bitch für den!«

GD2: »Nee, Nici, besser Bitch, als weiter von dem verarscht werden!«

GD1: »Und wenn der gleisch hierhinkommt und isch dem das sage?«

GD2: »Dann beschützt disch der Bademeister!«

Sie gehen zu Schaluppke.

GD2: »Herr Bademeister, meine Freundin, die Nici, die macht gerade mit ihrem Freund Schluss, weil der die voll verarscht. Was sollen wir machen, wenn der Typ gleisch hier ankommt und ausrastet?«

Schaluppke: »Dann schicke ich ihn in die Dusche.«

Ende der Szene.

Ironie an der Sache ist: Michel hat die Rolle der ›Jessica‹ (GD2) mit

unserer Frau Schmitz besetzt. Ich versuche ihm zu erklären, dass die Schmitz eine angeborene ›ch-sch‹-Schwäche hat.
Er bügelt mich ab mit den Worten: »Klappe halten, Rudi. Ist nicht deine Aufgabe!«
Damit soll er morgen selber klarkommen.

Donnerstag, 9. Februar

Wieder ein Drehtag. Die Aufnahmen mit Frau Schmitz werden nach zwei Stunden abgebrochen. Michel muss die Rolle umbesetzen.

Freitag, 10. Februar

Beim Wasserballtraining trage ich über meinem teegefärbten Poloshirt vorsorglich eine Trainingsjacke. Aber Kommentare der Jungs bleiben nicht aus. Hassan ist der Erste, dem meine gelbstichigen Shorts auffallen: »Ey Schalupp! Hahaha! Was is' passiert? Du Opfer!«
Auch ihnen muss ich lang und breit erklären, was mit meinen Klamotten passiert ist.
Unser Hüne Dimitri sagt, er habe noch ein frisches ›Duschen!‹-Shirt dabei. In XXL.
Als ich das Shirt wechsle, bemerkt Hassan meine starke Körperbehaarung. Und tönt: »Der Schalupp, der hat so behaarte Achseln, dass man denkt, der hat zwei Hippies im Schwitzkasten.«

Samstag, 11. Februar

Bärbel fragt, ob ich Lust habe, mit ihr abends ins Konzert zu gehen.
Ich sage: »Unter zwei Bedingungen: Kein Karneval und kein vorgetäuschtes Speed-Dating!«
»Weder noch, Paps. Im Stadtgarten gibt es ein Jazzkonzert.«
»Ist das wieder so was Elitäres, Bärbel?«
»Überhaupt nicht, dort spielen verschiedene Bands. Du kannst sogar deinen Cordanzug anziehen, dort laufen alle so rum.«
Gegen 20.00 Uhr treffen wir im Stadtgarten ein. Der Konzertsaal ist brechend voll. Auf der Bühne spielt ein Trio mit Sängerin.
Unter den Zuschauern entdecke ich Annerose Dinse-Holtmann nebst Gatten. Sie sieht mich und winkt uns rüber.
»Hallo, ihr beiden! Setzt euch! Darf ich vorstellen, das ist Henning. Henning, das sind Rudi Schaluppke und Tochter Barbara.«
Ich frage: »Wer ist Dinse und wer ist Holtmann?«
Bärbel tritt mir ans Schienbein.
Herr Dinse stellt sich mir als Holtmann vor. Er trägt eine dunkelgrüne Cordjacke, hat eine kleine runde Brille auf der Nase und trinkt Weißwein.
Bärbel sagt: »Wie findet ihr denn die Musik? Ist doch okay, oder?«
Holtmann setzt das Glas ab, schlägt ein Bein über und verschränkt die Arme: »Das ist völliger Käse, was die da spielen! Uninspirierte Fahrstuhlbeschallung! Das kann man so nicht machen!«
Er sagt das so laut, dass Annerose sich zu Wort meldet: »Henning, bitte! Es ist jedes Mal dasselbe. Jetzt lass nicht wieder den Kulturkritiker heraushängen!«
Ich erinnere mich an Albi. Der nennt so was ›Jazzpolizei‹. Um uns herum sitzen etwa zwanzig weißweintrinkende Cordjackenträger mit übergeschlagenen Beinen und verschränkten Armen. Ich fress 'nen Besen, wenn das nicht Lehrer sind!

Nach dem letzten Stück erntet die Band spärlichen Applaus. Eine fünfköpfige Formation mit Saxophonisten betritt die Bühne.
»So, Schaluppke, jetzt wird's interessant! Die kenne ich, die sind phantastisch!«
Holtmann gerät schon in Wallung, bevor überhaupt der erste Akkord ertönt. Bei dem, was ich dann zu hören bekomme, ist die Beschreibung ›schöngeistiges Rumgedudel‹ noch untertrieben. Es ist die reinste Katzenmusik.
Die Band jagt in einem Höllentempo durch wilde Akkordwechsel. Jedes Saxophonsolo dauert mindestens zehn Minuten und wird von den Weißweintrinkern mit frenetischem Applaus gefeiert. Holtmann spendet sogar Standing Ovations und ruft »Whouw!«, »Yeah!« oder »Come on!«
Ich frage ihn: »Sind Sie Englischlehrer, oder wat?«

Aber er hört mich gar nicht. Um uns herum sehe ich ein paar weibliche Jazzfans, die sich zu diesem Getröte ekstatisch bewegen. Kein schöner Anblick. Der Rest des Publikums hat längst den Raum verlassen.
»Sagen Sie selbst, Schaluppke«, schwärmt Holtmann, »das ist Musik, die sich vom Einheitsbrei gängigen Mainstreams abhebt!«
Ich antworte: »Ein großer mir bekannter Philosoph namens ›Albert von der Pommesgabel‹ hat mal gesagt: Rockmucker spielen drei Akkorde vor fünftausend Leuten, Jazzmucker spielen fünftausend Akkorde vor drei Leuten. Ihre Blasmusikkapelle hat gerade den Saal leer gespielt.«

Dinsetag, 14. Februar

Annerose spricht mich auf das vergangene Wochenende im Stadtgarten an: »Rudi, mein Mann kann dich nicht ausstehen!«
Ich sage: »Dann beruht es ja auf Gegenseitigkeit. Du kennst mich doch, Annerose. Wer sich zu wichtig nimmt, kriegt von mir Kontra. Hast du dich denn wenigstens gut mit Bärbel unterhalten?«
Sie sagt: »Ja, sogar sehr gut. Du hast wirklich ein ganz reizendes, nettes und schlaues Mädel. Bist du sicher, dass sie von dir ist?«

Abends in der Pommesgabel. Ich berichte Albi und Michel vom Jazzkonzert. Albi spricht wieder eine seiner Kneipenweisheiten aus: »Jazzer sind Spezialmucker: Die nudeln den janzen Abend dat ›Real Book‹ rauf und runter und verwalten die Tonart F-Moll.«
Ich frage, was das Real Book sei.
Michel erklärt: »Die Jazzbibel, ganz dicker Schinken. Da stehen alle bekannten Kompositionen drin. Ich sag's euch, in meiner Berliner Zeit hab ich jede Menge Musiker kennengelernt. Und wie Albi schon sagt: Jazzer sind eine Spezies für sich. Es gibt welche, die machen's nicht für Kohle, sondern für die Kunst. Die wollen unter sich bleiben und beklatschen sich gegenseitig. Anstatt abends auf der Bühne ab und zu mal einen Pop-Song zu bringen, spielen sie lieber Zeugs, was kein normaler Mensch kapiert – und fahren tagsüber Taxi.«
Es beginnt ein lebhaftes Tresengespräch über den Musikerberuf. Albi meint, es wäre in heutigen Zeiten ein sehr harter Beruf, weil kaum noch jemand CDs kauft.
Michel verfällt wieder in Zielgruppenanalyse: »Das einzige Genre, welches noch CD-Absätze verzeichnet, ist Schlager- und Volksmusik. Die Zielgruppe ist zu alt oder zu blöd, sich ihren Stoff aus dem Internet zu saugen.«

Mittwoch, 15. Februar

Nachmittags möchte ich Frau Budnikowski einen Besuch abstatten. Aber als ich um die Ecke biege, entdecke ich am Schwimmbiss Frau Schneider-Kasper und deren Sohn Malte-Anselm. Ich denke, jetzt bloß nicht die Tante, sonst krieg ich wieder schlechte Laune, und mache kehrt. Aber Mascha hat mich bereits gesehen und ruft: »Ruuuddi, Kaffeepause! Komm doch mal!«

Sie erzählt mir freudestrahlend, dass sie wieder einmal bei einem Kreuzworträtsel gewonnen hat. Im Express konnte man unter dem Motto ›Kamelle und Strüssjer!‹ Tribünenkarten für den Rosenmontagsumzug gewinnen.

»Schaluppczyk, guck mal: zwei Freikarten bei Rousenmountag auf Tribiene! No, da gehen wir beide doch hin! Da gib's Kamele! Und du kannst mir ein Sträußelchen schenken und musst das vorher gar nich' kaufen!«

Frau Schneider-Kasper meldet sich zu Wort: »Ich würde davon dringend abraten! Wir hatten im letzten Jahr Tribünenkarten in der ersten und zweiten Reihe. Das Blut floss dort – wegen tieffliegender Pralinenschachteln und Schokoladentafeln – in Strömen: Malte-Anselm hatte direkt nach dem zweiten Wagen eine üble Augenverletzung und ist wochenlang mit einem Veilchen herumgelaufen!«

Ich sage: »Frau Schneider-Kasper, vielleicht hätten Sie Ihrem Sohnemann vorher sagen sollen, dass man Pralinenschachteln mit den Händen fängt, und nicht mit den Augen.«

Donnerstag, 16. Februar

Weiberfastnacht – auf Kölsch: Wieverfasteloovend. Spätestens an diesem Tag befindet sich die Domstadt im Ausnahmezustand: überfüllte Kneipen, in denen Menschen auf Tischen tanzen, gemeinsam schunkeln und rheinisches Liedgut trällern: »Da simmer dabei«, »Wenn dat Trömmelsche jeht« und »Mir losse dä Dom in Kölle«.
Um 11.11 Uhr legt der Kölner die Arbeit nieder. Bis Dienstag ist auch unsere Badeanstalt geschlossen. Das heißt, nicht ganz. Michel nutzt die heutige Ruhe, um mit mir Einzelaufnahmen zu machen. Ich soll die Top Ten der dümmsten Fragen von Badegästen aufzählen, und wie man diese abbügelt. Nach etwa zwei Stunden ist die Sache im Kasten, und Flitsche schlägt vor, sich zur Feier des Tages ins Karnevalsgetümmel zu stürzen. Wolf hustet: »Im ›Weißen Holunder‹ geht's ab! Da kann man sogar rauchen!«
Ich winke ab.
»Nix da, du Spaßbremse!«, meint Michel. »Du kommst mit, Rudi. Mitjehangen – mitjefangen!«
Er kramt aus dem Fundusschrank meines Kabuffs vier Bademäntel und Blümchen-Badekappen. »So, Kostümierung haben wir auch! Anziehen, Männers! Flitsche, ruf uns ein Taxi!«
Die Schlange vor dem Weißen Holunder ist fünfzig Meter lang. Zwei Stunden Wartezeit. Hinter uns steht eine Gruppe Karnevalprofis mit einem Bollerwagen voller Bierflaschen.
»Hörens, trinkt ihr ene mit?«
Und alle singen: »... Stell disch nit esu ahn!«
Es wird ein ausgelassener Abend im Weißen Holunder. Und nachdem ich Karnevalsmuffel mich darauf einlasse, wird's ein sehr lustiger Abend.
Irgendwann fahre ich per Taxi nach Hause. Zusammen mit einer langhaarigen Blondine im Bunny-Kostüm, die sich wenig später als kurzhaarige Brünette in Angoraunterwäsche herausstellt.

Samstag, 18. Februar

Morgen ist mein neunundvierzigster Geburtstag. Für alle Astrologiefetischisten wie Frau Budnikowski: Ich bin Sternzeichen Wassermann. Geboren am 19. Februar, nachts um 23.55 Uhr. Fünf Minuten später, und ich wäre Sternzeichen Fische geworden. Und für alle, die es genau wissen wollen: Es war keine Wassergeburt.

Die Geburtstagsparty letztes Jahr war peinlich. Ich hatte bei mir zu Hause reingefeiert. Und als Bademeister mit Sternzeichen Wassermann kurz vor Fische ist man vermutlich dazu verdonnert, witzige Geschenke zu bekommen. Ich bekam eine Poolnudel (auf der mit Edding geschrieben stand: ›Schaluppke hat den Längsten‹), ein Jahresabo für Duschgel bei Schlecker, Pitralon-Aftershave (welches ich tags darauf direkt als Saunaaufguss missbraucht habe), für meine Diensthose ein Freischwimmerabzeichen und für darunter einen Stringtanga.

Malgorzata hat mir etwa eine halbe Stunde lang die Vor- und Nachteile von Wassermännern aufgezählt. Als sie auch noch über Sternzeichen Fische reden wollte, bin ich zur Tanke geflüchtet und habe neue Getränke besorgt.

Gegen 2.00 Uhr nachts kam jemand auf die Idee, Flaschendrehen zu machen, Wahrheit oder Pflicht. Ich glaube, die Flasche war manipuliert – sie hat nämlich ständig in meine Richtung gezeigt. So kam ich in die Pflicht, Malgorzata zu küssen, und unter großem Gejohle aller Beteiligten den Stringtanga anzuziehen. Daraufhin meinte Bärbels Freund, ich solle es mal mit Ganzkörper-Waxing probieren. Es gab Gesprächsstoff für eine Woche, ich möchte das nicht mehr.

Sonntag, 19. Februar

Heute hab ich mir prophylaktisch freigenommen, damit auch ja keiner auf die Idee kommt, mir wieder irgendetwas Witziges zu schenken. Gerd Vogel ruft an und gratuliert mir zum Geburtstag. Auf die Frage, wie ich denn gedenke, den Abend zu verbringen, antworte ich: »In meiner Stammkneipe, Billard spielen. Und zwar: inkognito. Behalte es bitte für dich!«

Als ich gegen halb neun das Lokal betrete, steht die komplette Schwimmbadbelegschaft am Tresen. Überraschungsparty – mit zwanzig Leuten plus Anhang. Und sie schenken mir wieder tolle Sachen: eine neue Trillerpfeife, ein Jahresabo für Shampoo bei Schlecker sowie einen Gutschein für eine Ganzkörperenthaarung bei ›Wax in the City‹. Mein Chef hält eine peinliche Rede, die eine gefühlte halbe Stunde dauert. Dabei ist sie nur zehn Minuten lang. Um Punkt 23.55 Uhr werde ich an einen Stuhl gefesselt und man verbindet mir die Augen. Es ertönt die Musik ›Je t'aime‹ von Serge Gainsbourg, und als die Augenbinde entfernt wird, liegt vor mir auf dem Tisch eine Stripperin im Meerjungfrauenkostüm. Sie pellt sich aus ihrer Fischhaut, dann setzt sie sich auf meinen Schoß und hält mir – unter lautem Gejohle der Anwesenden – die Hupen ins Gesicht. Gesprächsstoff für einen Monat.

Die Party endet gegen halb vier mit einer weiteren Topattraktion: Ich darf den Deckel bezahlen.

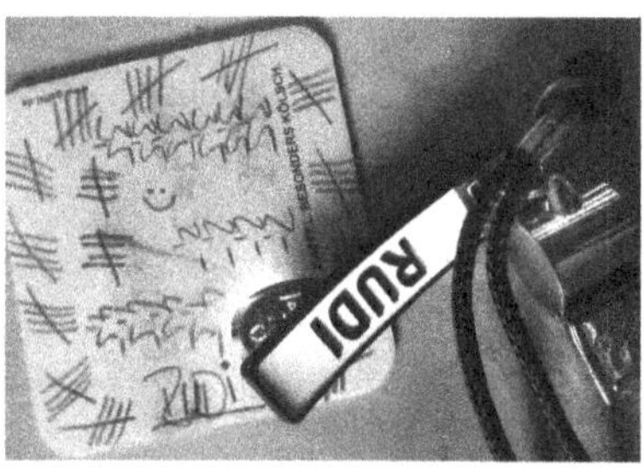

Rosenmontag, 20. Februar

»Wie, Rudi, do bess de ja ald widder! Häste ding Bett nimmih gefonge?«, flachst Albi, als ich mit einer Stange Bargeld in die Pommesgabel marschiere. Ich zahle die Zeche von gestern Abend und erkläre müde: »'tschuldige wegen heute Nacht. Wie spät war das? Halb vier? Ich hatte das nicht geplant.«

»Ach, Jeck«, winkt er grinsend ab.

Er hat gestern den Umsatz seines Lebens gemacht.

»Mach mir mal 'ne Cola, Albi«, sag ich, »ich muss mich heute ein bisschen erholen. Der ganze Karnevalsrummel da draußen kann mir gestohlen bleiben.«

»Jenau, deshalb es de Pommesjabel och fastelovendsfreie Zone.«

Mit diesen Worten legt Albi einen Best-of-Sampler Sechziger-und-Siebziger-Jahre-Musik auf. Ich schwenke um auf Kölsch-Cola. Einige Kostümierte stürmen in die Kneipe. Es läuft von Smokie ›Livin next door to Alice‹ und wir rufen: »Who the f**k is Alice?«

Ich schwenke um auf Kölsch. Wenig später ertappe ich mich dabei, wie ich auf der Bühne Karaoke singe: »Yes Sir, I can boogie« – Arm in Arm mit einem weiblichen Lappenclown.

Aschermittwoch, 22. Februar

Der Nubbel ist verbrannt, und in der Domstadt kehrt wieder Normalität ein. Nicht so in unserer Badeanstalt. Die Dreharbeiten der ersten Staffel ›Schaluppkes Revier‹ stehen kurz vor Abschluss und es wird unter Hochdruck aufgezeichnet.

Die erste der geplanten sechs Folgen ist fertiggeschnitten. Sie wird nächsten Mittwoch um 22.30 Uhr ausgestrahlt und nachts wiederholt. Malgorzata legt mir sämtliche Fernsehzeitschriften mit der Ankündigung vor. In einer ist sogar mein Foto zu sehen. Und nicht nur das: Beim Sender laufen Werbetrailer, in denen ich »Zehner bleibt zu!« brülle.

Donnerstag, 23. Februar

Wieder ein Drehtag. Michel hatte ein Einsehen mit Frau Schmitz. Nach dem Sprachfehler-Debakel vom letzten Mal darf sie wieder vor die Kamera: mit einer neuen Rolle und neuem Text. Es kommt so gut wie kein Wort mit ›ch‹ oder ›sch‹ darin vor.

Michel brieft mich: »Okay, Rudi, folgender Plot: Die junge Natascha nimmt bei Schaluppke Privat-Schwimmunterricht. Sie flirtet ihn dabei heftig an. Nataschas Macker erscheint in der Halle und macht ihr eine Eifersuchtsszene. Schaluppke schickt ihn daraufhin in die Dusche. Noch Fragen?«

Ich sag: »Ja. Soll ich ihn in die linke oder in die rechte Dusche schicken?«

Frau Schmitz erscheint am Set, und ich erkenne sie zuerst nicht wieder. Im Bikini, mit offenen Haaren und ohne Brille gibt sie eine wirklich atemberaubende Badeschönheit ab. Mir bleibt vor Staunen die Spucke weg.

»Hallo, Herr Chaluppke, chön Chie chu chehen!«

Michel sagt: »So Leute, alles auf Anfang! In einer Stunde sind wir hier durch! Kamera läuft – und bitte!«

Aus der geplanten Stunde werden zwei. Frau Schmitz kriegt nämlich ihren letzten Satz nicht hin: »Herr Chaluppke, chpringen wir zwei jetzt noch vom Zehner?«

Das Drehteam wird erlöst, als ich vorschlage, diesen Satz einfach wegzulassen.

Samstag, 25. Februar

Heute habe ich eine Einladung zum Abendessen mit dem Marketingleiter des Senders im Maritim-Hotel. Bärbel meint, es wär cool, wenn ich zu diesem Termin endlich mal mit einem gescheiten Anzug erscheine.
»Paps, du weißt ja: Kleider machen Leute. Wir gehen jetzt shoppen.«
Mit schickem Zwirn und der Eazy-Eyes-Brille auf der Nase erscheine ich im Maritim.
Der Marketingleiter kommt direkt zur Sache: »Zum Serienstart ist es vonnöten, das Produkt ›Schaluppke‹ der Öffentlichkeit zu präsentieren. Das heißt: Pressetermine, Zeitungs- und Radiointerviews. Für Ihre Fans brauchen wir Autogrammkarten, Webseite, Facebookseite, YouTube-Account. Promotion bedeutet auch: Merchandising. Wie wäre es, wenn wir eine ›Schaluppke‹-Kinderbademodenkollektion auf den Markt bringen? Dann natürlich: Verkauf von ›Duschen!‹-T-Shirts. Oder noch besser: Badetücher, auf denen ›Schaluppke‹ und ›Geh duschen!‹ draufsteht. Die Menschen nehmen nämlich gerne etwas von ihrem Star mit nach Hause.«
Ich frage: »Warum? Mich kennt doch keiner.«
Er entgegnet: »Noch nicht, aber bald. Das geht so schnell, so schnell können Sie gar nicht bis drei zählen.«

Montag, 27. Februar

Aufnahmen im Bademeisterkabuff. Michels Briefing lautet folgendermaßen: »Rudi, wir drehen mehrere Takes, bei denen du direkt in die Kamera sprichst. Wir schaffen damit eine kumpelhafte Nähe zwischen dir und dem Zuschauer. Mach's erst mal impro-mäßig ohne genaue Textvorgabe, plaudere einfach aus dem Nähkästchen. Erster Take: Erzähl den Leuten mal, was dich als Boss im Schwimmbad ausmacht. Alles auf Anfang, Kamera läuft – und bitte!«

Ich lege los:

»Sportsfreunde, man ist als Bademeister praktisch ein Abbild der Demokratie. Da gibt's Gewaltenteilung in drei ›-tiven‹: Legislative, Judikative und Exekutive. Und am Beckenrand bin ich alle drei zusammen: die Kollektive. Soll heißen: Erstens – Gesetzgebung, ich mache die Baderegeln. Zweitens – Rechtsprechung: Ich entscheide, ob einer duschen geht oder nicht.

Und drittens – ausführende Gewalt: Wenn ich entscheide, er geht duschen, dann befördere ich ihn persönlich dorthin.«

»Aus! Kamera aus.« Michel unterbricht mich. »Rudi, du machst das super. Aber lass das mit der Gewaltenteilung weg! Das ist zu politisch und zu intellektuell, checken die Leute nicht. Bei so was schalten die ab. Aber das ›Sportsfreunde‹ ist super, das kannste drinlassen. Okay, noch mal – und komm auf den Punkt. Kamera läuft – und bitte!«

»Sportsfreunde, hier is' mein Revier. Ich bin der Boss, und wer was dagegen hat, fliegt raus.«

Michel klatscht in die Hände: »Jawoll! Genau so, ist gekauft.«

Wolf hustet: »Hmm ... Hmm ... Also, den Spruch mit der Kollektive fand ich gar nicht so schlecht.«

Michel bügelt ihn ab: »Wolf, hat dich jemand gefragt?«

Mittwoch, 29. Februar

Heute Abend um 22.30 Uhr wird die erste Folge von ›Schaluppkes Revier‹ im TV ausgestrahlt. Tagsüber sprechen mich viele Leute im Schwimmbad an und wollen wissen, ob ich denn schon aufgeregt

sei und wo ich es denn gucke. Hier die kurzgefassten Kommentare meiner Badegäste zur anstehenden Premiere:
Abdoul, Levent und Murat: »Schalupp-Ke! Hallebaddkapp!«
Oma Krause: »Ich werde zur Feier des Abends meine schönste Blümchenkappe aufsetzen.«
Opa Heinrich: »Schaluppke. Wenn ich ein einziges Mal ›alter Sack‹ oder ›renitenter Rentner‹ höre, werden Sie verklagt!«
Frau Schneider-Kasper: »Ich werde mir das aus Protest nicht ansehen! Schlimm genug, dass Sie Ihre unverschämten Sprüche jetzt auch noch in aller Öffentlichkeit ausposaunen dürfen!«

Spätabends sitze ich in Bärbels Dachwohnung. Sie verspricht, mir das Händchen zu halten. Als die Sendung beginnt und ich mich zum ersten Mal »Geh duschen!« sagen höre, befällt mich ein ganz seltsames Gefühl. Ich halte es kaum aus, mich selber im TV zu sehen. Ich sage: »Bärbel, ich kann's mir nicht angucken. Erzähl mir hinterher, wie es war.«
Dann begebe ich mich in meine Bude und stelle mich unter die kalte Dusche. Vielleicht wache ich dadurch auf und befinde mich wieder in der Realität.

MÄRZ

Donnerstag, 1. März

Gerd Vogel stürmt in mein Kabuff. Er ist völlig aus dem Häuschen: »Erfolg, Rudi! Bombenerfolg, der Sender ist hochzufrieden. Wir haben einen Marktanteil im zweistelligen Bereich!«
Hier die kurzgefassten Kommentare meiner Badegäste nach der Premiere:
Abdoul, Levent und Murat: »Ey geil, Alter! Hallebaddkapp!«
Oma Krause: »Durch die Blümchenkappe habe ich zwar nichts gehört, aber der Tiger-Tanga stand mir hervorragend!«
Opa Heinrich: »So Schaluppke, jetzt werden Sie verklagt!«
Frau Schneider-Kasper: »Ich habe mir das aus Protest nicht angesehen! ... Am unverschämtesten fand ich übrigens Ihren Satz: ›Waldorf-Muttis mit Doppelnamen gehen mir auf die Nüsse!‹«

Freitag, 2. März

Heute morgen im Supermarkt ist etwas Seltsames passiert. Ich war spät dran auf dem Weg zum Dienst, hatte auch nur drei Teile in der Hand, da sagt die Frau in der Schlange vor mir: »Ach, Sie kenn ich doch! Kommense ruhig vor, Sie ham's doch bestimmt eilig und müssen wieder zum Fernsehen!«
Ich war so verblüfft, dass ich ihr Angebot tatsächlich angenommen habe und bloß sagen konnte: »Danke, sehr freundlich.«
Auch in der Pommesgabel hat sich etwas verändert. Dort gibt es Stammgäste, die einen seit Jahren nicht mit dem Arsch angucken. Eingebildete Fatzkes, mit denen man nie ein Wort wechselt. Einer dieser Typen haut mir auf die Schulter: »Hey Bademeister! Na, alles fit? Geh duschen! Albi, kredenz dem Schaluppke mal ein Bier, geht auf meinen Deckel!«
Ich lehne dankend ab.
Da tönt er: »Kaum beim Fernsehen, schon kennt er einen nicht mehr!«

Samstag, 3. März

Eine fünfköpfige Delegation steht mit dreitausendfünfhundert Unterschriften zur Rettung unseres Schwimmbads vor dem Rathaus: Gerd Vogel, Annerose Dinse-Holtmann, Oberstudienrat Groebner – Rektor der Gesamtschule, Frau Ergün, eine uns wohlgesinnte Ratsabgeordnete, und ich. Daneben sind Pressevertreter, Radioreporter, Fotografen und Kameraleute anwesend. Hier bin ich schon mal gestanden: zu meiner Hochzeit. Der heutige Rathaustermin steht unter anderen Vorzeichen. Unter Blitzlichtgewitter überbringen wir dem Bürgermeister die Petition. Er erklärt vor laufenden

Kameras, dass er sich um unser Anliegen kümmern werde. Hinterher gibt Oberstudienrat Groebner ein Radiointerview: »Wir möchten, dass der Standort erhalten bleibt. Bei einer Schließung des Südbads müssten wir den Schwimmunterricht in ein fünf Kilometer entferntes Bad verlegen, was logistische Probleme und eine erhöhte Unfallgefahr für unsere Schüler bedeuten würde.«
Frau Ergün fügt an: »Das Südbad ist seit langem schon eine Begegnungsstätte verschiedener Kulturen.«
Annerose erklärt einem Zeitungsvertreter: »Man darf in einem strukturschwachen Stadtteil wie Zollstock nicht auf ein etabliertes Freizeit- und Bildungsangebot verzichten.«
Als er weiter nachfragt, melde ich mich zu Wort: »Ich sag's mal in Lehrersprache: Bei uns ist der soziale Punkt am Brennen.«
Annerose tritt mir gegen das Schienbein. »Dieser Mann ist übrigens ein verkappter Sonderpädagoge.«

Sonntag, 4. März

Rückspiel SG Pubertiere gegen Angstgegner Chlorweiher Chorweiler. Beim Hinspiel hatten wir eine deftige Niederlage einstecken müssen. Inzwischen habe ich die Betreuung der Mannschaft an Yannick übertragen. Aber bei diesem Prestige-Derby werde ich die Jungs natürlich unterstützen. Kurz vor Anpfiff kommt Chlorweihers Trainer wieder säbelrasselnd an unsere Bank: »So Schaluppke, du kannst die Knochen deiner Jungs schon mal durchnumerieren. Gleich gibt's Nackenfutter!«
Yannick sagt zur Mannschaft: »Cool bleiben! Hunde, die bellen, beißen nicht.«
Der Trainer zeigt auf Yannick: »Wat is' dat denn für einer? Hömma Junge, dein Arsch hat gleich Kirmes!«

Murat springt auf: »Ey du Spackomat, deine Mutter arbeitet bei uns im Schwimmbad als Hüpfburg!«
Ich halte ihn zurück und sage: »Murat, lass stecken. Der will nur 'ne Rote Karte provozieren.«
Bevor Chlorweihers Trainer abzieht, sagt er noch: »Schaluppke, du kannst für deine Heulsusen schon mal 'ne Packung Tempos bereithalten!«
Yannick macht eine Ansage: »Okay, Jungs, zeigt, was ihr draufhabt. Dimitri, du spielst heute von Anfang an. Gewinnerklöten für das Südbad!«
Die Jungs rücken zusammen und brüllen den Schlachtruf »Hallebaddkapp!«
Es wird ein hartes Match. Und meine Helden gewinnen mit einem Treffer Vorsprung. Nach dem Abpfiff gehe ich zur Gegnerbank und drücke Chlorweihers Trainer eine Packung Tempos in die Hand: »So, Sportsfreund. Wenn die nicht reichen – ich hab in meinem Kabuff noch 'ne Vorratspackung.«

Montag, 5. März

Wieder ein Drehtag. Szene mit Abdoul, Levent und Murat unterm Acapulco-Tower. Michel brieft uns: »So Männers! Heute könnt ihr eure angesagtesten Splashdiving-Skills zeigen! Ihr filmt euch gegenseitig mit einer Handykamera ab, die Bilder schneiden wir hinterher hinein. Schalupp kommt dazu, und ihr überredet ihn mitzumachen.«
Ich frage, ob er denn ein Arschbomben-Double für mich habe.
»Natürlich nicht, Rudi. Du springst persönlich! Schmeiß dich in die Bermudashorts.« Er schaut auf die Uhr. »Und zwar heute noch, wenn's geht – wir hängen in der Zeit!«

Kurze Zeit später mache ich meine erste Arschbombe vom Zehner. Flitsche sagt: »Sorry, Rudi, müssen wir noch mal drehen, Akku war alle.«
Der zweite Sprung knallt richtig, mit einer stattlichen Fontäne. Danach tut mir ein wenig der Rücken weh, aber die Arschbombe war's wert!

Dinsetag, 6. März

Ich wache mit heftigen Kreuzschmerzen auf.
Als ich mich aufs Fahrrad schwingen möchte, schaffe ich es nicht, das Bein über den Sattel zu heben. Der Gang um den Pool erfolgt mit halber Geschwindigkeit, und im Kabuff sitzen geht überhaupt nicht. Als Annerose mich sieht, meint sie, ich habe eine völlig verschobene Körperhaltung, und Malgorzata sagt: »Co to kurwa jest? Du gehst wie eine Ente!«
Michel sagt: »Uh, dat sieht nich' gut aus, Rudi. Flitsche, Wolf – wir blasen die Dreharbeiten heute ab. Isses schlimm?«
Ich sage: »Eben auf Toilette musste ich in die Knie gehen, um den Klodeckel zu heben.«
Er holt das Handy aus der Tasche und ruft einen befreundeten Arzt an. »Rudi, der Mann ist Orthopäde, kannst gleich hinfahren. Ist mit Beziehungen quasi wie privat versichert. Du kommst direkt dran.«
Der Orthopäde diagnostiziert akuten Lumbago und sagt: »Ein satter Hexenschuss, nichts Dramatisches, aber ich zieh Sie ein paar Tage aus dem Verkehr. Ich verschreibe Ihnen Schmerztabletten und ABC-Pflaster. Zu Hause Rücken warm halten, heiße Badewanne und Beine hochlegen. Wenn's in zwei Tagen nicht besser wird, kommen Sie noch mal vorbei, dann jage ich Ihnen eine Ladung Spritzen rein.«

Die Sprechstunde hat gerade mal fünf Minuten gedauert. So viel Zeit hat sich noch kein Orthopäde für mich genommen.

Donnerstag, 8. März

Habe zwei Tage zu Hause zwischen Bett und Badewanne verbracht. Heute Morgen musste ich noch mal zum Orthopäden. Er hat mir eine Ladung Cortison verpasst.
Bärbel berichtet mir, die zweite Folge ›Schaluppkes Revier‹ mit Flitzer-Fritze und Pamela wäre saupeinlich gewesen. Aber sie hatte noch mehr Zuschauer als die erste Folge.
»Paps, du müsstest mal sehen, was im Schwimmbad los ist. Ihr habt deutlich mehr Betrieb. Gerd Vogel schickt mich, ich soll dir das hier geben.«
Sie legt mir einen Stoß Autogrammwünsche auf den Tisch.
»Unterschreiben bitte, mit Widmung.«

Freitag, 9. März

Wieder etwas gelernt: im TV-Geschäft krank sein – zählt nicht. Heute sind Aufnahmen in der Sauna geplant, ich muss wohl oder übel am Set erscheinen. So dope ich mich mit Schmerztabletten und fahre ins Schwimmbad. Am Set treffe ich Michels Team und einen Musiker im Flamencokostüm. »So Leute, wir drehen heute ›Erlebnisaufguss in der Damensauna‹. Da drin wird gleich eine Gruppe johlender Kegelklubdamen bespaßt. Rudi, du betrittst die Sauna mit einem roten Handtuch bewaffnet, machst folgende Ansage: ›Mädels, Latin-Lover-Aufguss, und wirfst eine Kelle Patschuli auf den

Ofen. Der Mucker schlägt auf der Gitarre ein paar Akkorde an, du bewegst dich dazu wie ein Torero. Die Mädels rufen ›Olé!‹ Dann lässt du das Handtuch zu ›Bamboleo‹ von den Gipsy Kings Chippendales-mäßig über dir kreisen. Die Mädels rufen dazu ›Arriba!‹ Ich will bei der Sache Ibiza-Feeling!«

Der Musiker fragt: »Muss ich unbedingt mit den Klamotten da rein? Ist doch viel zu warm. Und meine Gitarre ist danach hinüber!«

Michel drückt ihm einen Fünfzigeuroschein in die Hand und sagt: »Bist du Mucker oder nicht? Also, und jetzt hau in die Saiten, das wird 'ne heiße Nummer!«

Wir müssen immer wieder neu ansetzen, weil die Gitarre sich ständig verstimmt. Und den Damen wird im wahrsten Sinne des Wortes heiß: Nach zehn Minuten muss ich die erste hinausbefördern, weil sie mir sonst kollabieren würde. Nach zwanzig Minuten ist der Kamera-Akku hinüber und wir müssen die Aufnahmen abbrechen.

Fazit nach diesem Dreh: eine kaputte spanische Konzertgitarre, japsende weibliche Statisten, und hätte ich diese Rückenschmerzen nicht, ich würde Michel kräftig in den Arsch treten.

Montag, 12. März

Ich hätte nicht gedacht, dass ein Hexenschuss mich so lange außer Gefecht setzen kann. Übers Wochenende wurde es nicht besser. Heute Morgen habe ich einen Termin bei einem Chiropraktiker.

Er meint, ich habe neben der schmerzhaften Muskelverspannung eine Blockade im Iliosakralgelenk.

»Herr Schaluppke, ich werd jetzt gleich an Ihren Gelenken manipulieren, es wird ein wenig knacken, aber danach sind Sie wieder wie neu.«

Au Backe, das weckt in mir schmerzhafte Erinnerungen an ein

orientalisches Dampfbad in Antalya. In diesem Hamam verpasste mir ein Tellak – ein türkischer Bademeister – eine Press-Druck-Massage. Er war ein massiger ganzkörperbehaarter Hüne mit einem riesigen Schnäuzer. Schon sein kräftiger Händedruck zur Begrüßung bereitete mir Sorgen. Nach einer Handtuchabreibung musste ich mich auf einen heißen Marmorstein legen. Er verteilte Seifenschaum über meinen Körper und legte mit einer Kombi aus Massage und Knochenknacken los. Zwischendurch patschte er mit seinen riesigen Pranken auf meinen Muskeln rum. Ich kam mir vor wie ein Stück Kotelett unterm Fleischhammer. Diese Folter dauerte gefühlte dreißig Minuten, dabei waren es nur zehn.
Er sagte: »Schalupp! Du bist wie anatolisches Klageweib!«

Ich lege mich auf die Behandlungsbank. Der Chiropraktiker sagt: »Herr Schaluppke, jetzt entspannen Sie sich mal!«
Nach fünfzehn Minuten, die sich anfühlen wie fünfundvierzig, hat er mich wieder gerade gebogen. Er ermahnt mich, etwas für meinen Rücken zu tun: »Sie sollten regelmäßig schwimmen gehen. Haben Sie ein Schwimmbad bei sich in der Nähe?«

Dienstag, 13. März

Wieder ein Drehtag. Nun steht auch Gerd Vogel vor der Kamera. Nicht in irgendeiner Rolle, er darf sich selber spielen. Aber er beschwert sich während der Aufnahmen ständig bei Michel: »Ich frage mal nach, nur zum rein inhaltlichen Verständnis: Muss das denn sein, dass Rudi mich vor der Kamera blamiert, indem er sagt ›Gerd, geh duschen!‹? Und in der nächsten Szene bezeichnet Rudi mich als ›Sesselpupser‹. Ich möchte, dass diese Textpassage geändert wird!«

Michel sagt: »Okay, wird geändert in Sesselfurzer.«
Gerd Vogel verlässt den Set. Michel massiert seine Schläfen, schickt Flitsche und Wolf in Raucherpause und sagt zu mir: »In fünf Minuten Briefing im Chefbüro!«
Dort werde ich mal wieder Zeuge von Michels unverwechselbaren rhetorischen Laberqualitäten: »Gerd, du machst das super! Die Serie braucht so einen wie dich! Eine Figur, die Schaluppkes Gegenpart darstellt. In dieser Rolle bist du für mich perfekt. Du bist Rudis Zuspieler, und damit fast noch wichtiger als er! Es ist wie im Fußball: Du bringst die Flanke – und Schaluppke macht ihn rein.«
Kurze Zeit später steht Vogel hochmotiviert vor der Kamera.

Mittwoch, 14. März

Ausstrahlung der dritten Folge von ›Schaluppkes Revier‹. Ich flüchte in die Pommesgabel, um mir das nicht anschauen zu müssen. Aber Albi dreht um halb elf die Musik ab und schaltet den Fernseher an.
Ich sage: »Albi, bitte tu's nicht, das will doch hier keiner sehen.«
»Aber sischer dat! Die sinn all he, um dä Rudi zo sinn! Do blievs he, Schalupp!«
In der heutigen Folge sieht man die beiden grenzdebilen Mädels. Des Weiteren verpasse ich meinen türkischen Jungs Hallebaddkapp und zähle in meinem Kabuff die dümmsten Fragen an Bademeister auf. Dazwischen sieht man Bilder von den Überwachungskameras, die mit Lachern aus der Konserve unterlegt sind. Die Kneipengäste lachen schallend, einer klopft mir auf die Schulter. Danach rufen sie »Schalupp-Kke! Hallebaddkapp!«, und ich muss eine Kneipenrunde ausgeben.

Donnerstag, 15. März

An der Straßenbahnhaltestelle stehe ich neben einem Rudel pubertierender Mädels. Sie tuscheln und schauen ständig in meine Richtung. Eine von ihnen baut sich vor mir auf und spricht mich an: »Entschuldigung, darf isch Sie was fragen? Sind Sie der Typ vom Fernsehen? Dieser Bademeister? Meine Freundin Annika schwört, die kennt Sie!«

Ich bejahe.

Sie kreischt zu den Mädels: »Anniiiiikaaaaa! Der isses!«

Und zu mir sagt sie dann: »Annika findet Sie voll doof und voll hässlich!«

Ich gehe zu den Mädels und frage: »Wer von euch ist Annika?«

Eine von ihnen versucht sich vor mir zu verstecken. Ich sage: »Guck nicht so viel Dokusoaps, das macht hohl in der Birne.«

Ich glaub, jetzt bin ich berühmt.

Freitag, 16. März

Drehtag mit Gerd Vogel. Die Aufnahmen verlaufen zäh, weil Vogel ständig Texthänger hat oder Dinge sagt, die nicht im Skript stehen. Er macht sogar den Vorschlag, die Szene komplett umzuschreiben, was Michel natürlich völlig auf den Senkel geht.
Als die Aufnahmen endlich im Kasten sind, meint er zu mir: »Vogel ist die größte Pfeife, die jemals vor einer Kamera stand. Und das will was heißen, Rudi.«

Sonntag, 18. März

Letzter Spieltag der Kreisliga Köln. Die Mannschaft von ›Rhenania‹ steht bereits als Meister fest. Mein Dreckiges Dutzend verliert heute knapp gegen den Auswärtsgegner. Aber die Jungs sind zufrieden, weil sie zum Saisonende einen soliden Platz im Mittelfeld geschafft haben. Das konnte man in der Hinrunde nicht erwarten. In Feierlaune ist trotzdem niemand. Denn keiner weiß, ob es diese Mannschaft nächste Saison noch geben wird.

Montag, 19. März

Ich erscheine zur Nachmittagsschicht im Schwimmbad.
Yannick empfängt mich in der Eingangshalle: »Ganz schön was los hier, Herr Schaluppke! Das Schwimmbad ist voll. Da sind einige Leute, die schon nach Ihnen gefragt haben. Unter anderem eine Horde Spaßgranaten, die die ganze Zeit ›Ruudiii Schalupp-Ke!‹ brüllen. Als Notnagel sie zur Ruhe bringen wollte, sagte einer: ›Wat

will's du denn, du Spacken? Wir wollen den Meister seh'n!‹. Wusste gar nicht, dass Sie Vollasis als Fans haben.«

Ich eile in die Schwimmhalle. Am Schwimmbiss sitzt ein Dutzend junger Typen in ›Duschen!‹-Shirts.

Einer sieht mich und ruft: »Da isser! Der Meister! Duschen!«

Ich sage: »Leute, macht hier mal nicht so die Welle. Was soll ich tun, damit ihr den Laden nicht auseinandernehmt?«

Einer sagt: »Erst mal Foto mit uns zusammen, dann Autogramme! Und zwar direkt aufs Shirt! Dat is' unser Mannschaftstrikot für den anstehenden Ballermann-Urlaub!«

Dienstag, 20. März

Bei Albi am Tresen mache ich meinem Unmut Luft: »Diese ganze Fernsehgeschichte schlägt mir auf den Magen, Albi. Die Leute spielen verrückt, ich erkenne mein Schwimmbad gar nicht mehr wieder.«

»Rudi, wat huh jeht, dat kütt och widder erav«, kontert der Wirt.

Mein irritierter Blick lässt ihn diesen Satz umformulieren: »Hysterie kann nicht ewig dauern, dat wird schon widder.«

Albi hätte auch Professor für Philosophie werden können, wer weiß, vielleicht ist er ja einer.

Kurz nach elf spaziert Michel zur Tür herein.

Er ordert gleich zwei Kölsch, die er nahtlos hintereinander wegkippt. »So Männers, der Schnitt für heute ist geschafft. Gibt wieder 'ne Knaller-Sendung. Und demnächst, Rudi, pimpen wir ›Schaluppkes Revier‹ mit Promis auf. Ich habe vor, die Katzenberger in das Format einzubauen!«

Ich verdrehe die Augen. »Darf ich schon mal den Plot erraten? Sie wird die Chefsekretärin von Gerd Vogel.«

»Nee, Rudi, wenn, dann wird sie deine Bademeisterassistentin. Der Vogel wird übrigens aus der Serie gekickt.«
Ich frage erstaunt: »Nicht, dass ich mich darum reiße, mit meinem Chef den halben Tag vor der Kamera zu stehen – aber wie kommt's?«
Michel sagt: »Mal ganz unter uns, Rudi – Vogel ist absolut talentbefreit. Und wer am Set nicht funktioniert, der fliegt. Ganz einfach ist das. Ich werd ihn elegant aus der Story rausschreiben – das merkt der gar nicht. Einlieferung in eine geschlossene Therapie für Spielsüchtige ... oder so ähnlich. Höhaha! Albi, mach mir noch 'nen Doppelten!«

Mittwoch, 21. März

Habe wieder mal übles Zeug geträumt: Ich mache Beckenrandaufsicht an einem Hotelpool in Palma de Mallorca. Im Pool befindet sich kein Wasser – er ist mit Sangria gefüllt. Darin tummelt sich eine Horde rothäutiger deutscher Spaßgranaten, die – mit ›Duschen!‹-T-Shirts bekleidet – bereits den halben Pool leer gesoffen haben. Sie singen »Ich will zehn nackte Friseusen«, »Komm, hol dein Lasso raus! Wir spielen Cowboy und Indianer!« und natürlich »Da hat das rote Pferd sich einfach umgekehrt und hat mit seinem Schwanz die Fliege abgewehrt. Die Fliege war nicht dumm, sie machte summ, summ, summ und flog mit viel Gebrumm ums rote Pferd herum.« Zwischendurch brüllen sie »Ruuudiii Schalupp-Ke, schick uns in die Dusche!«
Am Pool erscheint Daniela Katzenberger in einem roten Schwimmanzug und mit einer Poolnudel unterm Arm.
Einer der Typen ruft: »So, jetzt kriegt die Lady was geboten! Männers, wir machen Arschbombe ausm zehnten Stock vom Hotelbalkon in den Pool!«

Ich sage: »Könnt ihr vergessen, Sportsfreunde, Zehner ist zu!«
Die Katzenberger schimpft: »Boah Schaluppke, bei dir darf man ja gar nix!«
Dann prügelt sie mit der Poolnudel auf mich ein. Ich schicke sie unter die Dusche, worauf ihr Augen-Make-up verschmiert. Unter der Dusche schimpft sie: »Das war's mit meiner Karriere! Ich krieg so nicht mal mehr 'ne Rolle bei ›Sexy Sport Clips‹!«
Ich entgegne: »Mach dir keine Sorgen, Mädel, wir beide dürfen beim nächsten Promi-Dinner mitmachen.«

Sonntag, 25. März

»Rudi, der Kölner Stadtanzeiger möchte einen großen Artikel über uns schreiben.«
Es ist Michels Stimme, die ich am Telefon vernehme.
»Heute Abend um 19.00 Uhr treffe ich einen Kulturredakteur im ›Hallmackenreuther‹ zum Interview, er hätte dich gerne dabei. Komm am besten schon eine Stunde eher, damit wir uns eine Strategie überlegen können. Ich habe gehört, die setzen einen ganz harten Hund auf uns an.«
Im Hallmackenreuther harren wir der Dinge, die da kommen. Michel meint: »Rudi, du sagst nichts ohne deinen Anwalt! Und dein Anwalt bin heute ich, okay?«
Punkt 19.00 Uhr erscheint der Redakteur. Er hat eine kleine runde Brille auf der Nase und trägt eine dunkelgrüne Cordjacke.
Reflexartig rutscht mir folgender Satz heraus: »Holtmann! Sie sind ja gar kein Englischlehrer!«
Michel rutscht die Kinnlade runter: »Ihr kennt euch?«
Holtmann setzt sich zu uns, knallt einen Schreibblock auf den Tisch, bestellt trockenen Weißwein und sagt: »Ganz genau, wir

lernten uns bereits bei einer anderen Gelegenheit kennen. Ich werde mit Vergnügen diesen Artikel über Sie schreiben! So die Herren, ›Schaluppkes Revier‹ – der Sender bezeichnet es als ›Reality-Comedy-Doku‹ –, ich habe mir die aktuelle Folge angesehen. Genaugenommen: Ich *musste* mir dieses Glanzstück medialer Niveaulosigkeit zu Recherchezwecken antun. Und ich muss gestehen: Ich habe mich währenddessen auf *jede* einzelne Werbeunterbrechung gefreut! Daher meine erste und fast auch einzige Frage an Sie, Herr Benzke: Was zum Geier reitet Sie, dem TV-Zuschauer einen derartigen Scheiß vorzusetzen?«

Ich hätte die passende Antwort parat: Da hat das rote Pferd sich einfach umgekehrt und hat mit seinem Schwanz die Fliege abgewehrt …

Michel antwortet: »Holtmann, wenn Sie Niveau haben wollen, dann schalten Sie um auf Arte. Oder samstagabends ARD-Musikantenstadl, höhaha!«

Holtmann lehnt sich zurück, schlägt ein Bein über und verschränkt die Arme. »Und Sie, Schaluppke?«, er zeigt mit dem Finger auf mich, »Sie halten für diese systematische und kalkulierte Volksverblödung auch noch Ihre Visage in die Kamera. Ist Ihnen das nicht peinlich?«

Ich hole tief Luft.

Michel warnt mich: »Rudi, lass es bleiben!«

Ich sage: »Doch. Ist es.«

Michel stöhnt auf und greift sich an die Schläfen.

Ich sage: »Ich mache das aus einem Grund: um zu verhindern, dass unsere Badeanstalt dichtgemacht wird.«

Holtmann beugt sich vor: »Ich weiß, die Badeanstalt, in der auch meine Frau arbeitet. Sie hat mir schon einiges darüber erzählt. Aber weshalb wird das in Ihrer Serie nicht thematisiert?«

Michel platzt heraus: »Warum? Weil's keiner hören will! Das ist 'ne Comedy-Serie, Light Entertainment. Wir zeigen Stoff, der auf der Straße liegt!«

Michel redet sich um Kopf und Kragen.
Ich sage: »Holtmann, schreiben Sie in Ihrem Artikel, was Sie wollen. Aber tun Sie mir einen Gefallen: Lassen Sie dabei nicht die Schwimmbadschließung raus.« Ich schaue Michel an: »... weil es angeblich keiner hören will.«

Montag, 26. März

Den ganzen Tag war bei uns eine Stimmung wie auf der Hühnerfarm, wenn der Fuchs vorbeikommt. Unsere städtische Keim- und Bazillenbeauftragte, Frau Dr. Dr. Gindele, machte nach der Wasseranalyse einen Aufstand, als wollte sie Hollywood schon mal vorwärmen für eine Neuauflage des neuesten Endzeit-Virus-Streifens: »Schaluppleee! Da ischt ebbes im Wasser! Und ich weiß nicht, was es ischt!«
Ich sag: »Das Gefühl hab ich jeden Tag. Aber man gewöhnt sich an seine Badegäste.«
»Nein, es ischt ein grüner Stoff, den ich nicht bestimmen kann.«
Ich sag: »Vielleicht Oma Krause auf neuen Medikamenten?«
»Nein! Kein Wirkstoff aus der Pharmabranche. Auch kein Keim! Die högschste Konzentration ischt im Mutter-und-Kind-Becken. Ausgerechnet bei den armen kleinen Kinderle, ihr Immunsystem ischt doch noch so unausgereift. Sofort des Mutter-und-Kind-Becken evakuieren!«
Ich hab sie am Arm zum Kiosk geführt, hab ihr gezeigt, was es da Neues zu kaufen gibt, und gesagt: »Mascha, einmal Riesen-Monster-Slush-Eis für Frau Dr. Dr. Gindele, und zwar die grüne Sorte.«

Dinsetag, 27. März

Nachdem Annerose ihre 10 b aus dem Schwimmunterricht entlässt, besucht sie mich im Bademeisterkabuff.

»Tja, Rudi, nun weißt du Bescheid. Mein Mann ist einer der gefürchtetsten Kulturrezensenten dieser Stadt.«

»Das habe ich jetzt auch gemerkt, Annerose. Ich lese schon die Überschrift: ›Schaluppkes Revier‹ – Ein Schwimmbecken voller Proleten!«

»Womit er ja auch recht hat«, meint Annerose. »Diese Serie ist genau so, wie ich dich erlebt habe, als ich vor zehn Monaten in diese Badeanstalt kam.«

Ich frage: »Und? Wann kann man den Verriss im Stadtanzeiger erwarten?«

»Ich vermute, Henning wird gar nichts darüber schreiben. Er sagte, diese TV-Sendung wäre so belanglos, es wäre schade um jede Zeile im Kulturteil. Er wird sich allerdings mit seinen Kollegen von der Lokalredaktion zusammensetzen, damit ein großer Bericht über das Südbad erscheint. Denn eines hat diese TV-Serie offensichtlich erreicht: großen Zulauf an Badegästen. Hast du eigentlich gestern die Fernsehnachrichten gesehen?« Sie legt mir eine Pressemitteilung vor. »Es gibt einen aktuellen Bericht, dass Badeunfälle extrem zunehmen, weil immer weniger Menschen schwimmen können. Und mehr als zwanzig Prozent der Schulen können keinen Schwimmunterricht mehr durchführen, weil die Badeanstalt in deren Nachbarschaft geschlossen wurde. Oberstudienrat Groebner hat diese Mitteilung bereits an das Schulamt und das Kultusministerium weitergeleitet. Damit haben wir einen weiteren Trumpf in der Hand. Was sagt du dazu, Rudi?«

Ich antworte: »Ein berühmter römischer Philosoph war bestimmt auch Sportpädagoge, als er sagte: ›mens sano in corpus sanum‹.«

Sie grinst mich an: »Es heißt ›mens sana in corpore sano‹, du Bauer!« Dann umarmt sie mich.

Mittwoch, 28. März

Ein weiterer Drehtag steht an. Gerd Vogel bittet mich morgens in sein Büro. »Rudi, kannst du mir verraten, was das soll? Im Skript steht, dass ich meinen Dienst im Schwimmbad quittieren werde, weil ich angeblich eine Chlorallergie habe!« Er legt mir das Textbuch vor. »Hier steht's schwarz auf weiß: Vogel – also ich – sage ›Rudi, ab morgen übernimmt ein neuer Geschäftsführer meinen Posten. Ich werde mich anderen Aufgaben zuwenden, hatte in letzter Zeit sowieso viel zu wenig Zeit zum Golfspielen.‹ Was bildet dein Freund Benzke sich eigentlich ein?«

Ich antworte: »Vielleicht möchte Michel, dass du dich im wahren Leben – sprich: hier in der Realität – mehr um deinen Job im Schwimmbad kümmerst.«

Ich weiß, das war geradeaus gelogen.

»Ach papperlapapp, Rudi! Die wollen mich loswerden, so schaut's aus! Ich hab ein paarmal versucht, im Sender anzurufen. Ständig hieß es, der Redakteur wäre in einer Besprechung. Und als ich ihn an die Strippe bekam, meinte er zu mir, es wäre eine Entscheidung von oben.«

Ich sage: »Na ja, diese Art Sprüche kenne ich auch von dir.«

Vogel wird laut: »Ist mir schon klar, Rudi! Du hast es mir ja auch schon oft unter die Nase gerieben! Aber eins sag ich dir: Das ist immer noch eine Doku über mein Schwimmbad!«

Ich sage: »Unser Schwimmbad, Gerd.«

»Ja, natürlich – unser Schwimmbad! Also so, so lass ich nicht mit mir umspringen, ich meine, mit *uns* umspringen! Rüdiger, mal unter uns: Ich habe mittlerweile den Verdacht, dass es bei dieser Serie überhaupt nicht um uns geht.«

Ich sage: »Gerhard, mal unter uns: Das hast du ja schnell begriffen.«

Ich verlasse sein Büro.

Freitag, 30. März

Zur Drehpause erscheint der Redakteur im Schwimmbad. Er verkündet mit ernster Miene: »Die letzte Folge hatte wieder mal eine super Quote. Aber es hat in der Chefetage des Senders einen Personalwechsel gegeben. Wir haben eine neue Unterhaltungschefin. Sie hat vor, ›Schaluppkes Revier‹ auf einen späteren Sendeplatz zu verlegen.«
Ich frage ihn, ob er das denn noch verhindern könne.
Er sagt: »Leider nein, ich werde mich ab dem 1.4. beruflich umorientieren müssen. Und das ist kein Aprilscherz.«
Ich erinnere mich an die Worte des Marketingleiters: »Das geht so schnell, so schnell können Sie gar nicht bis drei zählen.«
»Wusstest du davon?«, frage ich Michel, als der Redakteur weg ist.
»Nein, hab's auch eben erst erfahren«, brummt Michel und massiert seine Schläfen. »Diese Unterhaltungstante hat überhaupt keine Eier! Ich weiß das aus sicherer Quelle.«
Ich frage: »Wieso? Hast du persönlich nachgeguckt?«
»Ja sicher, Rudi. Ich hab die vor ein paar Jahren mal flachgelegt. Und eins sag ich dir: Ein Brett ist dagegen das reinste Vergnügen! So, Flitsche, pack die Kamera weg, ich fahr jetzt in den Sender und rede mal Tacheles. Alles cremig, Leute.«
Na, dann kann ja nix schiefgehen, denke ich.

APRIL

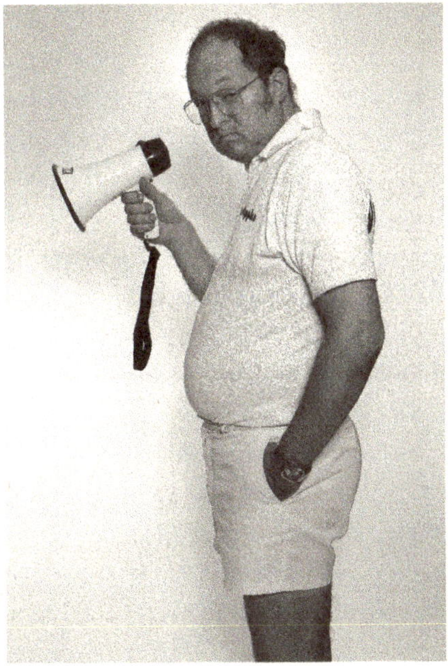

Sonntag, 1. April

Ich rufe Michel an, um zu fragen, wie das Gespräch im Sender gelaufen ist, erreiche aber nur die Mailbox. Dann wähle ich Flitsches Nummer. Er meint, Michel wäre am Freitag total aufgebracht gewesen, die Unterhaltungschefin habe ihn gar nicht vorgelassen. Und übers Wochenende wäre sein Handy aus gewesen. Ich werde einfach abwarten, bis Michel sich bei mir meldet. Ich habe im Schwimmbad meinen Job zu erledigen. So beschließe ich, erst einmal zur Tagesordnung überzugehen.

Montag, 2. April

Die heutige Tagesordnung beschert mir eine Diskussion mit einem Schwimmtrainer: »Schaluppke, ich brauch am Mittwoch zur Vorbereitung auf die Landesmeisterschaften von 17.30 bis 20.00 Uhr das komplette Becken.«
Ich antworte: »Da seid ihr etwas spät dran. Laut Belegungsplan läuft hier nächsten Mittwoch im 30-Minuten-Takt Wassergymnastik.«
Er sagt: »Das bisschen ›Bauch-Beine-Po‹ macht die Rentnerinnen-Zellulitis auch nicht besser!«
Ich sage: »Das bisschen Beckenblockieren macht deine Schwimmstars auch nicht schneller.«
Da wird er persönlich: »Schaluppke, du als ehemaliger Leistungsschwimmer warst doch auch nur ein kleines Ausnahmetalent.«
Ich sage: »Entweder das oder mein damaliger Trainer hatte, im Gegensatz zu dir, Ahnung von dem, was er da tut.«

Donnerstag, 5. April

Heute Nacht um 0:30 Uhr lief die fünfte Folge von ›Schaluppkes Revier‹. Vom Sender gibt es keinerlei Ansage und von Michel noch immer kein Lebenszeichen.

Freitag, 6. April

Mittags mit Notnagel im Bademeisterkabuff. Ein alternativ begabter Junge, neun Jahre, kommt an: »Wieso sind im Wellenbecken eigentlich keine Wellen?«

Ich frage meinen Kollegen: »Notnagel, seit wann haben wir ein Wellenbecken?«
Der Junge: »Na, das Wellenbecken mit dem Roten Meersalz!«
Jetzt verstehe ich: »Ach so, du meinst das Wellnessbecken mit dem Toten Meersalz«, und muss grinsen. »Wellness hat nichts mit Wellen zu tun, sondern mit Wohlfühlen. Für Wellen musste ins Wellenbad gehen.«
Ich denke, es wäre damit gegessen. Aber nein, der Junge fragt weiter: »Okay, wo kommen dann im Wellenbad die Wellen her?«
Ein Fall für Klugscheißer Notnagel: »Das funktioniert folgendermaßen: An einem Ende des Beckens befindet sich eine Wasserverwirbelungsanlage aus einem alternierend schwingenden Metallplattensystem. Ab einem erzeugten Wasserdruck von 6,8 bar erfolgt eine beckeninterne Dünung, die am flach auslaufenden Beckenende in Wellen resultiert.«
Der Junge versteht nur Bahnhof und schaut mich fragend an.
Ich sage: »Okay, ich verrat's dir: An der Nordsee gibt's eine Firma, die mit dem Schiff aufs Meer fährt und Wellen einfängt. Die werden dann einmal pro Woche mit 'nem LKW angeliefert.«
Der Junge bedankt sich und geht. Fünf Minuten später kommt dessen Vater an und fragt mich, ob ich seinen Sohn etwa für blöd verkaufen wolle.

Samstag, 7. April

Schwarzes Brett: »›Erleben Sie die Faszination der Tarotkarten!‹ Am Samstag, den 27.10., lade ich bei mir zu Hause zum beliebten Tarot-Abend ein. Durch das Legen der magischen Karten erhalten Sie einen tiefen Einblick in Ihr Inneres. Dabei gebe ich Ihnen Tipps, wie Sie die Karten deuten und daraufhin Ihre Lebensumstände ändern

können. Kostenpunkt pro Teilnehmer: 90,– Euro. Gerne Pärchen oder auch Singles! Die Karten werden Ihnen am Samstag den Weg weisen.«
Ich schreibe drunter: »Würd ja gern kommen, aber am Samstag treff ich mich mit meinen Kumpels zum Pokern.«

Sonntag, 8. April

Heute ist ein ungewöhnlich warmer Frühlingstag. Bärbel und ich machen eine Radtour am Rhein. Wir fahren über Rodenkirchen zum Weißen Bogen, setzen mit der Rheinfähre über nach Porz und radeln rechtsrheinisch über die Poller Wiesen zurück in die Stadt. Nach zwei Stunden machen wir abgekämpft, aber glücklich halt in einem Biergarten. Wir plaudern über ihr Studium, den Rummel im Schwimmbad und die noch ausstehende Entscheidung, ob es mit dem Südbad weitergeht oder nicht.
»Ich fand den heutigen Tag richtig klasse, Paps. Das könnten wir öfter machen«, sagt Bärbel. Dann legt sie ihre Hand auf meine Schulter. »Du, ich glaub, zwischen Mascha und Albi läuft was. Sie war gestern in der Pommesgabel und die beiden haben ganz heftig miteinander geflirtet. Echt süß, die beiden!«
Ich muss wieder an meine Herzdame im Neptunbad denken.
»Ja, ich hab das auch schon mitbekommen. Das müssen Frühlingsgefühle sein«, sage ich geistesabwesend.
»Und was ist bei dir, Papa?«
»Was soll schon bei mir sein?«
»Sag schon, was ist mit dieser Bademeisterin, die du so toll findest?«
»Keine Ahnung, ich weiß gar nichts von ihr. Ich weiß nicht mal, wie sie heißt.«

»Und wie willst du es herausfinden? Wenn sie dir in zehn Jahren mal zufällig über den Weg läuft? Mein Papa – immer 'ne große Klappe. Aber hier versagt ihm auf einmal der Mut. Trau dich, du Feigling. Sollen wir zusammen dorthingehen? Ich guck mir die Dame mal an!«
Ich frage: »Ein Blind Date mit Tochter? Nein, ich fahre da noch mal hin.«
»Versprochen, Paps?«
»Versprochen.«

Montag, 9. April

Eben in der Straßenbahn habe ich mal wieder eine volle Breitseite Kiez-Slang abgekriegt. Neben mir sitzt ein Rückenmarksgesteuerter und telefoniert mit dem Handy: »Ey du Spast, was geht? Ey Alta, sag, wo bist du? ... Wie? Wo isch bin? Ey 'sch weiß nisch, wo 'sch bin! Isch bin Bahn. Nee, ey, DU OPFER ISCH WEISS NISCH WO'SCH BIN! Ey, isch frag ma' dem Typ neben mir, wo isch bin.«
Er fragt mich: »Alta, sag, wo bin isch?«
Ich antworte: »Du bist Deutschland.«

Dinsetag, 10. April

Annerose spricht mich nach dem Schwimmunterricht an: »Ich soll dich von Henning grüßen, morgen erscheint ein großer Artikel über uns im Stadtanzeiger. Und jetzt kommt's noch besser: Henning hat gute Beziehungen zum WDR. Die ›Lokalzeit‹-Redaktion möchte eine Reportage über das Südbad bringen.«

Mittwoch, 11. April

Kurz vor Feierabend beobachte ich den Whirlpool.
Dort befinden sich eine Omi, eine Mutter mit ihrer kleinen Tochter und Flitzer-Fritze. Irgendwas ist komisch: Seine rechte Schulter bewegt sich rhythmisch auf und ab. Ich denke: *Hat der Mann was am Arm? Oder Schulter-Nackenprobleme?* Aber er hat so einen verklärten Gesichtsausdruck. Und in dem Moment fällt bei mir der Groschen: Der hat nix am Arm – der hat was in der Hand.
Ich rufe meinen Kollegen: »Notnagel, drück mal auf den Knopf mit der Wasserabsaugschnellfunktion!«
Mittlerweile hat der Drecksack die Augen geschlossen. Ich stelle mich an den Whirlpool. Notnagel betätigt den Knopf – und innerhalb von zwei Sekunden ist das Becken leer. Schlagartig fängt die Omi an zu hyperventilieren.
Das Mädchen fragt: »Mami, was hat der Mann da in der Hand?«
Und die Omi brüllt: »Herr Bademeister, rufen Sie die Polizei!«
Ich sage: »Gute Frau, bleiben Sie ruhig, Sie befinden sich hier in einem Erlebnisbad.«
So, jetzt hat Flitzer-Fritze endlich Hausverbot.

Donnerstag, 12. April

Die letzte Folge von ›Schaluppkes Revier‹ wurde überhaupt nicht gesendet. Nun ist es offiziell: Die Serie wurde abgesetzt. Es wird also auch keine neue Staffel geben. Vom Sender gibt es nach wie vor keine Begründung und von Michel noch immer kein Lebenszeichen. Er ist verschollen, telefonisch nicht erreichbar und antwortet auch nicht auf meine E-Mails. In meinem Kabuff steht eine Kiste mit fünftausend Schaluppke-Autogramm-Postkarten. Ich habe ihm letz-

te Woche eine dieser Karten geschickt: »Melde dich doch mal! Gruß, Rudi.«
Die Karte kam mit Postvermerk ›unbekannt verzogen‹ zurück.

Samstag, 14. April

Punkt 7.00 Uhr kommt Opa Heinrich angedackelt: »Na Schaluppke, alles zackig?«
Ich frage: »Was treibt Sie eigentlich immer so früh hierher?«
Sagt er: »Disziplin, junger Freund. Disziplin. Jeden Morgen wird um 5.30 Uhr aufgestanden, das hält den Körper frisch. Außerdem ist man um diese Uhrzeit noch von den ganzen Türken unbehelligt.«
Ich nippe gequält an Frau Budnikowskis Kaffee, um nicht sagen zu müssen, was ich denke. Nämlich, dass es Opa Heinrichs Körper selbst im Schlaf nicht mit sich aushält.
Ich frage: »Und? Was steht jetzt an?«
Er antwortet: »Thermalbecken, Schaluppke! Gegen mein Schulterrheuma. Danach sind die Gelenke wieder wie frisch geölt!«
Ich sage: »Und was ist davor? Probleme, den rechten Arm zu heben?«

Montag, 16. April

Frau Schneider-Kasper steht wieder vor meinem Kabuff: »Ich vermisse in Ihrem Wellnessangebot Lichttherapie!«
Ich frage sie: »Wofür Lichttherapie?«
Sie sagt: »Für meinen Sohn Malte-Anselm, zur Stimmungsaufhellung!«
Ich sage: »In der Eingangshalle steht ein Flipper-Automat.«

Dinsetag, 17. April

Wir haben heute den WDR im Haus. Vorhin wurde Anneroses Schwimmunterricht, der Wassergymnastikkurs und das Kinderschwimmen mit der Kamera begleitet. Ich habe dem Drehteam erst mal klargemacht, dass sie sich bei uns ausschließlich in Badelatschen zu bewegen haben. Wenigstens hat keiner von denen gequalmt. Die Reportage wird morgen in der Lokalzeit ausgestrahlt.

Mittwoch, 18. April

Mittags im Bademeisterkabuff. Im Radio läuft der Song ›Willenlos‹ von Marius Müller-Westernhagen. Ich drehe das Radio auf und singe lauthals mit: »Sie hatte Klasse, gar keine Frage, ich fiel in ihr Dekolleté, und ich war wirklich nicht in der Lage, ihr aus dem Wege zu gehn! Ihr Name war Fräulein Meyer, Meyer mit Ypsilon. Sie schaffte täglich zehn Freier, was für 'ne Kondi-ti-on ...«
Auf einmal steht der alternativ begabte 9-jährige Junge vor mir. Er zeigt auf das Freischwimmerabzeichen auf seiner Badehose und fragt: »Wieso hat die Frau zehn geschafft und ich nur eins?«

Freitag, 20. April

Ich fahre nach Ehrenfeld ins Neptunbad. Vielleicht treffe ich dort meine rothaarige Lieblingsbademeisterin an. Mit einem lauten Klatscher springe ich ins Becken und mache kräftige Kraulzüge. Mal schauen, was passiert. Bestimmt hagelt es gleich einen satten Anschiss.

Da ist sie auch schon und macht eine Runde um den Pool. Aber selbst als ich eine amtliche Rollwende hinlege, kommt von ihr keine Reaktion.
Ich frage sie: »Was ist los? Wieso gibt's heute keine Ansage wegen sportlichen Schwimmens?«
Sie sagt: »Weil freitags sportliches Schwimmen erlaubt ist.«
Pech gehabt. Noch ein Versuch: »Und was ist, wenn ich gleich 'ne Arschbombe mache?«
Sie grinst mich an: »Können Sie ja mal versuchen, bei 1,20 m Wassertiefe.«
Und weg ist sie. Ich begebe mich in die Sauna. Sie ist proppenvoll. Und ich traue meinen Augen nicht – dort sitzt die Profischwitzgemeinde, die ich vor einem halben Jahr bei unseren Sauna-Nächten vergrault hatte. Im Halbdunkel erkennt mich zum Glück niemand. Offensichtlich steht gleich ein Aufguss an.
Die Bademeisterin erscheint: »So, jetzt gibt's einen Rosmarinaufguss.«
Einer der Anwesenden mosert: »Wieso Rosmarin? Ist doch langweilig, mach mal Obstleraufguss!«
Sie antwortet: »Wenn ihr Obstler haben wollt – gegenüber ist 'ne Eckkneipe.«
Ich denk: *Richtig so, gib's den Pennern!*
Er lässt nicht locker: »Komm Mädel, lass mal 'nen Kurzen springen!«
Sie antwortet: »Hier springt gleich ein Kurzer – und zwar Ihrer! Nach draußen.«
Jawoll! Und immer feste druff, denk ich.
Der Schwitzbruder verlässt die Sauna und kommt mit einer Obstlerpulle samt Gläsern zurück: »Liebe Gemeinde, wenn der Prophet nicht zu uns kommt, dann kommen wir zu ihm! Prosit!«
Die Bademeisterin verlässt entnervt das Geschehen. Ich erhebe mich von der Holzbank und sage: »Na, Sportsfreunde, habt ihr ein

neues Revier gefunden, wo ihr das Badepersonal nerven könnt? Ich werde der Kollegin jetzt mal was über Kakteen- und Rausschmeißeraufgüsse erzählen.«

Dann besuche ich sie in ihrem Bademeisterhäuschen. Als ich sie auf die Saunagruppe anspreche, sagt sie: »Diese Gruppe nervt mich schon seit zwei Monaten.«
Ich sage: »Ich kenne eine gute Aufgussanwendung: Der Schwitzbudenleerfeger – fünf Deckelkappen 4711 und ein Schuss Chlor.«
Sie grinst mich an. »Soso. Schwitzbudenleerfeger. Sie scheinen sich ja auszukennen.«
Ich strecke ihr meine Hand entgegen: »Ja. Gewissermaßen. Rudi Schaluppke, Schwimmmeister im Südbad.«
Sie sagt: »Hallo, ich bin Manuela. Was treibt Sie in unsere Ehrenfelder Badeanstalt?«
Ich sage: »Das würde ich Ihnen gerne mal bei einem Kaffee erklären.«
Sie schaut mich überrascht an: »Soll das jetzt eine Anmache sein?«
Ich kriege auf einmal ganz heiße Ohren. Dann nicke ich ihr zu.

Samstag, 21. April

Wieder steht ein Fortbildungswochenende in Baden-Baden an. Ich bestelle mir ein Taxi zum Hauptbahnhof. Der Fahrer macht einen abenteuerlichen Umweg über Barbarossaplatz und Rheinuferstraße.
Ich frage ihn: »Hömma, Kollege, gibt's heute 'nen kleinen Abstecher über die Südstadt?«
Er: »Wieso? Dat is' bei Verkehr die beste Route.«
Ich: »Es ist aber kein Verkehr.«
Er: »Sicher haben wir Verkehr!«

Ich: »Wir beiden sowieso nicht.«
Er: »Wer fährt? Sie oder ich?«
Ich: »Wer zahlt? Sie oder ich?«
Am Hauptbahnhof angekommen, beträgt die Taxirechnung: 14,98 Euro. Ich gebe ihm fünfzehn und sage: »Einen Cent zurück, der Rest ist für Sie. Und schreiben Sie auf die Quittung ›Stadtrundfahrt‹.«

Sonntag, 22. April

Gestern wurde ich von meinen Bademeisterkollegen natürlich mit etlichen Fragen gelöchert. So habe ich von der drohenden Schließung unserer Badeanstalt erzählt und von dem ganzen Medienrummel, der über uns hereingebrochen ist. Auf die Frage, was denn nun mit dem Südbad geschieht, konnte ich nur mit den Schultern zucken: »Nächste Woche soll es eine Entscheidung der Stadt geben. Mehr kann ich nicht sagen. Drückt uns bitte die Daumen!«

Montag, 23. April

Vorhin kam ein junger Sportstudent ins Schwimmbad und sagte, er wäre mit meiner Tochter verabredet. Ich hab mit ihm natürlich erst mal Schaluppke-Eignungstest gemacht: vierhundert Meter Zeitschwimmen, der junge Mann musste richtig bluten. Aber er hat sich tapfer geschlagen.
Ich sage: »Alles klar, du hast bestanden! Jetzt noch einen Köpper vom Dreier, und dann grünes Licht für das erste Rendezvous mit meiner Tochter!«

Er steigt japsend auf den Sprungturm und ruft von oben: »Herr Schaluppke, ich bin mit Barbara doch nur zum Üben verabredet. Wir sind im selben Schwimmkurs.«
In dem Moment kommt Bärbel in die Halle: »Paps! Was läuft hier?«
Als Vater schießt man manchmal über das Ziel hinaus.

Dienstag, 24. April

Gerd Vogel ruft mich ins Chefbüro. Mit den Worten: »Wir sind vorerst gerettet« legt er mir ein Schreiben der Stadt vor. »Aufgrund steigender Besucherzahlen gewährt der Stadtrat uns einen Aufschub. Man stellt uns Fördergelder zur Verfügung und lässt den Badebetrieb bis Ende nächsten Jahres erst mal weiterlaufen.«
»Und, was sagst du dazu, Rudi?«
Prompt stürme ich in die Schimmhalle und berichte Annerose und ihrer 10b von diesen tollen Neuigkeiten. Mir fällt ein riesiger Stein vom Herzen. Ein so großer Stein, dass ich samt Klamotten in den Pool springe und der 10b zurufe: »So, wir machen jetzt Wettschwimmen! Der Gewinner darf mit eurer Lehrerin Tandemsprung vom Acapulco-Tower machen! Wer nimmt's mit mir auf?«
Annerose ruft: »Ich tu's!«, und springt mir hinterher.

Mittwoch, 25. April

Aus Frau Budnikowskis Schwimmbiss schallt Volksmusik. Malgorzata hüpft hinter ihrem Tresen umher. Lautes Jauchzen wechselt sich ab mit heftigem Niesen. Es ist Frühling und sie hat wieder Polen-Allergie.

»Pierdole Schaluppczyk! Da hab ich gewusst, dass wir haben bald wieder chlorreiche Tage! Steht auch in Horrorskop: ›Geben Sie die Hoffnung nich' auf! Wo ein Weg ist, ist auch ein Wille!‹«
Ich frage sie: »Und was sagt dein Liebeshorrorskop?«
Sie niest und erzählt mir von Albi.
»So ein tolle Mann! Und kurwa, eins sag ich dir: in der Frittengabel, da läuft bald Volksmusik!«

Freitag, 27. April

Besuch beim Wasserballtraining. Das Dreckige Dutzend begrüßt mich mit lautem Gejohle: »Schalupp-Ke! Geh duschen!«
Mit Freude stelle ich fest, dass Dimitri sich wie ein Aal im Wasser bewegt. Die ganze Mannschaft macht einen äußerst fitten Eindruck.
Ich frage: »Was ist passiert? Mischt Yannick Fischfutter in euer Essen?«
Jewgeni sagt: »Nee, Schalupp, mentales Training bei Frau Dinse-Bindestrich!«
Knut-Pätrick fügt an: »Nur legales Doping bei Frau Budnikowski: Gemischte Titte!«
Die Jungs lachen.
Murat sagt: »Ey Schalupp, isch kann jetz' fünf Runden Entengang um den Pool!«, und Andi fragt: »Wann machen wir denn jetzt endlich Trainingslager an der Nordsee – auf 'ner Bohrinsel?«
Ich sage: »Männers, vielleicht freut's euch zu hören, dass ich wieder meinen Platz auf der Trainerbank einnehmen werde. Und für kommende Spielsaison steht folgendes Projekt an: Aufstieg in die Bezirksklasse.«
Die Jungs jubeln: »Hallebaddkapp!«

Montag, 30. April

Party in der Pommesgabel. Die komplette Schwimmbadbelegschaft tanzt in den Mai. Wir sind alle heilfroh und lassen die vergangenen Monate Revue passieren.
Frau Schmitz fordert mich zum Tanz auf: »Ach, Herr Schaluppke, ich freue mich so und ich bin so stolz auf Sie!«
Hä? Hat sie diesen Satz gerade einwandfrei ausgesprochen?
Ich frage: »Frau Schmitz, was ist mit Ihrer ›ch-sch‹-Schwäche passiert?«
Sie baut sich vor mir auf und zitiert den ›Kleinen Hey‹: »Tschechische Speerspitzenspitzer schnitzen tschechische Speerspitzen.«
Da muss ich applaudieren.
Sie sagt mit verschmitztem Lächeln: »Dankechön, Herr Chaluppke.«
In dem Moment klatscht Malgorzata mich ab: »Sou, Frau Schmitzowska! Der Tanz mit dem Rudi gehört jetzt mir! Pierdole Rudi, das war ein verrücktes Jahr. Und Horrorskop sagt: Nächste Jahr wird noch verrückter!«
Die nächste Tanzpartnerin ist meine Tochter: »Na, du Held, wie läuft's im Neptunbad? Warst du dort? Hast du sie angesprochen?«
Ich antworte: »Ja. Sie heißt übrigens Manuela. Und ich habe sie gefragt, ob sie heute Abend hierhinkommen möchte.«
»Und? Hat sie deine Einladung angenommen?«
»Ja … nein … keine Ahnung. Sie meinte, sie überlegt es sich.«
Gegen halb zwei spricht Albi mich an: »Hörens, Schalupp, Männerauftrag! Isch jangk ens däm Mascha 'ne Maibaum vor d'r Pooz setze! Kummste met?«
Da erblicke ich Manuela. Sie ist tatsächlich gekommen! Je später der Abend, desto schöner die Gäste.
Ich sage: »Albi, ist gerade ein schlechter Zeitpunkt, mir rutscht soeben das Herz in die Hose.«

Ich gehe zu ihr, um sie zu begrüßen.
Sie sagt: »Hallo, Rudi, ich hatte noch Dienst – Mitternachtssauna bei uns im Neptunbad.«
Sie riecht so gut. Ich vermute eine Mischung aus Rosmarin, Latschenkiefer und Chlor.
»Hab übrigens deinen Schwitzbudenleerfeger ausprobiert«, sie grinst, »wirkt prima!«
»Aha«, sag ich, »ich hatte schon einen Hauch 4711 an dir wahrgenommen.«
»Wie gesagt, wirkt prima und vertreibt alles – außer Bademeister.«
Damit nimmt sie mich bei der Hand und zieht mich zur Tanzfläche.

EPILOG

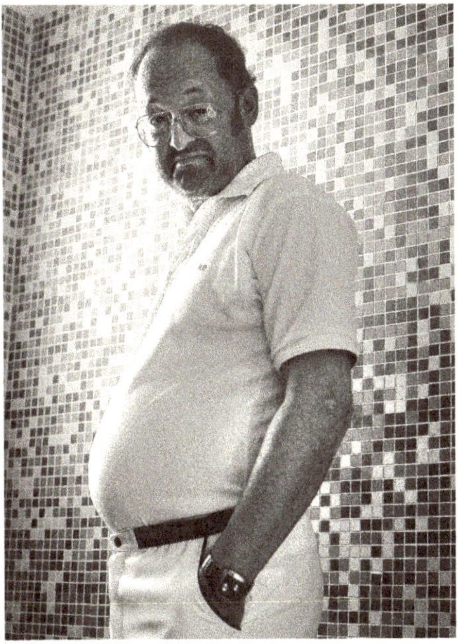

Dienstag, 1. Mai

Tag der Arbeit. Ich mache das Außenbecken für die Sommersaison klar. Mein Telefon klingelt – und Michel ist dran.
»Na Rudi, alter Chlorknabe? Alles cremig?«
Ich bin froh, seine Stimme zu hören.
»Wo hast du gesteckt? Du hättest dich ruhig mal eher melden können, du Pappnase! Ich hab mir Sorgen gemacht.«
Er sagt: »Ich brauchte mal 'nen Klimawechsel, Rudi. Nix gegen Köln, aber ihr Rheinländer seid mir zu kleinkariert. Ich bin jetzt wieder in Berlin und hab hier was Neues am Start. Hammer-Stoff, sag ich dir: ›Die Keulen vom Kiez‹. Komm mich doch mal besuchen! Wie läuft's denn so bei dir in deinem Provinznest?«
»Wie's halt so läuft. Ich stehe am Beckenrand und schicke die Leute in die Dusche.«

DANKSAGUNG

Dieses Buch widme ich allen Bademeistern.
Ich bedanke mich für die guten Tipps und wünsche allen, die tagtäglich am Beckenrand stehen, ein chlorreiches und stets unfallfreies Arbeiten.
Mein besonderer Dank gilt Andrea für ihre Weisheit und Geduld sowie Tillmann Courth für eine tolle Zusammenarbeit.

Tommy Krappweis

DAS VORZELT ZUR HÖLLE

Wie ich die Familienurlaube meiner Kindheit überlebte

»Jeden Sommer brachen wir mit dem VW-Bus auf von München-Neuperlach in Richtung Süden, ins Jugoskorsikalawienland oder irgendwo anders hin, wo es düstere Felsen, düsteres Meer und düstere Ortschaften mit düsteren Menschen gab. Was es dort nicht gab, war so etwas wie ein Klo oder eine Dusche. Denn meine Eltern waren nicht einfach nur Camper. Nein, sie waren überzeugte Wildcamper. Riesenspinnen auf dem Rücksitz, Schlangen in der Trinkwasserzisterne, gigantische Müllberge und sinkende Schlauchboote – es war alles dabei, was Camping in den 70ern so außergewöhnlich machte. Zumindest wenn man mit meinen Eltern unterwegs war.«

KNAUR TASCHENBUCH VERLAG